RETTUNGSRING FÜR ZWEI

Kreuzfahrt-Liebe Band 1

CLARA GABRIEL

Clara Gabriel

Köbbinghauser Hammer 20

58840 Plettenberg

post@claragabriel.de

Lektorat: Claudia Pietschmann ebooks-perfekt.de

Coverdesign: Clara Gabriel, claragabriel.de

Bilder von Shutterstock: olgers, Eisfrei

Kapitelgrafik: © Prokohorovich

ISBN: 978-3-96698-403-4

Kapitel Eins

Düsseldorf, Flughafen, -1 °C, der Deutsche Wetterdienst warnt vor Schneefall und Glatteis

»Nun komm schon! Sonst legt das Schiff noch ohne uns ab.« Eva deutete aufgeregt nach oben. Das Schild über ihrem Kopf wies in Richtung Abflug, Terminal C.

Wie bescheuert musste man sein, um mit der besten Freundin in die eigenen Flitterwochen zu fahren? Marie seufzte, zerrte ihren Koffer und den Trolley hinter sich her und folgte Eva durch die vollkommen überfüllte Abflughalle des Düsseldorfer Flughafens. Eigentlich hätte jetzt Daniel an ihrer Seite sein sollen, auf dem Weg in die schönste Zeit ihres Lebens. Doch daraus wurde nun nichts mehr. Eine Woge der Trauer wusch durch Maries Herz und drohte, sie fortzuspülen. Jetzt bloß nicht sentimental werden, rief sie sich zur Vernunft, denk daran, was er dir angetan hat!

Sofort flammte der Groll wieder in ihr auf und mit ihm das vertraute Ziehen in ihrem Magen.

Durfte man einen Toten hassen? Wenn es nach Eva ging, lautete die Antwort eindeutig »Ja!«, deshalb hatte sie Marie überredet, trotzdem in die Flitterwochen zu fahren, und ihr das zweite Ticket für die zweiwöchige Karibik-Kreuzfahrt kurzerhand abgekauft. Zumindest Eva freute sich auf die Reise, sie trug bereits einen wagenradgroßen Sonnenhut in Flamingopink und strahlte mit den Leuchtreklamen für Last-Minute-Flüge um die Wette. Eigentlich hatte Eva recht, Marie musste mal raus. Doch insgeheim wünschte sie sich, sie würden den Flieger verpassen.

Eva drehte sich um und warf ihr einen genervten Blick zu. »Los, trödle nicht!« Sie war wie immer mit selbstentworfenem Schmuck behängt und ihre Ohrringe klimperten vorwurfsvoll.

Sie waren spät dran. Ein unerwartet früher Wintereinbruch hatte den Verkehr im Rheinland in dichtem Schneetreiben versinken lassen. Wer rechnete schon Anfang November mit solchen Massen an Schnee? Die Bahn hatte mehr als eine Stunde Verspätung gehabt und im Flughafen herrschte das reinste Chaos, als sie sich den Weg zu einer der Anzeigetafeln bahnten. Hinter den meisten Verbindungen standen die Wörter *Delayed* oder *Canceled*, doch ihr Flug schien wider Erwarten pünktlich zu starten.

»Da, La Romana, Abflug 09:45 Uhr.« Eva lächelte zufrieden. »Alles nach Plan.«

»Wir werden es ja sehen«, sagte Marie düster. Nichts in ihrem Leben lief in letzter Zeit nach Plan.

»Das Flugfeld wird gerade geräumt, wahrscheinlich kann die Maschine abheben«, bestätigte ihnen die Mitarbeiterin am Check-in, als sie sich endlich zu ihr vorgearbeitet hatten. »Die Charterflüge haben Priorität.«

»Na bitte, da hörst du's«, sagte Eva und wuchtete ihren Koffer auf das Gepäckband. Man hätte meinen können, sie wollte ein paar Monate verreisen, nicht nur zwei Wochen. In ihrer Rolle als Schmuckdesignerin pflegte sie einen Kleidungsstil, den man durchaus als »ausgefallen« bezeichnen durfte.

»Einundzwanzig Komma null«, bemerkte die Angestellte und schenkte Eva ein säuerliches Lächeln. »Das lasse ich Ihnen gerade noch mal durchgehen.«

Maries Koffer wirkte dagegen beinahe zierlich. Er wog nur knapp achtzehn Kilo, wie die Waage bestätigte. Sie war eben nicht so ein Modepüppchen wie Eva. Außerdem hatte sie ein Set Wechselkleidung, einen Bikini und ein paar Sandalen in ihrem Handgepäck. Sicher war sicher, man wusste ja nie, ob ein Koffer verloren ging.

Die Frau tippte auf der Tastatur ihres Computers herum und runzelte die Stirn. »Sie sind spät dran, ich habe nur noch getrennte Plätze. Einen am Fenster und einen im Mittelteil.«

»Genau deshalb hasse ich unvorhergesehene Zwischenfälle«, murmelte Marie. Eigentlich war sie ja selbst schuld, sie hätte sich viel eher darum kümmern und Sitzplätze reservieren sollen.

Die Frau hinter dem Schalter zuckte mit den

Schultern. »Das Wetter ist halt wie das Leben, man weiß nie, was als Nächstes kommt.«

Marie starrte die Frau an. Sie hatte wirklich geglaubt, ihr Leben im Griff zu haben. Bis zu diesem Anruf vor vier Wochen.

Es war ein ganz normaler Mittwochabend gewesen, drei Tage vor der Hochzeit, von der sie ihr ganzes Leben lang geträumt hatte. Daniel war mit seinem Kumpel Benny beim Tennis gewesen, wie jeden Mittwoch, und Marie hatte sich nichts dabei gedacht, als das Telefon klingelte. Der Polizist am anderen Ende der Leitung hatte gesagt, ihr Verlobter hätte einen Unfall gehabt und sei noch an der Unfallstelle verstorben. Es täte ihm aufrichtig leid, hatte er hinzugefügt und gefragt, ob sie die Hilfe eines Psychologen in Anspruch nehmen wolle.

Von einem Moment auf den anderen war Maries Leben aus der Bahn geraten und sie hatte mit einem Kopf voller Fragen dagestanden, auf die sie niemals eine Antwort bekommen würde.

Die Angestellte der Airline reichte ihr den Pass zurück. »Gute Reise, Frau Lindberg!«

»Danke.« Marie rang sich ein Lächeln ab, doch eigentlich war ihr zum Heulen zumute.

Paul Veenhoff warf zum bestimmt hundertsten Mal einen Blick auf seine Armbanduhr. Die schwere Rolex Seamaster war ein Geschenk seines verstorbenen

Großvaters zum bestandenen Studium. Ein Meisterstück der Technik, absolut wasserdicht bis zu einer Tiefe von dreihundert Metern, auch wenn er noch nie tiefer als dreißig Meter getaucht war. Und er hatte auch nicht vor, neue Rekorde im Apnoetauchen aufzustellen. Viertel nach neun, eigentlich begann jetzt das Boarding, wenn seine Uhr nicht falsch ging. Aber das tat sie nie, er war einfach viel zu spät.

»Die Zeit ist sowohl dein Feind als auch dein Verbündeter«, erklang die Stimme seines Großvaters in Pauls Kopf. »Also behalte sie immer gut im Auge.«

Paul seufzte. Dabei hatte er genug Zeit eingeplant, doch die Maschine, mit der er heute Morgen um sechs aus Hamburg gekommen war, hatte nicht in Düsseldorf landen können und war nach Köln-Bonn umgeleitet worden. Er und die anderen Passagiere hatten deshalb bereits eine Odyssee im Reisebus über die verschneite Autobahn hinter sich. Und nur deswegen musste er noch mal durch die Sicherheitskontrolle, statt im Transitbereich einfach durchzuchecken. Wenn das hier noch länger dauerte, konnte er es sowieso vergessen. Dann würde der Flieger wohl ohne ihn abheben.

Wie aufs Stichwort ertönte eine Durchsage aus den Lautsprechern: »Letzter Aufruf für die Passagiere des Flugs CD 7314 nach La Romana. Ich wiederhole, die Passagiere des Fluges CD 7314 nach La Romana werden umgehend gebeten, sich zum Gate C 37 zu begeben.«

Ausgerechnet heute! Aus dem Augenwinkel erspähte er eine Lücke an einem der Kontrollposten.

»Excuse me!« Er schob sich an einer arabischen Großfamilie vorbei und stieß mit einer Frau zusammen, die sich von rechts kommend dazwischen drängeln wollte. Sie strauchelte und ließ ihre Handtasche fallen, deren gesamter Inhalt sich über den Boden ergoss. *Na großartig!* Paul verdrehte die Augen.

»Entschuldigung, aber ich habe es wirklich eilig!« Er machte einen Schritt nach vorn. Genau in dem Moment streckte sie die Hand aus und griff nach einem Lippenstift.

»Au! Können Sie nicht aufpassen, wo sie hintreten?«, fuhr Marie den Träger des blankpolierten Schuhs an und rieb sich die Hand. Ihr Blick wanderte an einem Hosenbein aus dunkelblauem Wollstoff hoch, erfasste ein akkurat sitzendes Hemd unter einem passenden Sakko und traf auf zwei geradezu unverschämt blaue Augen. So ein Schönling, schoss ihr durch den Kopf. Sie rappelte sich auf und musterte ihr Gegenüber. Er war ein Stück größer als sie und sah aus, als wollte er das Flugzeug selbst fliegen. Eine Pilotenbrille baumelte lässig an einem Bügel aus der Brusttasche seines Jacketts, absolut lächerlich bei dem Wetter. Fehlen bloß noch die Streifen auf den Schulterklappen, dachte Marie bissig. Bestimmt so ein Business-Typ, die trugen auch immer dunkelblaue Anzüge und hielten sich für extra cool.

»Sorry, ich bin spät dran.« Der Schönling schenkte

ihr ein entwaffnendes Lächeln, aber die Nummer zog bei ihr nicht.

»Wie wir alle hier«, fauchte sie und bückte sich nach ihrer Haarbürste, bevor die zwischen den Füßen der anderen Fluggäste verschwand.

»Tut mir leid.« Der Mann hob seine Hände und machte einen Schritt zurück. Etwas knirschte unter seiner Sohle.

Er war auf ihren Schlüsselanhänger getreten. Den hatte Daniel ihr geschenkt! Der schmale Zylinder aus Glas enthielt ein Reiskorn, dessen Aufschrift erst durch die Wölbung des Glases lesbar wurde. *Forever*, stand dort. Marie schluckte schwer. Sie hatte wirklich geglaubt, das mit Daniel und ihr hielte für immer. Weil es etwas Besonderes war, die ganz große Liebe, wie es sie sonst nur in Hollywoodfilmen gab. Bis zum Abend des Unfalls, seitdem wusste sie es besser. Denn er hatte nicht alleine in seinem Wagen gesessen.

Marie starrte auf die winzigen Scherben des Schlüsselanhängers und blinzelte, ihre Augen füllten sich mit Tränen.

Der Business-Typ bekam davon nichts mit, sondern schob sich an ihr vorbei. Mit einer routinierten Bewegung zog er den Gürtel aus der Hose, streifte das Jackett ab und legte beides zusammen mit seiner Ledertasche in einer grauen Plastikbox auf das Gepäckband, bevor er durch den Körperscanner verschwand.

»Wow, der war heiß!« Eva sah ihm nach.

»So ein Idiot!«, zischte Marie, schnappte ihr Lipgloss, stopfte es in die Tasche und warf sie auf das Gepäckband.

»Flüssigkeiten dürfen nur in einem durchsichtigen Plastikbeutel befördert werden!« Der Flughafenangestellte deutete auf ihre Handtasche.

Marie zog den Gefrierbeutel mit Kosmetika hervor und streckte ihn dem Mann von der Security entgegen. »Werden sie doch.«

»Ich habe gesehen, wie sie gerade noch was eingesteckt haben.«

Entnervt kippte sie den Inhalt ihrer Tasche in eine der grauen Plastikkisten.

»Das da.« Er zeigte auf das Lipgloss.

Mit einem Seufzen ließ sie es in den Beutel gleiten. »Zufrieden?«

Er nickte knapp. »Gürtel, Handy, Feuerzeuge?«, spulte er herunter. »Haben Sie etwas in den Hosentaschen?«

»Nein, aber geht das vielleicht etwas schneller? Wir verpassen unseren Flug.«

Und wieder ertönte eine Durchsage.

»Die Passagiere Marie Lindberg und Eva Sommer, gebucht auf den Flug CD 7314 nach La Romana, werden gebeten, sich umgehend an Gate C 37 einzufinden, ich wiederhole ...«

Die Dame vom Bodenpersonal winkte sie zu sich ans Gate.

»Na endlich, ich habe Sie schon ausrufen lassen!«, sagte sie, riss Marie die Bordkarte aus der Hand und reichte ihr mit einem anklagenden Blick den Abschnitt mit dem Gepäckaufkleber zurück.

»Sind wir die Letzten?«

»Ja, und jetzt laufen Sie, schnell, bevor die Türen geschlossen werden.«

Marie umklammerte den Griff ihres Trolleys etwas fester und rannte durch den Tunnel, der das Gate mit dem Flugzeug verband. Ihre Absätze donnerten über die geriffelten Metallplatten des Bodens, hinter ihr keuchte Eva.

»Schön, dass Sie es einrichten konnten!« Die Stewardess verdrehte die Augen und streckte die Hand nach Maries Bordkarte aus. »Reihe zweiundvierzig, Platz A, am Fenster«, las sie laut vor und deutete den Gang zu ihrer Rechten hinunter.

»Ich habe 19 E, also bis später!« Eva zwinkerte ihr aufmunternd zu.

Die Maschine verfügte in der Economy Class über vierundvierzig Reihen mit jeweils zwei Sitzen an den Seiten und eine Viererreihe in der Mitte und war anscheinend ausgebucht. Etwa dreihundertfünfzig Augenpaare richteten sich auf sie und als wäre das nicht schon peinlich genug, wurden sie von tosendem Applaus empfangen. Marie wünschte sich, unsichtbar zu sein, und hastete durch den schmalen Gang zwischen den Sitzreihen. Ihre Augen trafen den Blick einer Blondine und das hämische Lächeln darin trieb ihr das Blut in die Wangen. *Na, das geht ja gut los!*

Doch es sollte noch schlimmer kommen: In Reihe zweiundvierzig, auf dem Platz am Gang, saß der Typ, der ihr vorhin auf die Hand getreten war, und grinste ihr entgegen.

Was will der denn hier? Sein Anzug sah nicht so aus, als wäre er auf dem Weg in die Ferien, eher zu einem Business-Meeting in Zürich oder London. Aber vielleicht hatte er ja geschäftlich in der Dominikanischen Republik zu tun.

»So sieht man sich wieder.« Er sprang auf. »Warten Sie, ich helfe Ihnen mit dem Handgepäck!«

Sie zog ihre Daunenjacke aus und stopfte sie zu der Wechselkleidung in den Trolley. Auch er hatte das Jackett abgelegt, weshalb Marie nicht umhinkam, seine sportliche Figur zu bemerken, als er das Köfferchen ins Gepäckfach über ihren Köpfen hob. Unter seinem Hemd zeichneten sich seine Muskeln ab, die darauf schließen ließen, dass ihm sein Aussehen wichtig war.

»Bloß keine Umstände!«, zischte sie, fischte die Kopfhörer aus ihrer Handtasche und knallte die Klappe der Gepäckbox zu.

»Ich hätte sowieso aufstehen müssen.« Er deutete auf den Fensterplatz. »Nach Ihnen.« Dieses selbstgefällige Grinsen konnte einen echt auf die Palme bringen.

Sie zwängte sich an ihm vorbei und ließ sich auf ihren Sitz fallen.

Eine der Stewardessen schritt durch den Gang und blieb neben ihnen stehen. »Würden Sie bitte Ihren Gurt anlegen?« Sie deutete auf Maries Schoß.

»Oh, sicher.« Umständlich fummelte sie an ihrem Anschnallgurt herum, aber er ließ sich nicht schließen. Das Schloss klemmte oder ihre Finger waren plötzlich zu dumm, es richtig zu machen.

»Brauchen Sie Hilfe?« Er beugte sich rüber und

nahm ihr die Enden des Gurts aus der Hand. Dabei kam er ihr so nahe, dass sein Aftershave in ihre Nase stieg, und ohne es zu wollen, sog sie den Duft ein. Er roch gut, nach Sandelholz und Zitrusfrüchten, an der Oberfläche frisch, doch auf einer tieferen Ebene männlich und irgendwie ... *sinnlich.* Marie wischte den Gedanken fort. *Was um Himmels willen macht er denn da?* Seine Hände waren nur Zentimeter von ihrem Schoß entfernt, als er den Gurt anlegte. Die Teile des Schlosses schnappten mit einem metallischen Klicken ineinander, dann zog er den Gurt straff. *O Gott, wie peinlich!* Er hatte sie angeschnallt wie ein kleines Kind.

»Safety First!« Er schenkte erst ihr und dann der Flugbegleiterin ein strahlendes Lächeln und an der Art, wie die Stewardess ihn ansah, erkannte Marie, dass sich die Passagiere in Reihe 42 nicht über mangelnden Service beklagen würden.

Kurz darauf ertönte ein *Pling*!

»Boarding completed« schallte es aus den Lautsprechern über ihren Köpfen und die Maschine rollte in Startposition.

»Na, dann kommen wir ja heute doch noch zur Stella Maris.« Er nickte zufrieden.

»Wollen Sie etwa auch zum Schiff?« Sie starrte ihn entgeistert an.

»Wie wir alle hier!«, imitierte er ihren Tonfall von vorhin. »Das ist ein Charterflug«, fügte er hinzu.

Na toll! Also würde sie ihm in den nächsten zwei Wochen ständig über den Weg laufen. Aber von Männern hatte sie die Nase gestrichen voll und von schönen Männern sowieso. Ihre Mutter hatte sie ja immer gewarnt. »Von einem schönen Tellerchen wird man nicht satt!«, war einer ihrer Lieblingssprüche. »Ein schöner Mann gehört einem nie ganz allein« war der andere.

Ihre Mutter wusste, wovon sie sprach. Maries Eltern hatten sich scheiden lassen, als sie gerade vierzehn gewesen war, weil ihre Mutter die ständigen Eskapaden ihres Ehemanns nicht länger ertrug. Seitdem lag sie Marie ständig in den Ohren, sie solle sich bloß nicht auf einen Mann einlassen, erst recht keinen schönen. Aber sie hatte ja nicht darauf hören wollen und gemeint, sie wüsste es besser, ihr passierte sowas nicht. Als sie Daniel kennenlernte, hatte sie sich sofort in ihn verliebt, in sein Aussehen, den feinen Humor, seine besonnene Art. Er war Steuerberater in einer großen Kanzlei, absolut verlässlich und vollkommen berechenbar. So hatte sie zumindest immer geglaubt und nicht im Traum daran gedacht, dass er sie betrügen könnte. Bis zu diesem Anruf.

Sie hatte erst gar nicht verstanden, was der Polizist meinte, als er von Daniels Begleitung sprach. »Benny?«, hatte sie begriffsstutzig gefragt.

»Nein, äh …« Ein Rascheln von Papier, als er durch seine Notizen geblättert hatte. »Die Beifahrerin, eine Frau Romina Schneider.«

Ina, seine Assistentin.

Die Motoren dröhnten, das Flugzeug beschleunigte und raste über die Startbahn. Marie wurde in ihren Sitz gepresst. Die Maschine hob ab und ihr wurde flau im Magen. Genau so fühlte sie sich in letzter Zeit: Als hätte ihr jemand mit Schwung den Boden unter den Füßen weggezogen. Plötzlich war da nichts mehr, nur dieses Vakuum der Unsicherheit, wie ein luftleerer Raum mit einem Boden aus reiner Selbstbeherrschung. Wenn die zerriss, gab es keinen Halt. Dann würde sie fallen und es war niemand mehr da, der sie auffing. Jetzt war sie vollkommen allein. Ihre Kehle wurde eng und sie schluckte hart, um den Kloß darin loszuwerden.

Ihr Sitznachbar ließ nicht locker. »Flugangst?«, fragte er mit wissendem Blick auf ihre Hände, die die Armlehnen so fest umklammerten, dass die Knöchel weiß hervortraten.

Marie hatte es gar nicht bemerkt und lockerte ihren Griff. »Keine Sorge, hab ich nicht«, gab sie barsch zurück, obwohl ihr beim Fliegen immer ein bisschen mulmig war.

Sie wandte den Kopf und sah aus dem Fenster. Das Flugzeug neigte sich sanft zur Seite und flog einen Bogen. Unter ihnen zog die Landschaft dahin, verschneite Wiesen und Bäume, dann Häuser, eine Siedlung. Irgendwo dort unten lag Kleinenbroich und am Holzkamp das Reihenhaus, in das sie eigentlich bald hätten einziehen wollen. Gerade einmal sechs Wochen war es her, dass sie zusammen mit Daniel die Fliesen ausgesucht hatte. Es erschien ihr wie eine Ewigkeit. Dabei hatte sie sich vorgestellt, wie kleine Füßchen durch die Diele tapsen würden. Der Gedanke versetzte ihr einen Stich und ihr Herz zog sich schmerzhaft zusammen. Das Haus stand für alles, was ihr etwas bedeutete. Ein gemeinsames Heim, Kinder, eine glückliche Familie, einfach eine Zukunft. Doch daraus wurde nun nichts mehr. Da sie und Daniel nicht geheiratet hatten, war Marie nicht erbberechtigt, und das Verhältnis zu ihren zukünftigen Schwiegereltern war nie das beste gewesen. Deshalb stand sie nun da, mit zweiunddreißig, und musste noch mal ganz von vorn anfangen. Und das machte ihr eine Höllenangst.

Wie sollte es jetzt weitergehen? Ihre Wohnung war gekündigt, Gleiches galt für den Job. Sie hatte ihre Stelle in der Bank aufgegeben und sich auf eine neue bei der Sparkasse Kleinenbroich beworben, wo sie im Januar anfangen würde. Aber was sollte sie jetzt noch in Kleinenbroich? Ein verzweifeltes Schluchzen entrang sich ihrer Kehle.

»Alles in Ordnung?« Er warf ihr einen besorgten Blick zu und legte sanft die Hand auf ihren Arm. Die mitfühlende Geste brachte sie vollends aus der Fassung, Marie brach in Tränen aus.

Er zog seine Hand zurück und sah sie erschrocken an. Es war ihr unangenehm, vor ihm zu weinen, also senkte sie den Blick und versteckte ihr Gesicht hinter einem Vorhang aus Haar. Verstohlen fuhr sie sich mit der Hand über die Augen und wischte die Tränen fort. Er reichte ihr ein Taschentuch und sie schnäuzte sich vernehmlich.

»Besser?«

»Ja, geht schon wieder«, log sie und bemühte sich um ein Lächeln.

»Wirklich?« Er musterte sie eindringlich aus meerblauen Augen.

»Alles gut.« Nichts war gut! Aber das ging niemanden was an, erst recht keinen Wildfremden, auch wenn er sie noch so besorgt ansah. Marie kramte das Reisenecessaire aus der Tasche an der Rückseite des Vordersitzes. Sie entnahm die dunkelblaue Schlafmaske mit dem Logo der Airline, zog sie über die Augen und rollte sich auf ihrem Sitz zusammen.

Kapitel Zwei

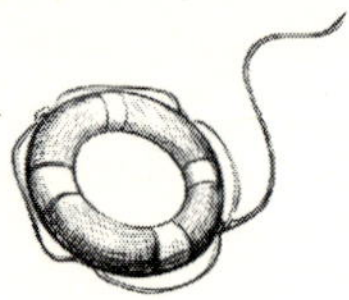

La Romana / Dominikanische Republik 32 °C, bewölkt, Luftfeuchtigkeit 85 Prozent

Zehneinhalb Stunden später ertönte wieder das leise *Pling* und die Anschnallzeichen leuchteten auf. Der Pilot leitete den Sinkflug ein, die Landschaft unter ihnen gewann an Konturen. Buschland und Felder zeichneten sich ab, dazwischen versprenkelte Farmhäuser. Das Flugzeug flog eine weite Kurve. Ein Raunen ging durch den Passagierraum, als der Hafen ins Blickfeld geriet und mit ihm das riesige weiße Kreuzfahrtschiff, das für die nächsten zwei Wochen ihr schwimmendes Hotel sein würde.

»Da liegt die Stella Maris«, sagte ihr Sitznachbar und deutete an ihr vorbei aus dem Fenster, als wäre ihr das Schiff sonst entgangen.

»Aha«, sagte sie knapp. Man musste entweder schlafen oder blind sein, um es zu übersehen.

Das Fahrwerk wurde ausgefahren und zwei Minuten später setzte die Maschine mit einem sanften Ruck auf der Landebahn auf.

»Wir sind soeben auf dem International Airport von La Romana gelandet, ich hoffe, Sie hatten einen angenehmen Flug«, verkündete die näselnde Stimme des Piloten über die Lautsprecheranlage.

Von angenehm konnte nun wirklich keine Rede sein, Marie hatte die meiste Zeit geschlafen und den Rest damit verbracht, die Blicke ihres Sitznachbarn zu ignorieren.

»Es ist jetzt vierzehn Uhr fünfundvierzig Ortszeit und die Außentemperatur beträgt zweiunddreißig Grad Celsius. Bitte bleiben Sie angeschnallt sitzen, bis das Flugzeug die Parkposition erreicht hat.«

Sobald die Maschine zum Stehen kam, sprangen sämtliche Passagiere auf und rissen ihr Handgepäck aus den Boxen. Innerhalb von Sekunden drängelten alle im Gang, dabei waren die Türen noch gar nicht geöffnet. Auch Marie wollte nur noch hier raus. Der Typ stand auf, legte die Arme hinter den Kopf, bog den Rücken durch und streckte sich ausgiebig, weshalb sie erneut nicht umhinkam, seine Figur zu bewundern. *So ein Angeber!* Mit einem Ruck wandte sie sich um und öffnete das Gepäckfach.

»Darf ich Ihnen wieder behilflich sein?«, fragte er direkt neben ihrem Ohr und das warme Timbre seiner Stimme ging ihr durch Mark und Bein.

»Es geht schon!« Marie bemühte sich, ihren Trolley betont lässig aus dem Gepäckfach zu heben und sich dessen Gewicht nicht anmerken zu lassen.

Mit einem belustigten Lächeln deutete er den Gang hinunter und ließ ihr den Vortritt. Vermutlich war er sich seiner Wirkung auf Frauen absolut bewusst, aber da war er bei ihr an der falschen Adresse!

Die Hitze traf sie wie ein Faustschlag, als sie das Flugzeug verließ. Marie prallte zurück, was dazu führte, dass der Schönling in sie rein lief. Er war ganz dicht hinter ihr, sie konnte die Wärme seiner Haut durch ihr T-Shirt spüren. Sein Atem strich über ihren Nacken und trotz der tropischen Hitze rann ein Schauer über ihren Rücken.

Sie hastete die Gangway hinab, und bevor sie unten angelangt war, überzog bereits ein dünner Schweißfilm ihre Arme. Der Asphalt des Rollfeldes flirrte vor Hitze unter der karibischen Sonne, in der Luft hing der Geruch nach Kerosin und etwas, das sie nicht identifizieren konnte, irgendwie üppig und reif.

»Bienvenidos« begrüßte ein farbenfrohes Schild sie, daneben stand Eva und wartete. Doch sie betraten das Flughafengebäude gar nicht, sondern wurden direkt am Flugfeld entlang zu den Shuttlebussen geführt.

Nach einer kurzen Busfahrt über die Autobahn erreichten sie den Hafen von La Romana und mit ihm die MS Stella Maris.

»Unglaublich«, kommentierte Eva und sie hatte recht. Man konnte nicht anders, als beeindruckt zu sein, wenn man das Schiff zum ersten Mal sah. Die blendend weißen Stahlflanken erhoben sich vierzehn Stockwerke in den karibischen Himmel und überragten die flachen Gebäude des Hafenterminals, wo die ankommenden Gäste schon zum Check-in erwartet wurden.

»Welches Deck?«, wollte ein junger Mann von ihnen wissen. Er war etwa Anfang zwanzig, lächelte breit und trug dunkelblaue Shorts und ein Poloshirt, dessen Brust ein aufgestickter Seestern und der Schriftzug *Stella Maris* zierten.

»Deck sieben«, antwortete Marie.

»Dann bitte hier entlang.« Er deutete auf den Schalter mit der Aufschrift »6-7« und sie reihten sich in die Schlange und durchliefen die Aufnahmeprozedur. Tickets, Pässe, Gesundheitsfragebogen.

»So, schnell noch ein Foto«, sagte die Angestellte, die sie eincheckte, und streckte Marie eine Webcam entgegen. Ohne Vorwarnung drückte sie den Auslöser.

Marie beugte sich vor, warf von der Seite einen Blick auf das Display des Laptops und zuckte zusammen. Ich sehe aus wie ein Zombie, dachte sie beim Anblick der eingefallenen Wangen und dunklen Schatten unter ihren Augen.

»Schrecklich.«

»Ist bloß für die Sicherheitskontrolle. Hier, Ihre Bordkarten.« Sie streckte ihnen zwei Chipkarten entgegen. »Dann willkommen an Bord und viel Spaß.« Die junge Frau strahlte und war mindestens so gut gelaunt wie ihr Kollege. Wieso hatten hier eigentlich alle so ekelhaft gute Laune?

Marie stopfte ihre Bordkarte in die Hosentasche und folgte Eva den gewundenen Weg hinunter zum Hafenbecken. Je näher sie kamen, umso unwirklicher erschien ihr die Größe dieses Kolosses. In Nischen in der Bordwand hingen signalgelbe Rettungsboote, deren rundliche Form Marie an eine überdimensionale Version dieser Kapseln in Überraschungseiern erinnerte. Darüber erstreckten sich drei Reihen Balkone, unterbrochen von einer riesigen, trapezförmigen Glasfront in der Mitte des Schiffs. Den Bug schmückte das Bild eines abstrakten Seesterns, unterlegt mit einem farbenfrohen Wellenmuster, das sich bis zur Eingangsluke zog. Dort wartete bereits ein braungebrannter Mann in schneeweißer Uniform unter einem aufklappbaren Pavillon und wies die ankommenden Gäste mit freundlichem, aber durchaus nachdrücklichem Lächeln auf die Spender mit Desinfektionsmitteln hin.

Nachdem sie sich die Hände desinfiziert hatten, kontrollierte ein asiatisch aussehender Mann das Datum auf ihren Bordkarten, und schließlich erreichten sie ein Terminal, an dem ein weiterer Asiate die Karte ergriff und durch ein Lesegerät zog. Seine beigefarbene Uniform und das Namensschild wiesen ihn als Sicherheitsoffizier aus. Er musterte Marie eindringlich, als wollte er sich ihre Gesichtszüge genau einprägen, warf einen Blick auf sein Terminal und zuckte zusammen. »Oh!«

Marie seufzte. Anscheinend hatte er das Sicherheitsfoto entdeckt.

Evas Bild schien besser getroffen, denn sie wurde mit einem »Welcome on Board« begrüßt.

Sie reihten sich in die Schlange vor dem Gepäckscanner ein, und nachdem man ihr Handgepäck durchleuchtet und sie abgetastet hatte, standen sie endlich im Bauch des Schiffes.

Da waren sie also, dies würde für die nächsten zwei Wochen ihr schwimmendes Zuhause sein. Zusammen mit zweieinhalbtausend anderen Gästen, denen man vierzehn Tage nicht aus dem Weg gehen konnte. Und vor allem einem ganz speziellen Gast, der …

Marie sah sich um und erwartete beinahe, den Typen aus dem Flieger wieder zu entdecken, doch im Trubel des Check-in hatte sie ihn aus den Augen verloren. Aber bei ihrem Glück bewohnte er vermutlich die Kabine gleich nebenan.

Der Speicherchip ihrer Bordkarte enthielt nicht nur sämtliche Passagierdaten und das schreckliche Foto, sondern auch den Code für das elektronische Türschloss der Kabinentür. Marie steckte ihre Karte in den dafür vorgesehenen Schlitz und nach zwei, drei Versuchen hatte sie den Bogen raus, mit welcher Geschwindigkeit man die Karte wieder herausziehen musste. Die schwere Metalltür öffnete sich zu einer lichtdurchfluteten Balkonkabine, die viel geräumiger wirkte, als Marie vermutet hatte. Siebzehn Quadratmeter hatten sich im Prospekt so klein angehört, dabei war die Kabine großzügig geschnitten, was nicht zuletzt am durchdachten Raumkonzept lag. Ein Doppelbett mit angedeutetem Himmel aus taubenblauem Stoff dominierte den Raum, der Rest der Einrichtung war farblich darauf abgestimmt: cremefarbene Wände, Schranktüren und Schminktisch aus Nussbaum-Holz, das grau-blaue Streifenmuster des Teppichs erinnerte an Wellen.

»Wow!« Eva stellte ihre Handtasche auf dem Schminktisch ab und drehte sich einmal um ihre eigene Achse. »Schau dir diesen Luxus an!«

Marie ließ sich aufs Bett fallen und wandte den Kopf. Ihre Kabine lag auf der hafenabgewandten Schiffseite und der Blick durch die gläserne Balkonverkleidung aufs Meer war atemberaubend. Es wäre wirklich romantisch, hier zu liegen und ... *Jetzt nicht schon wieder an Daniel denken!*

»Also, was machen wir jetzt Schönes?«

Marie riss sich zusammen. »Ich schlage vor, wir machen uns erstmal frisch und dann erkunden wir das Schiff.«

Das offene Theatrium bildete den zentralen Dreh- und Angelpunkt im Herzen der Stella Maris. Es diente nicht nur der Abendunterhaltung, sondern verband auch die Decks 9 bis 11 über geschwungene Treppen entlang der verglasten Seitenwände, die eine spektakuläre Aussicht auf den Hafen boten. Von hier aus erreichte man sämtliche Annehmlichkeiten, die den Gästen während ihrer Reise zur Verfügung standen, mehrere Bars, die Shopping Mall inklusive Parfümerie, Schmuckgeschäft und Kunstgalerie, die Ausflugsschalter, den Foto-Counter sowie den ausgedehnten Wellness- und Fitnessbereich.

»Ist das nicht der Wahnsinn?« Eva strahlte über das

ganze Gesicht. »Ich kann kaum glauben, dass wir hier sind.«

Marie nickte matt. Noch vor vier Tagen hatte sie selbst nicht mehr damit gerechnet, und es kam ihr unwirklich vor, beinahe surreal.

Doch sie behielt diesen Gedanken für sich, stattdessen sagte sie: »Man kann sich glatt verlaufen.« In der Tat bezweifelte sie, dass sie sich nach dem kurzen Rundgang zurechtfand. Es würde wohl ein paar Tage dauern, bis sie sich orientieren konnte, aber noch war es einfach nur verwirrend. Man konnte fast vergessen, dass man sich auf einem Schiff befand, es ähnelte wirklich der so oft zitierten Kleinstadt. Wenn nicht das Meer gewesen wäre, das in perfektem Karibikblau hinter den Fenstern glitzerte.

Staunend erklommen sie die geschwungenen Treppen, vorbei am Casino, bis hoch auf Deck 11, wo sie schließlich einen Ausgang zum unteren Teil des Pooldecks fanden.

Es war aufgebaut wie ein römisches Amphitheater. Breite Holzstufen erhoben sich in einem Halbrund über den Pool und die Freifläche, an deren Stirnseite eine weitere Bühne Unterhaltung versprach. Die ersten Sonnenhungrigen hatten es sich bereits auf den türkisblauen Liegen bequem gemacht, während um sie herum einige Kellner dabei waren, eine mobile Bar aufzubauen, andere schleppten Blumenkübel mit Kunstpalmen heran. Anscheinend fand hier später die Begrüßungsparty statt, wie ein Blick auf die gigantische Videoleinwand bestätigte, die über der Bühne hing. Dort flimmerte das Abendprogramm über den Bildschirm, auf dem als erster Punkt die Seenotrettungsübung stand, die für zwanzig Uhr angesetzt war. Jetzt war es ... Schon viertel vor sechs? Marie war gar nicht aufgefallen, dass sie jetzt schon fast zwei Stunden hier rumliefen.

Evas Magen knurrte vernehmlich, aber das einzige, was sie bisher noch nicht entdeckt hatten, waren die Restaurants.

»Lass uns gucken, ob unser Gepäck inzwischen da ist, und was essen gehen«, schlug Marie vor, woraufhin Eva ihr einen dankbaren Blick zuwarf.

»Auf jeden Fall, ich sterbe gleich vor Hunger.«

Das geschmackvoll eingerichtete Buffetrestaurant *Le Marché* erinnerte an einen lebhaften Markt an der französischen Mittelmeerküste und bot Platz für mehrere hundert Gäste. Trotzdem platzte es aus allen Nähten, anscheinend war Eva nicht die einzige Hungrige an Bord. Nach kurzem Suchen fanden sie zwei freie Plätze an einem großen runden Tisch für acht Personen. Eva stürmte sofort zum Buffet und schaufelte sich Vorspeisen auf einen Teller. Marie tat es ihr gleich, sie wollte vermeiden, dass Eva sich sorgte, wenn sie mitbekam, wie wenig sie aß.

Es heißt, jeder Mensch durchlaufe fünf Phasen der Trauer: Leugnen, Wut, Verhandeln, Depression und Akzeptanz. Als Marie die Nachricht von Daniels Unfall erhalten hatte, hatte sie es zunächst nicht wahrhaben wollen. Doch mit der Erkenntnis, dass Ina neben ihm gesessen hatte, kam schlagartig die Wut. Und weil kein Daniel mehr da war, mit dem sie darüber hätte »verhandeln« können, war Marie direkt in Phase vier durchgeschlittert.

Die Depression hatte sie eiskalt erwischt. Tagelang hatte sie auf der Couch gelegen und die Wand angestarrt, unfähig, sich um die elementarsten Dinge wie Körperpflege oder Essen zu kümmern.

Bis Eva aufgetaucht war, sie unter die Dusche gesteckt und in der Wohnung klar Schiff gemacht hatte. Und dabei hatte sie schließlich den Umschlag mit den Tickets entdeckt.

»Was wird jetzt aus der Kreuzfahrt?«, hatte sie gefragt.

»Nichts«, hatte Marie geantwortet, denn es waren ja nur noch vier Tage bis zum Abflug. Aber das hatte Eva nicht davon abgehalten, spontan Urlaub einzureichen. Nach etlichen Telefonaten mit der Reederei war es ihr tatsächlich gelungen, einen Mitarbeiter dazu zu bringen, das Ticket von Daniels Namen auf ihren umzubuchen. Wenn sich Eva etwas in den Kopf gesetzt hatte, bekam sie es auch, sie konnte sehr überzeugend sein.

Es kam Marie immer noch unwirklich vor, dass es gerade einmal knappe sechsundneunzig Stunden her war, seit Eva sie aus ihrer Trübsal gerissen hatte.

»Ist das eure erste Kreuzfahrt?, wollte Maries Tischnachbarin wissen.

Marie sah von ihrem Teller auf. Bisher hatte sie die blonde Frau Anfang vierzig kaum zur Kenntnis genommen, zu sehr war sie in ihren Gedanken versunken gewesen.

»Hmm, erstes Mal.« Sie stopfte sich schnell ein Stück Weißbrot in den Mund, um nicht weiter auf die Umstände ihrer Reise eingehen zu müssen, und atmete innerlich auf, als die Blonde den Faden so bereitwillig ergriff.

»Ach, wie aufregend«, plapperte sie los. »Dann müsst ihr unbedingt das Ablegen sehen und danach zur Welcome-on-Board-Show, die ist toll …«

Doch Marie hörte ihr schon gar nicht mehr richtig zu. Was tat sie hier eigentlich? Sie fühlte sich seltsam hohl, wie eine leere Hülle zwischen alle den glücklichen Urlaubern, und wünschte sich einfach nur zurück auf ihre Couch.

Nach dem Essen gingen sie auf ihre Kabine, wo sie die grellorangenen Rettungswesten aus dem Schrank nahmen und warteten, bis das Signal zum Generalalarm über die Lautsprecheranlage ertönte. Sieben lange Töne und ein kurzer wiesen die Gäste an, das Schiff umgehend zu verlassen, also streifte Marie ihre Schwimmweste über und folgte den Anweisungen des Personals zu der ihnen zugeteilten Musterstation mit dem Buchstaben D im Außenbereich von Deck 5. Dort versammelten sich alle Gäste, die heute angereist waren. Die meisten scherzten und lachten über die unkleidsamen Rettungswesten und es herrschte eine ausgelassene Stimmung, bis die Sicherheitsdurchsage begann.

»Feuer ist eine der größten Gefahren an Bord, deshalb achten Sie zu Ihrer eigenen Sicherheit darauf ...«

Meine eigene Sicherheit, dachte Marie. Ihr persönliches Sicherheitsempfinden hatte damals durch die Scheidung ihrer Eltern empfindlichen Schaden genommen. Ihr Bruder Justus war schon achtzehn gewesen, deshalb erschien es als die unkomplizierteste Lösung, die Familie in einen Frauen- und einen Männerhaushalt aufzuteilen. Justus durfte bei ihrem Vater in der Villa wohnen bleiben, während Marie ihre vertraute Umgebung verlassen musste, um mit ihrer Mutter in eine schmucklose Zweizimmerwohnung in Oberbilk zu ziehen. Ihre Mutter hatte ihren ganzen Frust bei Marie abgeladen. Dabei ging es ihr doch auch nicht gut, sie musste selbst mit dem Verlust ihrer heilen Familienwelt zurechtkommen. Manchmal wünschte Marie, sie wäre damals jünger gewesen, vielleicht hätte ihre Mutter sie dann wie eine Tochter behandelt und nicht wie eine Freundin. Im Stillen hatte sie sich gewünscht, dass Mama sie einfach mal in den Arm genommen und getröstet hätte, wie normale Mütter das machten, statt ihr die Ohren voll zu jammern. Aber so hatte sie allein damit fertig werden müssen und ihr Urvertrauen war nie ganz zurückgekehrt. Es hatte Jahre gedauert, bis sie sich wieder einigermaßen gefestigt gefühlt hatte. Erst die Beziehung mit Daniel hatte ihr schließlich die nötige Stabilität verliehen, und sie hatte geglaubt, dass alles wieder in Ordnung käme, wenn sie erst ihre eigene Familie hätte. Bis zu seinem Unfall. Seitdem waren all die alten Wunden wieder aufgerissen. Und die Tatsache, dass Daniel sie betrogen hatte, trug nicht dazu bei, dass sie sich allzu schnell wieder schließen würden.

Die Seenotrettungsübung zog an Marie vorüber, während sie ihren Gedanken nachhing, bis Eva sie schließlich in die Seite stupste.

»Träumst du?«

»Was?«

»Die Übung ist vorbei und die Welcome-Show fängt gleich an.«

»Ich weiß nicht«, antwortete Marie ausweichend. »Ich bin müde, es war ein anstrengender Tag.«

»Komm schon, es ist der erste Abend!«

Marie seufzte. »Wenn's sein muss.«

»Wir haben Urlaub, schon vergessen?«

Nein, das hatte Marie nicht vergessen und spätestens der Entertainmentmanager erinnerte sie wieder daran, als sie auf Deck 11 standen. Der untere Teil des Pooldecks hatte sich inzwischen in eine tropische Partykulisse verwandelt. Die Blätter der Plastikpalmen wogten sanft im Fahrtwind, Kellner schwirrten umher und verteilten Sekt an die umherstehenden Gäste. Marie ließ ihren Blick über die Menge schweifen. Es schien, als wäre das gesamte Schiff versammelt. Alle Plätze auf den breiten Holzstufen waren besetzt und über ihnen, auf Deck 12, drängten sich die Passagiere an den Brüstungen. Alle sahen gebannt zur Bühne, die gerade ein blonder Hüne betrat.

»Ich bin Ihr Entertainmentmanager Chris«, rief er

in sein Mikrofon, »und ich möchte mit Ihnen auf diese Reise anstoßen.«

Alle Passagiere erhoben ihre Sektgläser.

»Denn ... SIE, HABEN, URLAUB!«

Jubel brandete über das Pooldeck.

Chris wartete ihn ab und fuhr fort: »Und nun begrüßen Sie mit mir den wichtigsten Mann dieses Schiffes, Kapitän Harald Petersen!«

Unter tosendem Applaus betrat der Kapitän die Bühne, ein schlanker Endfünfziger, nicht sonderlich groß. Marie musste sich auf die Zehenspitzen stellen, um über die Köpfe der vielen Menschen hinweg einen Blick auf ihn zu erhaschen.

»Meine Damen und Herren«, setzte der Kapitän an, »für mich endet die Fahrt bald, aber Ihre hat gerade erst begonnen. Deshalb erheben Sie Ihr Glas und lassen Sie uns gemeinsam anstoßen. Auf eine wunderbare Reise!«

»Auf eine wunderbare Reise!«, antworteten die Gäste im Chor und Marie stimmte ein. Ihre Lippen fühlten sich dabei seltsam taub an.

»Kapitän Petersen ist ein wahnsinnig toller Kapitän!«, bemerkte eine aufgetakelte Mittfünfzigerin, die vor ihr stand.

»Und so attraktiv!«, pflichtete die Frau daneben bei und zupfte am Ausschnitt ihrer wildgemusterten Bluse.

»Seine Durchsagen sind immer so witzig.«

Das ist ja mal wieder typisch!, dachte Marie. Kaum trug ein Kerl eine Uniform oder einen weißen Kittel, wie ihr Vater, war es um die Damenwelt geschehen und die Frauen schmolzen reihenweise dahin. Dieses Anhimmeln war ja kaum auszuhalten!

Der Entertainmentmanager ergriff wieder das Wort: »Wie Sie vielleicht wissen, handelt es sich bei dieser Tour um eine ganz besondere Reise, unser Flitterwochen-Special.«

Oh mein Gott! Das hatte sie komplett verdrängt. Marie erinnerte sich an die Angestellte im Reisebüro, die ihnen damals geraten hatte, zwei Wochen später zu fahren. Sie hatte irgendetwas von »besonderer Reise« erzählt und meinte, dann sei auch das Wetter besser.

Chris hielt seine Hand flach über die Augen und schirmte sie gegen die Scheinwerfer ab. »Wo sind die Flitterwöchner?«

Der Jubel war kaum schwächer als vorhin, an Bord mussten sich gefühlt fünfhundert Paare befinden, die ihre Begeisterung herausschrien.

Marie leerte ihren Sekt in einem einzigen Zug.

»Deshalb haben wir für Sie eine ganze Reihe an romantischen Aktionen geplant«, fuhr der Entertainmentmanager fort. »Direkt morgen am Seetag gibt es zum Beispiel den Flitterwochen-Treff für alle Frischvermählten!«

Marie nahm Eva das Sektglas aus der Hand und kippte es hinterher.

»Also freuen Sie sich auf zwei Wochen ganz im Zeichen der Romantik!«, rief Chris ins Mikrofon. »Und außerdem«, fügte er hinzu, »haben wir auch einige Paare an Bord, die während dieser Reise in den Hafen der Ehe einlaufen werden. Und ich verspreche Ihnen, das wird superromantisch!«

Die Scheinwerfer erfassten das hochgewachsene Paar ein Stück rechts von Marie. Die beiden sahen sich verliebt an, ihre Hände verschlangen sich ineinander und dann beugte er sich zu ihr hinunter und küsste sie.

Das war zu viel für sie. Marie drehte sich auf dem Absatz um und marschierte über das Pooldeck.

Eva lief ihr nach und holte sie ein. »Wo willst du hin?«

»Na wohin wohl?« Marie verdrehte die Augen. »Zur Bar natürlich, ich brauche mehr Alkohol!«

»Was, du?« Eva hob erstaunt eine Augenbraue.

»Ja, ich! Viel Alkohol, sonst ertrage ich das nicht.«

Kapitel Drei

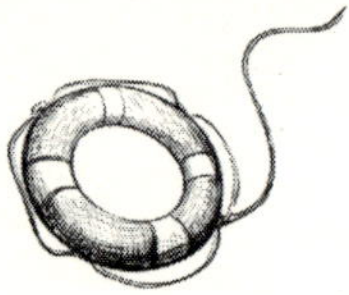

Karibisches Meer Position 17° 63' N, 69° 24' W, 26 °C, Wassertiefe 2367 Meter

»Was hast du gesagt?«, rief Eva über die Musik hinweg. In der Disco war es erstaunlich voll, die Hälfte der Gäste war schon eine Woche auf dem Schiff und dementsprechend munter. Die andere Hälfte, die heute mit ihnen angereist war, befand sich vermutlich im Bett. Hier war es kurz nach eins, das hieß also, dass es in Deutschland sechs Uhr morgens war. Oder sieben? Marie bekam es nicht mehr zusammen und zählte an ihren Fingern ab. Außerdem hatte sie inzwischen ganz schön einen sitzen, an der Poolbar hatten sie einige Shots gekippt, mit zwei Typen aus München, die ihnen auch Cocktails spendiert hatten. Als die Bar schloss, waren sie weitergezogen in die Disco.

»Das ist alles so unfair.«

»Nun vergiss doch mal Daniel!«, brüllte Eva

zurück. »Lass uns lieber ins Bett gehen, ich bin jetzt seit siebenundzwanzig Stunden auf den Beinen und fühle mich wie ein Zombie.«

Zombie, genau! So hieß das Zeug, das sie da trank, es passte zu ihrem neuen Look, wie Marie fand.

»Ich trinke noch aus«, entschied sie. Ihr Glas war fast voll und der Drink süß und stark. Vielleicht half er ihr dabei, Daniel endlich zu vergessen.

»Findest du allein den Weg zu unserer Kabine?«

»Na s-sicher«, nuschelte Marie. »Geh nur, ich komme gleich.«

Eva gähnte. »Dann bis später!«

Marie sah ihr nach und ließ den Blick über die Tanzfläche schweifen. Aus den Boxen schallte der letzte Sommerhit, irgend so eine Latino Nummer. Die Frauen zogen eine dementsprechende Show ab und schmiegten sich mit wiegenden Hüften an ihre Partner.

Es war stickig hier drin, die Luft roch nach Alkohol und dem Schweiß der Tänzer. Der Geruch bereitete ihr Übelkeit und plötzlich war es ihr zu voll und zu laut. Sie stürzte den Rest ihres Cocktails hinunter.

»Noch einen?« Der Barkeeper deutete auf das leere Glas.

»Nein.« Sie schüttelte den Kopf, alles drehte sich. »Ich brauche frische Luft.«

Marie torkelte hinaus auf das Deck. Die tropische Nacht umfing sie mit dunkler Schwüle und verweigerte ihr die erhoffte Abkühlung. Ich muss nach hinten, dachte sie, dort würde es windiger sein. Sie schwankte ein wenig und umrundete ein eng umschlungenes Pärchen, das in die Ferne blickte, vermutlich einer glücklichen Zukunft entgegen. Auf unsicheren Beinen steuerte sie weiter Richtung Heck, doch dort lauerte bereits das nächste verliebte Paar, um sie mit seinem Glück zu quälen. Marie ertrug den Anblick all dieser Verliebten nicht, denn das erinnerte sie zu sehr daran, wie übel das Schicksal ihr selbst mitgespielt hatte.

Endlich fand sie eine Stelle, wo sie allein war, ein Stück seitlich, im Schutze eines Windfangs.

Marie sah hinaus aufs Meer und fühlte sich unendlich einsam. Eva meinte ja, sie solle Daniel einfach vergessen, aber das gelang ihr nicht. So sehr sie sich auch bemühte, er war immer da, die Erinnerung an ihn begleitete sie wie ihr Schatten. Egal, wohin sie ging, egal, was sie tat, sie vermisste ihn mit jeder Faser ihres Herzens. Alles an ihm, seine Hände, seinen Geruch, die Art, wie er sie ansah, über den Rand seiner Zeitung hinweg. Er fehlte ihr so sehr.

Doch jedes Mal, wenn sie an ihn dachte, schob sich Inas grinsende Fratze vor das Bild in ihrer Erinnerung und verhöhnte sie. Ina war bei dem Unfall beinahe unverletzt geblieben und hatte, wie durch ein Wunder, nur ein paar Kratzer davongetragen. Doch damit nicht genug, sie hatte sogar die Frechheit besessen, bei Daniels Beerdigung aufzutauchen.

»Was willst du hier?«, hatte Marie sie angeschrien. Es war so demütigend gewesen, ihre Rivalin an seinem Grab zu sehen.

»Wir haben ihn beide verloren«, hatte Ina geantwortet.

»Wie lange ging das schon so?«, hatte sie tonlos gefragt und die Frage in dem Moment bereut, in dem sie sie aussprach.

»Dreieinhalb Jahre«, hatte Ina leise entgegnet, und erst da war Marie klar geworden, dass es sich bei den beiden nicht nur um einen Ausrutscher gehandelt, sondern ihr Verlobter sie jahrelang hintergangen hatte.

Ina ... Marie lachte bitter auf. Wieder kam die Wut in ihr hoch und die Trauer und all die anderen Gefühle, die sie seit Wochen verdrängte. Sie hasste Daniel dafür, auch wenn es sich schrecklich anfühlte, einen Toten zu hassen.

Und nun saß sie hier fest, auf diesem ... diesem Love Boat! Zwei lange Wochen mit lauter Verliebten. Vierzehn Tage voller Romantik und trauter Glückseligkeit. *Das ist doch zum ...*

Das Schiff schwankte und Marie mit ihm, ihr Magen fühlte sich plötzlich zu voll an. *Mir wird schlecht!*

Paul trat an die Reling und stützte sich mit den Händen auf. Für einen Moment schloss er die Augen und sog die Seeluft tief in sich ein. Er liebte das Meer. Für ihn gab es nichts Beruhigenderes, egal ob die Wellen tosten, wenn der Wind darüber peitschte, oder ob die See ganz flach lag, mit diesem öligen Glanz auf der Oberfläche, von dem er wusste, dass es sich dabei tatsächlich meist um verklapptes Schweröl handelte. Es gab keinen beruhigenderen Anblick, er vermochte immer, Pauls Seele zu besänftigen, egal, wie aufgewühlt sie auch war.

Das Mondlicht tanzte auf den Wellen und Pauls Blick folgte dem glitzernden Schein bis hin zu der Frau, die ein Stück von ihm entfernt ebenfalls an der Reling lehnte. Sie schwankte ein wenig und beugte sich vor. Vermutlich musste sie sich übergeben. Die Wellenhöhe betrug zwar nicht mal einen Meter, doch alle paar Sekunden traf eine langgezogene Welle von schräg hinten auf die Stella Maris und schaukelte sie sanft durch. Er hörte die Frau würgen. Das war ganz schön eklig. Außerdem hatte sie sich, je nachdem, in welche Richtung das Schiff sich neigte, eine interessante Stelle dafür ausgesucht. Einen halben Meter nach links und alles würde an der Bordwand landen. Einen halben Meter nach rechts und die Gäste des Restaurants auf dem darunterliegenden Deck würde morgen zum Frühstück eine Überraschung erwarten, wenn sie die Terrasse betraten. Er konnte sich ein Grinsen nicht verkneifen, wandte sich aber ab, bevor sie bemerkte, dass er sie beobachtete.

Marie sog einen tiefen Atemzug durch die Nase. *Besser!* Auf ihrer Zunge blieb der Nachgeschmack nach saurem Zombie. Genau so fühlte sie sich, wie eine Untote, die die Kontrolle über ihren Körper verloren hatte, ihre Knie waren wie Gummi und das blöde Schiff schaukelte ständig. Wie sollte man dabei in Ruhe nachdenken? *Ich muss mich einfach mal einen Moment setzen.*

Marie sah sich um, doch alle Stühle und Liegen waren fortgeräumt und festgezurrt. *Dann bleibt ja nur der Boden oder* … Ihr Blick fiel auf die Reling und blieb daran hängen. *Besser als nichts.*

Sie setzte den Fuß auf die unterste Strebe und kletterte hinauf. Dabei vermied sie den Blick in die Tiefe und konzentrierte sich darauf, die Querstreben zu erklimmen, eine nach der anderen, bis sie ein Bein darüber heben konnte. Einen Fuß auf jeder Seite verharrte sie und stabilisierte ihre Position, um nicht das Gleichgewicht zu verlieren, dann ließ sich mit dem Hintern auf den Handlauf plumpsen und schwang das andere Bein rüber. *Geschafft!*

Ihre Silhouette zeichnete sich im schwachen Gegenlicht ab, sie saß auf der Reling und starrte aufs Meer.

Sie will doch nicht etwa …?, schoss Paul durch den Kopf. Sein Herzschlag stockte. Er sprintete los, noch bevor er einen klaren Gedanken fassen konnte. Das war doch die Frau vom Hinflug, oder nicht? Er hatte gleich gewusst, dass mit ihr etwas nicht stimmte. Sie hatte so verletzlich ausgesehen, wie sie da gesessen hatte und unvermittelt in Tränen ausgebrochen war.

Der Tartanbelag der Joggingstrecke, die um das Deck verlief, dämpfte seine Schritte. Sie hatte ihn noch nicht bemerkt. Noch war er nicht nah genug, um sie zu fassen, aber wenn er sie nicht irgendwie aufhielt, würde sie springen, direkt vor seinen Augen. Er musste sie daran hindern, mit ihr reden, er ...

»Stopp!«, brüllte er, denn etwas anderes fiel ihm nicht ein.

Marie zuckte zusammen und wandte sich um.

»Sie schon wieder!« Der Typ aus dem Flieger, natürlich, wer auch sonst? »Müssen Sie sich so anschleichen?«, fuhr sie ihn an. »Sie haben mich ganz schön erschreckt.«

»Kommen Sie da runter, bitte!«, sagte er, aber es klang gar nicht wie eine Bitte, sondern mehr wie ein Befehl.

Sie schüttelte trotzig den Kopf.

»Was machen Sie denn da?«

»Wonach s-sieht's denn aus?«, nuschelte sie, es fühlte sich an, als hätte sie ein Stück Teppich im Mund.

»Ich dachte, Sie wollten springen«, sagte er und atmete hörbar auf.

Marie spähte argwöhnisch hinab in die finstere Tiefe. Wirklich ganz schön hoch von hier oben. Wer war schon so blöd und sprang freiwillig da runter?

»Iss wollte bloß-s ...«, setzte sie an. Ihre Zunge war ein Fremdkörper in ihrem Mund, ein unüberwindbares Hindernis für bestimmte Buchstaben.

»Sie sind betrunken«, stellte er fest und schob sich einen Schritt auf sie zu.

»Kommen Sie nicht näher!« Ihr war sowieso schon schlecht genug.

Er hob beschwichtigend die Hände. »Schon gut. Ich bleibe genau hier stehen, sehen Sie?«

Marie nickte. »Gut, und jetzt lassen Sie mich in Ruhe.«

»Ich sag Ihnen was«, fuhr er fort. »Wir gehen jetzt zur Bar und ich besorge Ihnen ein Glas Wasser.« Seine Stimme war sanft, aber in seinen Augen lag ein wachsamer Zug, er versuchte, sie einzuwickeln. »Und dann ...«

»Nein!«, unterbrach sie ihn heftig. *Rafft der eigentlich nicht, dass er stört?*

»Sie sind doch eine Frau in den besten Jahren.«

Marie stutzte. »Haben Sie mich gerade *alt* genannt?«

»Nein, so meinte ich das nicht. Ich wollte sagen, Sie sind jung und hübsch.« Er fand sie hübsch?

»S-sie sehen aber auch nicht schlecht aus«, nuschelte sie. *Habe ich das gerade laut gesagt?* Gott, sie war wirklich ganz schön betrunken. Das Blut schoss ihr ins Gesicht und sie hoffte, dass es zu dunkel war, dass er nicht sah, wie rot sie wurde. *Was mache ich hier eigentlich?*

Eine Welle traf das Schiff. Es schwankte und der Stoff ihrer leichten Sommerhose glitt über den Lack des Handlaufs. *Ich rutsche ab!* Panisch krallte sie ihre Finger um die Reling, aber es war zu spät. Sie konnte sich nicht halten, würde fallen und ...

Paul sprang einen Schritt nach vorn. Er streckte die Hände nach ihr aus und dachte für einen Moment, er würde sie nicht zu fassen bekommen. Aber dann schlossen sich seine Finger um ihre Oberarme und er grub sie tief hinein.

»Au, Sie tun mir weh, lass'n Sie mich sofort los!«, protestierte sie.

Doch den Gefallen würde er ihr nicht tun, vielmehr hielt er sie so fest, wie er noch niemanden in seinem Leben gehalten hatte, bis das Schiff wieder stabil lag. Dann schlang er einen Arm um ihren Oberkörper und zog sie mit aller Kraft zu sich, bis er den anderen unter ihren Beinen hindurchschieben und sie von der Reling heben konnte. Sein Puls raste. *Das war knapp!*

Das Adrenalin schoss durch Maries Adern und für einen Moment fühlte sie sich berauscht. Gleichzeitig nahm sie alles mit einer ungeheuren Klarheit wahr. Sie lag an seiner Brust und konnte seinen Herzschlag durch den weichen Stoff seines Hemdes spüren, es klopfte mindestens genauso schnell wie ihres. Er hatte sie hochgehoben, als wöge sie nichts, und sie einfach an sich gezogen, als wollte er sie vor der Welt beschützen.

»Alles gut«, murmelte er. »Sie sind in Sicherheit.«

Sicherheit! Eine warme Woge der Erleichterung durchfuhr sie. *Er hat mich gerettet!* Einem plötzlichen Impuls folgend schlang sie ihre Arme um seinen Hals, zog sich an ihm hoch und küsste ihn. Einfach so, mitten auf den Mund.

Seine Lippen waren warm und sanft und für einen Moment erwiderte er ihren Kuss. Doch dann ließ er sie plötzlich sinken, stellte sie auf die Füße und schob sie mit einem Ruck von sich weg.

»Tut mir leid, ich kann nicht«, stammelte er und trat einen Schritt zurück. »Wir werden beobachtet.«

»Beobachtet?«, fragte sie perplex, denn außer ihnen war niemand zu sehen und das Deck schien verlassen.

»Wir machen uns zum Gespött der Brücke, hier sind überall Kameras.« Er deutete auf die unauffällige Linse an der Bordwand hinter ihnen. »Da, sehen Sie?«

»Wofür denn?«

»Damit niemand, na, Sie wissen schon.«

»Damit niemand was? Sich küsst?«, neckte sie ihn und fragte sich im gleichen Atemzug, warum sie eigentlich auf einmal so albern war.

»Springt«, antwortete er schlicht und sah ihr fest in die Augen. »Versprechen Sie mir, das nie wieder zu tun!«

Sie nickte zögerlich.

»Wirklich, ich meine es ernst.«

Sie wollte gerade antworten, aber in diesem Moment öffnete sich eine Metalltür in der Bordwand und ein Sicherheitsoffizier trat hinaus.

»Was geht hier vor?«, verlangte er zu wissen. »Die Brücke hat mich informiert, dass jemand auf der Reling sitzt.«

»Schon gut!«, sagte der Schönling. »Ich habe die Situation unter Kontrolle, es ist alles in Ordnung.«

»Sind Sie sicher, Sir?«

»Ja, absolut. Ich werde jetzt dafür sorgen, dass die junge Dame wohlbehalten auf ihre Kabine gelangt.«

»Kabinennummer?«

Ihr Retter sah sie fragend an.

»S-siebn, eins, eins, zwo.«

Der Sicherheitsoffizier warf ihr einen zweifelnden Blick zu. »Ist wirklich alles in Ordnung, Madam?«

Sie nickte. »Ja, alles okay!«

Es war absolut okay. Außer, dass sie furchtbar betrunken war, gerade fast vom Schiff gefallen wäre, und dann einen wildfremden Mann geküsst hatte. Aber ansonsten war alles in bester Ordnung. Marie presste die Hand auf den Mund und unterdrückte ein hysterisches Kichern.

»So, da wären wir!«, stellte Paul fest und versuchte, die Frau irgendwie auf den Beinen zu halten. Sie hielt sich ein Auge zu und fokussierte das Schild mit der Kabinennummer an der Tür.

»Schtimmt!«, nuschelte sie und schwankte ein wenig.

Sie war wirklich ganz schön betrunken. Voll wie ein Pirat auf Landgang, um genau zu sein. Paul grinste und beobachtete, wie sie verzweifelt versuchte, ihre Bordkarte in den Schlitz des elektronischen Türschlosses zu stecken.

»Warten Sie, ich helfe Ihnen.« Er nahm ihr die

Karte aus der Hand, öffnete die Tür und hielt sie ihr auf.

Sie drehte sich um und sah ihm hoch. »Was hätten Sie gemacht, wenn ...?« Sie sprach den Satz nicht zu Ende.

»Dann wäre ich hinterhergesprungen«, flunkerte er.

»Wirklich?« Sie sah ihn mit einem seltsamen Blick an. Für einen Moment schien sie ganz weit fort zu sein, dann fing sie sich wieder.

Er schüttelte den Kopf und lächelte. »Nein, ich hätte einen Rettungsring hinterhergeworfen und die Brücke informiert«, stellte er richtig.

Sie blinzelte. »Wie heißt du eigentlich?«

»Paul.«

»Das ist ein schöner Name«, murmelte sie.

»Und du?«

»Marie.«

»Also dann, gute Nacht, Marie.« Er schob sie sanft durch die Tür. »Und versprich mir, keine Dummheiten zu machen.«

»Versch-prochen!« Sie schwankte in die Kabine und die Metalltür fiel mit einem lauten Krachen hinter ihr ins Schloss.

»Wo warst du?«, murmelte Eva schlaftrunken.

»Frische Luft schnappen.«

»Und wer war das?«

»Was?«

»Na, wer hat dich auf die Kabine gebracht? Patrick?«

»Wer ist Patrick?«, fragte Marie.

»Vorhin, an der Poolbar, Patrick und Jörg, klingelt da was?«

Marie erinnerte sich dunkel an die beiden Freunde aus München, die ihnen die Drinks spendiert hatten. »Ach ... ach so, nein, das war Paul.«

»Paul?«

»Der Typ vom Flughafen.«

»Ich dachte, du kannst ihn nicht leiden«, brummte Eva.

»Ich habe ihn geküsst«, flüsterte Marie, doch Eva antwortete mit einem leisen Schnarchen.

Sie hatte ihn wirklich geküsst! Das war vollkommen verrückt und Marie wusste überhaupt nicht, was da in sie gefahren war. Sie hatte noch nie einen fremden Mann geküsst, einfach so und dann auch noch ausgerechnet den Schönling. Aber es hatte sich verdammt gut angefühlt.

»Schöne Männer sind ...«, setzte die Stimme ihrer Mutter in ihrem Kopf an.

»Halt die Klappe, Mama!«, murmelte Marie, umarmte ihr Kissen und schlief mit einem seligen Lächeln auf den Lippen ein.

Kapitel Vier

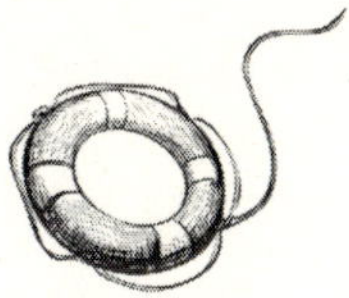

Seetag, auf dem Weg nach Aruba Position 15° 62' N, 69° 62' W, sonnig, schwacher Wind aus Nordost

»Soll ich dir was vom Buffet mitbringen?« Obwohl sie fast genauso viel getrunken hatte wie Marie, war Eva an diesem Morgen topfit.

»Au, nicht so laut!« Marie hielt sich den Kopf. Sie hatte einen entsetzlichen Kater.

»Einen O-Saft vielleicht?«

»Bloß nicht!« Allein beim Gedanken an Säure rebellierte ihr Magen. Warum hatte sie auch alles durcheinander getrunken? Außerdem hatte sie vorhin, als sie die Kabine verlassen hatten, eine Nachricht an der Tür entdeckt, sie solle sich an der Rezeption melden. Bestimmt hatte das etwas mit letzter Nacht zu tun. Sie erinnerte sich dunkel daran, dem Sicherheitsoffizier ihre Kabinennummer genannt zu haben.

»Da hat wohl gestern jemand über die Stränge geschlagen?« Der dickbäuchige Mann auf der gegenüberliegenden Tischseite grinste breit.

»Ach Heinz, lass doch.« Seine ebenfalls recht rundliche Frau stupste ihm in die Seite. »Siehst du nicht, dass sie vollkommen fertig ist, das arme Ding? Sie sind bestimmt seekrank, hab ich recht?«

Marie nickte, schenkte der Dame ein gequältes Lächeln und hielt sich die Hand vor die Stirn, um ihre Augen abzuschirmen. Selbst mit Sonnenbrille war es zu hell. Obwohl sie Platz an einem Tisch im Schatten gefunden hatten, stach das Licht in ihren Augen und sandte kleine Blitze aus Schmerz hinter ihre Stirn, aber Eva hatte ja unbedingt auf der Terrasse frühstücken wollen. Zumindest die frische Luft tat ihr gut. Marie stöhnte leise und nippte an ihrem Kaffee. Aus dem Lautsprecher über ihnen ertönte das schrille Pfeifen einer Rückkopplung, gefolgt von einem Knarzen, dann erklang eine verzerrte Stimme. »Guten Morgen, meine Damen und Herren, ich begrüße Sie an diesem herrlichen Seetag auf dem Weg nach Aruba. Ich bin Kapitän Veenhoff ...«

»Ah, der Neue!« Die Dame wandte das Gesicht zur Decke und lauschte angestrengt, als würde dadurch die Tonqualität besser.

Marie sah sie verständnislos an. »Was für ein Neuer?«

»Na, der neue Kapitän. Er hat heute seinen ersten Tag, stand in der Bordzeitung.«

»Welche Bordzeitung?«

»Die hing bei uns an der Tür, als ich letzte Nacht

zurück auf die Kabine gekommen bin«, antwortete Eva, die inzwischen mit dem dritten überladenen Teller vom Buffet zurückgekehrt war. »Liegt auf dem Schminktisch, hab aber noch nicht reingeschaut. Willst du wirklich nichts?«, fragte sie und biss in ein Croissant. Zumindest Eva machte die Seeluft so hungrig, wie man es ihr nachsagte.

Marie schüttelte den Kopf, das bevorstehende Gespräch drückte auf ihren Magen.

»Sie müssen noch viel lernen«, schaltete sich der Mann gegenüber wieder ein, »ich sage ja immer, ein guter Kreuzfahrer hat immer Hunger!« Er lachte dröhnend über seinen eigenen Witz und machte sich über sein fünftes Spiegelei her. Anscheinend war Heinz ein sehr guter Kreuzfahrer.

Die schlechte Vorahnung bestätigte sich, als sie pünktlich um elf Uhr an der Rezeption auf Deck 6 eintraf. Die Rezeptionistin lächelte sie freundlich an, doch als Marie ihren Namen nannte und die Nachricht über den Tresen schob, fiel das Lächeln der Frau in sich zusammen.

»Einen Moment bitte, Frau Lindberg.« Sie verschwand durch die Tür im Büro hinter der Rezeption und Marie hörte, wie sie ein paar geflüsterte Worte mit ihrer Kollegin austauschte, bevor sie plötzlich durch den Gang neben Marie wieder auftauchte. »Bitte folgen Sie mir, hier entlang!«

Sie führte Marie in einen Besprechungsraum, der

lediglich mit einem Tisch und vier Stühlen möbliert war.

»Der Kapitän will Sie sprechen.«

»Worum geht es denn?«

Die Rezeptionistin wirkte nervös, man sah deutlich, wie unangenehm ihr die Sache war. »Nun«, druckste sie herum, »ich schätze, es geht um diesen Vorfall, letzte Nacht.«

»Welchen Vorfall?«

»Auf der Reling,«, antwortete die Frau. »Setzen Sie sich, Kapitän Veenhoff ist gleich bei Ihnen«, fügte sie hinzu und deutete auf einen der Stühle. Auf der anderen Seite des Tisches lag ein Notizblock bereit.

Na großartig! Marie ließ sich auf den Stuhl sinken, mit dem Rücken zu Tür, und fühlte sich unbehaglich. Sie starrte die kahle Metallwand an und hoffte, es würde noch recht lange dauern, bis der Kapitän aufkreuzte. Wie sollte sie ihm nur erklären, dass sie so betrunken gewesen war, dass es ihr wie eine gute Idee erschien, sich auf die Reling zu setzen? Bei Tageslicht betrachtet war das ganz schön dämlich, um ehrlich zu sein. Wenn der Typ aus dem Flieger nicht gewesen wäre, *Paul* ... Was war das eigentlich für ein Name? So hießen doch nur alte Männer und kleine Jungs. Und eingebildete Schönlinge, dachte Marie. Na ja eigentlich war er ja ganz nett, er hatte sie zu ihrer Kabine gebracht und die Tür aufgehalten, und sie erinnerte sich dunkel daran, von ihm geträumt zu haben.

»Guten Morgen!«, ertönte Pauls Stimme hinter ihr und sie zuckte ertappt zusammen, als könnte er ihrem

Hinterkopf ansehen, dass sie gerade an ihn gedacht hatte.

Natürlich hatte man ihn auch einbestellt. Schließlich war er in den Vorfall verwickelt und hatte dem Sicherheitsoffizier gesagt, es sei alles in Ordnung. Sie drehte sich zu ihm um und erstarrte.

Da stand er, der Mann, den sie letzte Nacht geküsst hatte, und trug eine schneeweiße Uniform mit vier goldenen Streifen auf den Schulterklappen. Also doch kein Business-Typ, schoss ihr durch den Kopf und es erschien ihr beinahe wie ein schlechter Witz. Doch auf seinem Namensschild stand es schwarz auf weiß: »Paul Veenhoff, Kapitän«.

»Du bist der Neue?«, krächzte Marie.

»Richtig, ich bin der Kapitän«, stellte er fest, setzte sich auf den Stuhl auf der gegenüberliegenden Seite des Tisches und sah sie aus seinen meerblauen Augen an.

»Und warum ...« Sie brach ab, ihre Gedanken überschlugen sich. »Warum hast du nichts gesagt?«

»Was hätte ich denn sagen sollen?« Er schien amüsiert.

»Na sowas wie ›Hallo, ich bin der Kapitän!‹, oder so.«

»Tut mir leid, ich war mit anderem beschäftigt«, antwortete er sarkastisch.

»Und wieso hattest du keine Uniform an? Woher hätte ich denn wissen sollen, dass du Kapitän bist?«

Er zuckte die Achseln. »Gestern war ich es ja noch nicht.«

»Aber heute bist du's?«

»Ja, aber ich habe dich nicht herbestellt, um mit dir über meine Position zu diskutieren.«

»Nein, natürlich nicht.« Sie schluckte nervös.

»Ich nehme die Sache sehr ernst!« Er sah sie streng an. »Das, was gestern Nacht vorgefallen ist, ist keine Kleinigkeit.«

»Es ist ja nichts passiert«, murmelte sie und war sich nicht sicher, ob er von ihrem Sitzplatz auf der Reling oder dem Kuss sprach.

»Nein, aber ich weiß nicht, was passiert wäre, wenn ich nicht rechtzeitig zur Stelle gewesen wäre.«

»Das war total bescheuert, das weiß ich selbst.«

»Wieso denken Frauen, es wäre romantisch, zu ertrinken?«, fragte er und antwortete im gleichen Atemzug selbst: »Ich sag dir, warum: Ihr habt alle zu viel Titanic geguckt und stellt euch vor, wie ihr langsam untergeht und versinkt. Aber das ist nicht so, nur im Film. Soll ich dir sagen, was wirklich passiert, in der Realität?« Seine Augen funkelten zornig.

»Ich will es gar nicht wissen.«

»Es ist kein schöner Tod«, setzte er an, und sein Blick schien sie zu durchbohren. »Wenn du von einem der Oberdecks springst, stürzt du aus einer Höhe von etwa dreißig Metern in die Tiefe.«

Marie schluckte beklommen.

»Die Wasseroberfläche ist hart wie Stein«, fuhr er ungerührt fort. »Vermutlich brichst du dir beim Aufprall sämtliche Knochen. Und den Rest erledigt dann die Schiffsschraube, ihr Sog ist nämlich so stark, dass du nicht fortschwimmen kannst. Und dann bleibt nichts von dir übrig, außer Fischfutter!« Er schlug mit der Faust auf den Tisch. »Willst du das?«

»Nein.« Sie schüttelte vehement den Kopf. »Du verstehst das völlig falsch, das ist ein Missverständnis.«

»Missverständnis?«, echote er.

»Ja, keine Sorge, mir geht‘s gut.«

Er seufzte. »Wenn du wüsstest, wie oft ich den Satz schon gehört habe.«

Wieso glaubte er ihr denn nicht? »Es war nur, ich ...« Marie brach hilflos ab und starrte angestrengt auf die Tischplatte. Sie wusste doch selbst nicht, wieso sie auf die Reling geklettert war. Sie war betrunken gewesen und hatte nur in Ruhe über alles nachdenken wollen. Aber dabei hatte Paul sie ja gestört und sie hatte immer noch nicht nachgedacht. Wie sollte sie ihm da Rede und Antwort stehen? »Ich weiß auch nicht, was in mich gefahren ist.«

»Schon gut«, lenkte er ein. »Ich will bloß, dass du verstehst, dass es kein Scherz ist.«

»Das habe ich verstanden«, murmelte sie kleinlaut.

»Und solange ich hier das Kommando habe, werde ich auf keinen Fall zulassen, dass einem der Passagiere etwas zustößt.«

Ach, so war das also, es ging ihm gar nicht um sie. Er hatte sich bloß professionell verhalten, und sie hatte geglaubt, er wäre ihr Held. Sie war so ein Schaf!

»Wird nicht wieder vorkommen.«

Er nickte knapp. »Davon gehe ich aus. Eigentlich müsste ich den Vorfall der Reederei melden«, fuhr er fort, »aber da nichts passiert ist, wollen wir keine schlafenden Hunde wecken«, fügte er etwas versöhnlicher hinzu.

Marie atmete auf. Sie war froh, dass die Standpauke nun endlich vorüber war. Gott sei Dank hatte er wenigstens den Kuss nicht erwähnt! Sie stand auf und zwang sich, nicht sofort raus zu rennen wie ein gescholtenes Kind.

Doch er war noch nicht fertig. »Da ist noch was, wegen der anderen Sache«, setzte er an, »hast du jemandem davon erzählt?«

Für wen hält er mich denn? Na ja gut, sie hatte Eva davon erzählt, aber die war eingeschlafen und konnte sich an nichts erinnern, also zählte das nicht.

Marie schüttelte den Kopf. »Nein, natürlich nicht.«

»Gut. Anscheinend hat auf der Brücke niemand was davon mitbekommen, zum Glück. Und ich will, dass das auch so bleibt. Deshalb möchte ich dich bitten, darüber Stillschweigen zu bewahren.«

Sie nickte und vermied es ihn, anzusehen, sondern starrte auf ihre Fußspitzen. Ihre Wangen brannten wie Feuer.

»Den Besatzungsmitgliedern ist der intime Umgang mit Gästen strengstens verboten. Das gilt für alle und ganz besonders für mich. In meiner Position kann ich mir sowas nicht leisten. Wie soll ich als Kapitän von meiner Mannschaft Gehorsam verlangen, wenn ich selbst gegen die Regeln verstoße?«

»Hast du ja nicht«, stellte sie fest, auch wenn das kleinlich war. Schließlich hatte sie ihn geküsst.

Er stand auf und kam um den Tisch herum, fasste sie am Arm und zwang sie, ihn anzusehen.

»Bitte, es ist wichtig. Das ist erst meine zweite große Fahrt, verstehst du?« Er sah sie eindringlich an. »Es ist nicht selbstverständlich, als junger Kapitän ein so teures Schiff zu führen. Das ist ein großer Vertrauensbeweis, den die Reederei mir schenkt, und ich will ihn nicht verspielen.«

»Schon klar«, antwortete sie knapp, sie wollte hier bloß noch raus.

»Gut, das wär's dann.« Er schenkte ihr ein professionelles Lächeln. »Genießen Sie Ihren Tag, Frau, ähm, Lindberg!«

Sie waren also wieder beim *Sie*, dann wäre das wohl auch geklärt. Marie nickte und floh aus dem Besprechungsraum.

Paul sah ihr nach. Er hoffte inständig, dass die Sache erledigt war. Bloß keine Komplikationen, nicht gleich am ersten Tag des neuen Vertrags. Das konnte er einfach nicht gebrauchen, der Job war zu wichtig. Es war deutlich besser, Kapitän eines Kreuzfahrtschiffes zu sein, als auf einer Fregatte der Marine zu dienen. Paul dachte an den letzten Einsatz, bei dem er beteiligt gewesen war, und wischte den Gedanken fort. Er wollte sich nicht mehr daran erinnern.

Die Sache mit dem Kuss war das Eine, das war zu erklären, sowas kam vor. Es passierte schon mal, dass einer der weiblichen Gäste zu weit ging und übergriffig wurde, besonders, wenn Alkohol im Spiel war. Obwohl, Marie Lindberg erweckte eigentlich nicht den

Eindruck, eine von denen zu sein. Er kannte diesen Typ Frau, der einem an die Wäsche ging, und er hätte sie anders eingeschätzt. *So kann man sich also täuschen.* Paul grinste in sich hinein.

Wobei, eigentlich war das ganz süß, wie sie ihn geküsst hatte, mit einer nahezu unschuldigen Naivität. Und beinahe hätte er ihrem Kuss nachgegeben, er war ja schließlich auch nicht aus Stein, und die Monate auf See konnten lang werden. Aber er interessierte sich nicht für Tändeleien, die konnte er sich nicht erlauben. Dafür stand zu viel auf dem Spiel.

Was ihm aber wirklich Kopfzerbrechen bereitete, war die Tatsache, dass sie versucht hatte, sich umzubringen. Selbstmord stand auf einem anderen Blatt, und er wusste nicht, ob er ihr wirklich glauben konnte. Paul strich sich nachdenklich über das Kinn.

Natürlich, sie hatte ihm versprochen, keine Dummheiten mehr zu machen. Und er war mehr als deutlich geworden, als er ihr die unangenehmen Seiten eines solchen Todes vor Augen führte, normalerweise schilderte er das nicht so drastisch. Außerdem war es auch ein wenig geflunkert, von den modernen Azipod-Antrieben wurde niemand so schnell zerhackt. Es war zwar nicht komplett ausgeschlossen, aber trotzdem höchst unwahrscheinlich.

Paul wollte einfach sichergehen, dass sie es nicht noch einmal versuchte. Als Kapitän war er für ihr Leben verantwortlich, genau wie für das der knapp zweitausendfünfhundert anderen Gäste auch. Und er würde auf keinen Fall zulassen, dass sie sich während dieser Reise etwas antat.

Es ist das Flitterwochen-Special, verdammt! Hier ging es um Romantik, nicht um den Tod. Was sie danach machte, wenn sie wieder zu Hause war, ging ihn nichts an. Aber solange sie Gast an Bord der Stella Maris war, stand sie unter seiner persönlichen Obhut. Paul kritzelte eine kurze Anweisung auf einen Notizzettel. Man wusste ja nie. Besser, er behielt sie im Auge.

»Was war denn?«

»Hm?« Marie sah auf und begegnete Evas fragendem Blick.

»Na, die Rezeption? Was wollten sie denn von dir?«

»Ach so, nichts!«, schwindelte sie. »Es gab ein Problem mit meiner Kreditkarte, sie war wohl noch fürs Ausland gesperrt, aber jetzt ist alles in Ordnung.«

»Und das als Bankerin!« Eva rollte mit den Augen und lachte. »Und was machen wir nun Schönes?« Sie hatte auf der Kabine gewartet, während Marie sich ihre Standpauke abholte, und sprühte nur so vor Tatendrang. »Sollen wir an den Pool gehen?«

»Nein, ich habe Kopfschmerzen«, antwortete Marie und das war noch nicht mal gelogen, ihr Kater wurde von Sekunde zu Sekunde schlimmer. »Geh nur, ich leg mich ein bisschen hin.« Sie deutete zur Hängematte auf dem Balkon.

»Dann kurier dich schön aus!« Eva warf ihr einen

Handkuss zu und schon war sie verschwunden. Die Kabinentür fiel krachend hinter ihr ins Schloss.

Marie trat auf den Balkon hinaus. Ein ruhiges Plätzchen im Schatten und ein wenig frische Luft waren jetzt genau das Richtige. Sie glitt in die buntgestreifte Hängematte und fragte sich, wieso Paul glaubte, sie hätte sich etwas antun wollen? Nun, aus seiner Sicht betrachtet, war das ziemlich einleuchtend. Erst war sie im Flieger in Tränen ausgebrochen und dann hatte er sie erwischt, wie sie auf der Reling saß. Kein Wunder, dass er dachte, sie wäre lebensmüde. Erst durch seine Standpauke war ihr bewusst geworden, wie gefährlich die ganze Aktion gewesen war, und wenn er sie nicht gerettet hätte, wäre sie vielleicht wirklich abgestürzt.

Und dann diese peinliche Nummer mit dem Kuss. Marie stöhnte auf. Sie hatte sich ihm an den Hals geworfen, wie, wie ... ein billiges Flittchen! Er hielt sie bestimmt für eine dieser Frauen, die beim Anblick einer Uniform sofort ein feuchtes Höschen bekamen. Aber trotzdem, seit sie ihn geküsst hatte, konnte sie an nichts anderes mehr denken, als an ihn, Paul. Mit seinen Augen, so blau wie das Meer, und Lippen, so sanft wie die tropische Brise, die über ihre Haut strich.

Hör sofort auf damit!, rief sie sich zur Vernunft. Sie durfte nicht an ihn denken. Das mit dem Kuss war eine einmalige Sache, nur ein Ausrutscher, mehr nicht. Sie würden sich nie wieder küssen. Denn er war der Kapitän und sie bloß ein Gast.

Marie versuchte, sich in Erinnerung zu rufen, was genau letzte Nacht passiert war, und seufzte. Sie hatte ihn überrumpelt und damit in eine unmögliche Situation gebracht. Auf jeden Fall würde er deshalb seine Karriere nicht gefährden, das hatte er ihr unmissverständlich klargemacht. Am liebsten hätte sie die ganze Sache einfach nur vergessen, wenn sie es schon nicht ungeschehen machen konnte. Marie schloss die Augen und fiel in einen unruhigen Schlaf.

Als sie wieder erwachte, wusste sie nicht, wo sie war, und fühlte sich verschwitzt. Die Sonne stach in ihren Augen, sie blinzelte. Auf tauben Beinen tappte sie ins Bad und erschrak, als sie sich im Spiegel erblickte. Ein übler Sonnenbrand überzog ihre Haut an sämtlichen Stellen, die nicht von ihrem leichten Sommerkleid bedeckt gewesen waren, und das war so gut wie überall. Sie befühlte vorsichtig ihr Gesicht und zuckte zusammen.

»Au, verdammt!«

Normalerweise benutzte sie Sunblocker, mindestens Lichtschutzfaktor fünfzig. Bei ihrer hellen Haut brauchte sie die Sonne nur zu sehen und schon verbrannte sie sich. Aber heute hatte sie es einfach vergessen, und als sie eingeschlafen war, hatte der Balkon auch noch im Schatten gelegen.

Die Kabinentür fiel krachend ins Schloss und zwei Sekunden später steckte Eva ihren Wuschelkopf zur Tür hinein.

»Wie siehst du denn aus?« Sie prustete los.

»Das ist nicht lustig.«

»Tut mir leid, aber du siehst aus wie eine dieser

Engländerinnen.« Eva kicherte. »Du weißt schon, die vergessen auch immer ihre Sonnencremes, obwohl sie rothaarig sind.«

»Haha.« Marie verdrehte die Augen. »Meinst du, es gibt After Sun Gel im Bordshop?«

»An deiner Stelle würde ich's lieber im Hospital probieren, mit einem Sonnenstich ist nicht zu spaßen.«

»So schlimm ist es nun auch wieder nicht«, wiegelte Marie ab.

»Na gut, wenn du meinst. Dann springe ich schnell unter die Dusche und mache mich fertig, danach können wir was essen gehen. Und heute Abend gibts eine tolle Show.«

Das Theatrium platzte bereits aus allen Nähten, als sie die Sushi-Bar verließen. Genau wie ihr Magen; nach einer großen gemischten Platte der japanischen Köstlichkeiten fühlte Marie sich träge und schläfrig. *Von wegen, leichte Kost!*

»Da unten ist noch was frei!«

Maries Blick folgte Evas ausgestrecktem Finger hinab auf Deck 9, wo sich tatsächlich noch zwei freie Plätze befanden, gleich in der dritten Reihe, direkt vor der Bühne. »Bis wir unten sind, sind sie bestimmt belegt.«

»Los, komm schon!«, rief Eva ihr über die Schulter zu und sauste die Treppe hinunter.

Marie bemühte sich, möglichst unauffällig durch die Reihen zu schlüpfen. Trotzdem hatte sie das Gefühl, jeder starrte sie an. Sie ahnte, dass ihre sonnenverbrannte Haut krebsrot leuchtete und einen grellen Misston zum Lachsrosa ihres Kleids bildete. Neben Eva sank sie auf die gepolsterte Sitzbank und die Lichter wurden gedimmt. Die Musik setzte ein und der Entertainmentmanager betrat schwungvoll die Bühne.

»Willkommen zu Chris' Prime Time!«, rief er ins Mikrofon. »Wir erwarten heute Abend einen ganz besonderen Gast. Bitte begrüßen Sie mit mir unseren neuen Kapitän!«

Marie unterdrückte einen Fluchtreflex und zwang sich, ruhig sitzenzubleiben. Das Publikum rastete aus, als Paul die Bühne betrat, und Eva schnappte verblüfft nach Luft und zeigte mit dem ausgestreckten Finger nach vorn.

»Das ist doch der Typ aus dem Flieger.«

»Shh, sei leise.« Marie zog an Evas Arm, damit sie aufhörte, vor ihrer Nase herumzufuchteln, und Paul sie nicht bemerkte. Doch es war zu spät, er hatte sie schon entdeckt, wie das Blitzen in seinen Augen verriet, als ihre Blicke sich trafen. Er nahm in einem Sessel auf der Bühne Platz und saß nun keine fünf Meter von ihr entfernt. Behutsam tippte er mit dem Zeigefinger gegen das Mikrofon.

»Ah, gut, läuft. Das mit den Durchsagen muss ich noch lernen, habe ich mir sagen lassen.« Er quittierte das Gelächter mit einem charmanten Lächeln. »Ich arbeite daran und hoffe, Sie hatten alle einen schönen Tag auf See.«

»Zumindest das Wetter hat mitgespielt«, ergänzte Chris, »ich sehe einige Leuchtbojen!«

Die Scheinwerfer wanderten durch das Publikum,

suchten ein Opfer und fanden Marie. Der Kameramann fuhr herum und hielt den Moment für den Bordfilm und somit die Ewigkeit fest. Auf der Leinwand über der Bühne erschien ein vielfach vergrößertes Bild von Marie, das zeigte, wie sie gerade versuchte, vor Scham in ihrem Sitz zu versinken. Paul wandte sich ab, und es schien, als hätte er Mühe, sich ein Lachen zu verkneifen.

»Kapitän Paul Veenhoff, sechsunddreißig Jahre jung, einige Jahre als Offizier mit uns zur See gefahren und nun zum zweiten Mal als Kapitän verantwortlich für die Stella Maris«, fasste Chris zusammen. »Das ist eine beeindruckende Karriere.«

»Vielen Dank!« Paul lächelte und lehnte sich entspannt zurück.

»Er hat *gutaussehend* vergessen«, wisperte eine Frau in der Reihe vor ihnen und stupste die Ältere neben sich an. Sie sahen aus wie Mutter und Tochter und kicherten vor sich hin.

»Bestimmt schwul«, bemerkte Eva.

»Wie kommst du darauf?«

»Alle schönen Männer sind schwul!« Eva zuckte mit den Schultern. »Außerdem hat er mich keines Blickes gewürdigt, als ich im Flieger mal schauen wollte, wie es dir da hinten so geht.«

»Pscht, Schluss jetzt!«, zischte Marie. Sie hatte keine Lust, ein weiteres Mal die Aufmerksamkeit des gesamten Theaters auf sich zu lenken.

»Es ist eine Ehre, ein so prächtiges Schiff wie die Stella Maris zu leiten«, fuhr Paul fort und sein Blick wurde weich. »Es erfüllt mich mit Stolz und ich nenne sie im Stillen meine Seestern-Lady.«

Ein Seufzen glitt durch die Zuschauerränge. Marie konnte förmlich hören, wie die Herzen der Frauen ihm zuflogen. Gott, war das ... kitschig!

»Und wohin bringt uns die Seestern-Lady als Nächstes?«, griff Chris das Stichwort auf.

»Morgen laufen wir den Hafen von Oranjestad auf Aruba an. Wir erwarten allerbestes Wetter, also genießen Sie den Tag auf dieser herrlichen Insel. Und vergessen Sie nicht, Ihre Sonnencreme einzupacken.« Paul zwinkerte dem Publikum zu. Und obwohl er sie nicht angesehen hatte, war Marie sicher, dass der letzte Satz ihr galt.

»Kommst du noch mit in die Disco?« Evas Augen funkelten unternehmungslustig.

»Nein, geh nur, ich bin fertig. Liegt vermutlich am Sonnenbrand.«

Doch das war nur die halbe Wahrheit, denn noch stärker als ihre Haut brannte die Scham. Man hatte sich über sie lustig gemacht und sie bloßgestellt, vor dem gesamten Schiff. Bestimmt war sie jetzt für alle nur noch »Die Leuchtboje«.

Am meisten ärgerte sie, dass sie sich überhaupt darüber ärgerte. Der Entertainmentmanager hatte einen Witz gemacht und der war auf ihre Kosten gegangen. Na und?

Während sie auf dem Bett lag und die zentimeterdicke Schicht Aloe-Vera-Gel einziehen ließ, fragte sie sich, seit wann sie alles so persönlich nahm. Nun, vermutlich, seitdem sie herausgefunden hatte, was für ein Mistkerl ihr geliebter Verlobter gewesen war. Und seinetwegen hatte sie sich so betrunken, dass sie auf die Reling geklettert war. Schon das war peinlich genug, aber wenn Paul ... Kapitän Veenhoff, korrigierte sie sich, nicht gewesen wäre ... Marie stöhnte auf.

»Meine Güte«, sagte sie zu sich selbst. »Ich bin echt ein Wrack.«

Kapitel Fünf

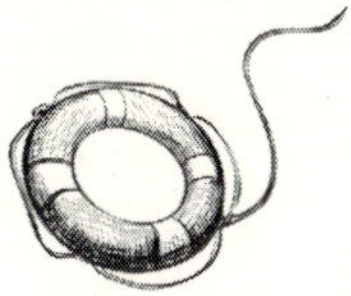

Oranjestad / Aruba erwarteter Sonnenaufgang 06:37 Uhr, aktuelle Temperatur 21 °C

Marie erwachte und sah sich um. Die andere Hälfte des Doppelbettes war unberührt, doch das wunderte sie nicht. Eva war nie ein Kind von Traurigkeit gewesen.

Die leuchtenden Punkte auf den Zeigern ihrer Armbanduhr verrieten, dass es erst kurz nach fünf war. Sie überlegte, sich noch mal umzudrehen und weiterzuschlafen. Doch daran war nicht mehr zu denken, sie strotzte nur so vor Energie, also sprang sie aus dem Bett und entschied, die Dusche könnte warten. Sie unterzog ihr Gesicht einer Katzenwäsche, band ihre Haare zu einem lockeren Pferdeschwanz und schlüpfte in ihre Joggingsachen.

Es war noch dunkel, als sie auf das Oberdeck trat, und die Luft angenehm kühl. Sie war allein, nur ein älterer Herr schlich schon über das Pooldeck und reservierte zwei Liegen mit Handtüchern. Marie trabte eine lockere Runde um das Schiff. Seit Daniels Tod war sie nicht mehr laufen gewesen, dazu fehlte ihr einfach die Kraft. Aber nun merkte sie, wie sehr sie die Bewegung vermisst hatte. Mit jedem Schritt fühlte sie sich leichter, irgendwie freier.

Ein anderer früher Jogger gesellte sich hinzu. Sie sah zu ihm rüber und blickte in die meerblauen Augen, die sie seit zwei Tagen überallhin zu verfolgen schienen.

Er grinste. »Na, Jetlag?«

»Oh, der Herr Kapitän«, bemerkte sie spitz. »Brauche ich jetzt schon einen Aufpasser beim Joggen?«

»Nur ein bisschen Frühsport, bevor wir anlegen.«

»Machst du das öfter?« Sie hatte ihn aus Versehen geduzt, aber entweder bemerkte er es nicht oder ging darüber hinweg.

»So oft es mein Dienstplan erlaubt«, sagte er und dann liefen sie schweigend nebeneinander her. Wenn sie einen Windfang passierten, ließ er ihr den Vortritt, bevor er mit einem zufriedenen Grinsen wieder zu ihr aufschloss.

»Guckst du mir etwa auf den Hintern?«

»Ich wollte nur höflich sein, aber dann halt nicht«, antwortete er achselzuckend und sprintete zum nächsten Windfang.

Nun war sie es, die ihm auf den Hintern starrte, während sie ihm nachlief. *Ein richtiger Knackarsch.* Jetzt grinste sie auch. Aber sie brauchte sich keine

Sorgen zu machen, was er darüber dachte, denn er machte keine Anstalten, langsamer zu werden, sondern hielt sein Tempo und lief ihr einfach davon. Allmählich wurde es heller. Die Umrisse der Insel, auf die sie zusteuerten, schälten sich aus der Dämmerung und das Schiff erwachte langsam zum Leben. Doch Marie war die Lust am Joggen gründlich vergangen.

»Wo warst du denn?«, fragte Eva, als sie die Kabine betrat.

»Frühsport«, antwortete sie knapp. »Und du?«

»Spätsport.« Eva zwinkerte ihr zu und verschwand unter der Dusche.

»Mit wem? Sag nicht, dieser Jörg«, rief Marie ihr über das Prasseln des Wassers hinweg zu.

»Erzähl ich dir später. Erstmal brauche ich Frühstück, ich hab einen Bärenhunger.«

»Beeil dich, ich muss auch duschen.« Marie sah in den Spiegel, betrachtete ihr verschwitztes, rotes Gesicht und fragte sich, was Paul wohl von ihr dachte. Jedes Mal, wenn sie ihn traf, benahm sie sich entweder wie eine Wahnsinnige oder wie die totale Zicke. Warum konnte sie in seiner Gegenwart nicht einfach mal cool bleiben?

Der Palm Beach machte seinem Namen alle Ehre. Sattgrüne Palmen säumten den Traumstrand, Sand, so fein wie Puderzucker, und ein strahlendblauer Himmel überspannte das kristallklare türkisfarbene Wasser.

Aus den Boxen an der Bar schallten karibische Rhythmen, Kinder mit Schwimmwesten tollten durch die seichten Wellen und ein paar braungebrannte Beachboys spielten Volleyball. Jeder im Strandclub schien sich zu amüsieren, außer Marie. Die saß im Schatten unter einer Palme und wartete vergeblich darauf, dass die Leichtigkeit auf sie übersprang.

Normalerweise hatten sie immer Wanderurlaub gemacht. Daniel war mehr ein Typ für die Berge gewesen und mit ihrer hellen Haut war Marie sowieso nie die große Sonnenanbeterin gewesen. Aber für die Flitterwochen hatten sie etwas Besonderes geplant, da sollte es mehr sein als nur Obertauern. Marie hatte sich ausgemalt, wie romantisch diese Kreuzfahrt werden würde, Karibik, das klang schon wie eine laue Brise.

Stattdessen war ihr zu heiß, sie trug ein T-Shirt und Shorts, denn ihr Sonnenbrand schmerzte immer noch höllisch. Deshalb hatte sie eine dicke Schicht Sunblocker aufgetragen, in der nun der feine Sand kleben blieb.

Sieben Dollar Miete hatte der Mann verlangt, der die Liegen brachte, und noch mal sechs für einen Sonnenschirm. Das musste man sich mal vorstellen, dreizehn Dollar, das war Wucher! So viel Geld dafür auszugeben, sah Marie überhaupt nicht ein. Deshalb hockte sie nun auf ihrem Pooltuch im Sand und fühlte sich wie ein paniertes Schnitzel.

Mit einem Seufzer sah sie rüber zu Eva, die nicht so geizig gewesen war und auf ihrer Liege in der Sonne briet.

»Wo warst du eigentlich letzte Nacht?«

Eva öffnete die Augen und grinste. »Ich dachte schon, du fragst nie.«

»Also, wo warst du?«

»Du hattest recht, ich war bei Jörg auf der Kabine.«

»Und wie war's?«

»Och, ja, ganz nett. Er küsst ganz gut und ...«

Maries Gedanken schweiften ab und wanderten zu dem Kuss mit Paul.

Eva fing ihren Blick auf. »Hey, tut mir leid.«

»Was?«

»Na, ich schwärme dir hier von Jörg vor, obwohl ich weiß, dass es dir wegen Daniel so schlecht geht. Sorry, das war total unsensibel.«

»Ach, es geht ja gar nicht nur um Daniel.«

»Sondern?«

Marie seufzte. Wie gern hätte sie Eva ihr Herz ausgeschüttet und gestanden, was am ersten Abend auf dem Oberdeck passiert war. Aber sie hatte Paul versprochen, niemandem davon zu erzählen, und sie würde ihr Versprechen halten. Der Kuss war doch sowieso nur ein Ausrutscher gewesen und sie wollte nicht riskieren, dass er deshalb Ärger mit der Reederei bekam. Und außerdem würde Eva sie für vollkommen verrückt erklären, wenn sie erfuhr, dass sie beinahe über Bord gegangen wäre. Nein, das musste sie mit sich allein ausmachen, es war besser, zu schweigen.

»Was ist los?«

»Ach, ich weiß auch nicht.« Marie schlang die Arme um die Knie und legte ihren Kopf darauf ab. »Das ist alles so unwirklich.«

»Wie meinst du das?«

»Eigentlich sollten das meine Flitterwochen sein. Und jetzt sitze ich hier allein. Also nicht allein, natürlich mit dir und ich bin froh, dass du da bist. Aber es ist nicht das Gleiche, verstehst du?«

»Ja, das verstehe ich. Und das, was passiert ist, tut mir wahnsinnig leid für dich. Aber du musst loslassen und wieder nach vorne schauen.«

»Und wie soll das gehen?«

»Vielleicht solltest du als Erstes damit aufhören, es *Flitterwochen* zu nennen«, sagte Eva sanft. »Mach es dir doch nicht so schwer. Denk dir einfach, wir sind im Urlaub und hier, um uns zu entspannen. Und jetzt lass uns endlich ins Wasser gehen.«

Marie seufzte. »Du hast ja recht.« Genau, ab jetzt würde sie ihren Urlaub genießen. Gleich heute Abend fange ich damit an, dachte sie, wischte sich den Sand von den Beinen und stieg aus ihren Shorts. *Und ab morgen nehme ich eine Liege.*

Auf dem Oberdeck standen zahlreiche Passagiere und schossen ein paar schnelle Erinnerungsfotos vom Hafen. Die Häuser Oranjestads sahen von hier oben aus wie Spielzeuge. Durch ihre farbenfrohe Gestaltung wirkte die Häuserzeile wie eine Spielstadt, die ein riesiges Kind mit seinen Bauklötzen gebaut und stehen gelassen hatte, damit es am nächsten Tag damit weiterspielen konnte.

Ich könnte ja auch mal ein Foto machen, dachte Marie und zückte ihr Smartphone. Sie startete die Kamerafunktion und schoss ein paar schnelle Aufnahmen, allerdings nur von der Aussicht. Selfies zu machen, wie es andere Gäste taten, war ihr zu blöd. Daniel und sie hatten früher oft Selfies gemacht. Aber ein Foto nur von sich erschien ihr irgendwie so selbstverliebt. Sie hatte noch nie verstanden, was diese Instagram-Girls dazu trieb, auf Schritt und Tritt ihr Leben zu dokumentieren. Wen interessierte das denn?

Die Bilder waren echt toll geworden, stellte sie beim Durchblättern der Fotogalerie fest. Das Licht war gerade gut, die tiefstehende Sonne brachte die Farben zum Leuchten und über allem lag ein warmer goldener Schimmer. Vielleicht sollte sie wirklich eins posten, ihr Social-Media-Account war seit Wochen verwaist. Seit Daniels Tod hatte sie nicht die Kraft gefunden, einen Blick in ihr Profil zu werfen. Der rote Punkt an der oberen Ecke des App-Symbols zeigte inzwischen neunundsiebzig Benachrichtigungen an. Trotzdem war sie bisher davor zurückgeschreckt, ihr Profil zu öffnen, denn sie fürchtete sich vor den Beileidsbekundungen irgendwelcher Leute, die von Daniels Tod gehört hatten und die sie noch nicht einmal richtig kannte. Auf Bildchen mit brennenden Kerzen und kitschigen Sprüchen hatte sie keine Lust. Und sie hatte auch keine Lust, irgendwelchen Leuten zu erklären, dass ihre Form der Trauer um Daniel eine sehr spezielle war. Sie wusste einfach nicht, wie sie damit umgehen sollte. Normalerweise hassten die Menschen ihre verstorbenen Partner nicht.

»Was machst du da?«, fragte eine inzwischen vertraute Stimme so dicht hinter ihr, dass Marie vor Schreck zusammenfuhr.

Das Handy entglitt ihren Fingern und sie sah ihm hinterher, als es nach unten fiel, genau in den Spalt zwischen Bordwand und Kaimauer, wo es mit einem fernen Platschen im Hafenbecken versank.

Sie fuhr zu Paul herum. »Na toll! Musst du mich immer so erschrecken? Jetzt hab ich mein Handy fallen gelassen.«

»Wohin?«, fragte er ziemlich dämlich.

»Siehst du die Lücke da unten?« Sie zeigte hinab und er nickte beklommen.

»Genau da hin!«

»Tut mir leid«, antwortete er lahm. »Ich hab dich da stehen sehen, und …«.

»Und was?«, unterbrach sie ihn. »Da hast du dir gedacht, ich stürze mich ins Hafenbecken, oder was?« Ihre Stimme überschlug sich fast, so sauer war sie auf ihn. »Die Lücke ist gerade mal einen Meter breit.«

»Einen halben«, korrigierte er.

Warum musste dieser Mann eigentlich immer das letzte Wort haben?

»Mir doch egal. Jetzt ist mein Telefon jedenfalls weg.« Da waren all ihre Erinnerungen der letzten Jahre drauf. Die Selfies von Daniel und ihr, die Bilder von ihrem Wanderurlaub in Obertauern, die Fotos von ihrem Dreißigsten. Gut, um ehrlich zu sein, war der Geburtstag ziemlich lahm gewesen. Keine große Party, nur die Familien und ein paar Kolleginnen aus der Bank und Eva natürlich. Aber das war ja auch egal, es ging ums Prinzip. Wenn Paul sie nicht so erschreckt hätte, hätte sie das Handy nicht fallen gelassen, so viel stand fest.

»Was war's denn für eins?« Er klang ausnahmsweise mal ziemlich kleinlaut.

»Ein Samsung, aber ist ja jetzt auch egal.«

Paul lächelte schief. »Ich besorg dir ein Neues.«

»Lass mich einfach nur in Ruhe, okay?«, fuhr sie ihn an und sein Lächeln erstarb.

In ihrem Innern brodelte es immer noch, als sie sich auf die Suche nach Eva machte. Ihre Freundin hatte einen Tisch auf dem Außendeck der Sea Bar ergattert, was kurz vorm Ablegen gar nicht so einfach war. Ein Cocktail wäre jetzt wirklich genau das Richtige, um auf andere Gedanken zu kommen, entschied Marie. »Was hältst du von einem Sundowner?«

Eva sah sie überrascht an. »Das sind ja ganz neue Töne.«

»Ich habe beschlossen, meinen Urlaub zu genießen«, verkündete Marie feierlich. Sie würde jetzt den ganzen Mist einfach vergessen und es locker nehmen. Von so etwas wie einem verlorenen Telefon ließ sie sich doch nicht den Tag versauen.

»Also, was willst du trinken? Ich hole uns was.«

»Mir egal, von mir aus den Tagescocktail, ich lass mich überraschen.«

Manchmal beneidete sie Eva um ihre Spontaneität. Ihrer Freundin fiel es immer leicht, sich auf neue Situationen einzustellen und anzupassen, während sie selbst schon die Auswahl eines einfachen Getränks überforderte. Ausgiebig studierte sie die Getränkekarte, kam aber zu keinem Entschluss.

»Was darf's denn sein?« Der Barkeeper sah sie fragend an und wippte ungeduldig mit der Eisschaufel in seiner Hand. An der Bar brannte die Luft. Wie es schien, wollten alle Gäste schnell einen Cocktail, bevor das Schiff ablegte. Als ob es in fünf Minuten keinen Alkohol mehr an Bord gäbe.

»Ach, ich weiß nicht, ich kann mich nicht entscheiden.« Normalerweise trank sie höchstens mal eine Weinschorle, aber das war die alte Marie und die war langweilig. Die neue Marie entschied sich für eine Piña Colada, das passte gut zur Kulisse. »Und einen Tagescocktail, bitte«, setzte sie hinzu und reichte dem Barkeeper ihre Bordkarte.

Der nahm sie, ging rüber zur elektronischen Kasse, zog die Karte durch den Magnetstreifenleser und runzelte die Stirn. Er wiederholte die Prozedur noch ein paar Mal, dann fischte er einen Zettel hinter der Kasse hervor, las die Notiz und verglich sie mit dem Namen auf ihrer Bordkarte.

»Tut mir leid, ich darf Ihnen keinen Alkohol ausschenken.«

Der Mann neben ihr auf dem Barhocker sah von seinem Bier hoch und musterte Marie neugierig. Die geplatzten Äderchen auf seiner Nase verrieten, dass er sich auskannte, wenn es um das Thema »Alkoholentzug« ging.

Ihr war die ganze Sache höchst unangenehm. Sollten sie jetzt auch noch alle für eine Alkoholikerin halten?

»Wer sagt das?«

»Anweisung von ganz oben, so wie's aussieht.«

Na toll, der Kapitän schon wieder! Musste er eigentlich überall reinfunken?

»Das muss ein Missverständnis sein«, setzte sie an. »Ich …«

Das Tuten des Schiffshorns unterbrach sie. Die Stella Maris hatte die Leinen losgemacht und legte ab, aus den Lautsprechern über der Bar erklang die Ablegemelodie. »Es ist ja gar nichts passiert!«, rief sie darüber hinweg.

»Ach, Sie sind das!« Der Barkeeper nickte wissend.

Na spitze!, anscheinend hatte inzwischen jeder auf diesem Schiff mitbekommen, dass sie versucht hatte, sich umzubringen. Außer Eva, die ihr einen fragenden Blick zuwarf und mit den Händen gestikulierte, warum es so lange dauerte.

»Dann halt den Starfish, ohne Alkohol«, betonte Marie nachdrücklich.

Der Barkeeper konnte sich ein Grinsen nicht verkneifen. »Zweimal Kindercocktail, kommt sofort!«

»Warum hat das so lange gedauert? Der Sonnenuntergang ist fast vorbei.«

»Ach, ich konnte mich nicht entscheiden, die Auswahl war zu groß.« Marie reichte ihr eines der Gläser.

Eva beäugte den quietschroten Inhalt. »Und, was trinken wir da?«

»Einen Starfish«, antwortete Marie wahrheitsgemäß.

»Na dann, Prost!« Eva zog an ihrem Strohhalm.

»Hm, lecker, das Zeug. Man schmeckt den Alkohol gar nicht.«

»Könnte ich mich glatt dran gewöhnen«, entgegnete Marie, doch anscheinend entging Eva der ironische Unterton. Nun ja, es war nur eine Frage der Zeit, bis ihre Freundin bemerkte, dass man davon trinken konnte, soviel man wollte, ohne einen Schwips zu bekommen.

»Die Sonnenuntergänge hier sind einfach unglaublich, diese Farben!« Eva sah hinaus aufs Meer und Marie folgte ihrem Blick. Es war so romantisch und kitschig, dass es beinahe wehtat. Der Himmel erstrahlte in Tönen von Orange und Pink, als stünde er in Flammen, und die Sonne versank, als stürzte sie in die Fluten, um sich darin zu ertränken und ihr Feuer zu löschen. Doch das Meer umarmte sie und fing ihr Licht auf, wiegte es sanft auf tausenden winziger Wellen. Genau, wie Paul sie aufgefangen hatte ...

Eva sah sie von der Seite an. »Du denkst gerade an Daniel, stimmt's?«

Marie zuckte zusammen und fühlte sich ertappt. »Wie kommst du darauf?«

»Du hast so sehnsüchtig ausgesehen.« Darauf gab es nichts zu erwidern, also schwiegen sie und genossen den Anblick. Was hätte Marie auch sagen sollen, sie war ja noch nicht mal bereit, es sich selbst einzugestehen. Aber wenn sie ehrlich war, war sie drauf und dran, sich in Paul zu verlieben. In den einzigen Mann auf diesem Schiff, mit dem sie nicht zusammen sein durfte.

Daniel war gerade einmal vier Wochen tot und zwischen ihr und Paul war nichts passiert, außer diesem einen Kuss. Es war absolut lächerlich, sich in ihn zu verlieben, sie kannte ihn ja gar nicht, und er hatte unmissverständlich klargemacht, dass sich niemals etwas zwischen ihnen entwickeln könnte.

Und trotzdem, immer wenn sie das Meer sah, musste sie an ihn denken. An den Blick seiner meerblauen Augen und wie es sich angefühlt hatte, in seinen Armen zu liegen. Er war wie ein Fels in der Brandung, stark, beständig, sicher. Das war es vermutlich, was sie zu ihm hinzog und genau daran würde sie sich die Zähne ausbeißen. Er würde seine Prinzipien nicht über Bord werfen, sondern sie mit aller Härte durchsetzen, wie ihr die Sache mit dem Barkeeper vor Augen geführt hatte.

Sie musste unbedingt mit Paul sprechen und ihn davon überzeugen, dieses alberne Alkoholverbot wieder zu lockern, bevor Eva noch Wind von der Sache bekam. Und sie wusste auch schon, wie sie das anstellen würde. Marie lächelte grimmig in sich hinein und nippte an ihrem Kindercocktail.

Kapitel Sechs

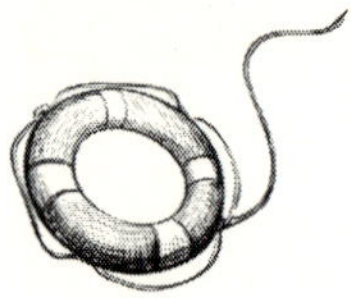

Sieben Seemeilen vor Curaçao, Position 12° 05′ N 69° 09′ W, schwacher Gegenwind von Süd-Ost

Diesmal überraschte es sie nicht, den einsamen Jogger zu sehen, der im Morgengrauen seine Runden drehte. Marie hatte extra den Wecker gestellt, um ihn nicht zu verpassen, denn sie hatte ein Hühnchen mit ihm zu rupfen.

Paul legte den Kopf schief und grinste. »Na, immer noch Probleme mit der Zeitverschiebung?«

»Ich konnte nicht schlafen, zu viele Vitamine«, gab sie schnippisch zurück.

»Ja, das Essen ist wirklich gut, unsere Küche ist spitze.«

»Es liegt nicht am Essen«, fuhr sie ihn an. »Sondern daran, dass ich die ganze Zeit Fruchtsaft trinke. Du hast mich trocken gesetzt!«

Er hob beschwichtigend die Hände. »Nur zu deiner eigenen Sicherheit.«

»Ich kann gut auf mich selbst aufpassen.«

»Ach ja? Den Eindruck hatte ich nicht.«

»Du kennst mich doch gar nicht!«, fuhr sie ihn an. »Das ist einfach nur ein total bescheuertes Missverständnis. Das habe ich dir auch erklärt, aber ich sag's gerne nochmal, wenn du es dann besser verstehst. Wird nicht wieder vorkommen, okay?« Das Blut brannte in ihren Wangen, sie hatte sich ganz schön in Rage geredet.

Er stoppte abrupt und fasste sie am Arm, damit sie nicht weiterlief, sondern stehen blieb und ihn ansah. »Hör zu, Marie, es tut mir leid. Ich mache mir einfach Sorgen und will nicht, dass du dir was antust.«

»Ich will mir nichts antun!«, entgegnete sie heftig. »Und außerdem gehts es dir doch gar nicht um mich. Du sorgst dich bloß um deine Karriere.«

»Unsinn!« Er zog die Hand zurück. Seine Fingerspitzen hinterließen ein Kribbeln auf ihrer Haut. »Als Kapitän trage ich nun mal die Verantwortung für jeden hier an Bord, dich eingeschlossen.«

»Jetzt mach aber mal halblang!«, platzte es aus ihr heraus. »Du kannst ...« Sie senkte die Stimme, weil gerade der Liegenreservierer wieder vorbeischlich. Auch er schien sich extra den Wecker zu stellen, um einer der Ersten auf dem Pooldeck zu sein. »Du kannst nicht einfach darüber bestimmen, ob und wie viel Alkohol ich trinke!«, zischte sie. »Ich bin kein kleines Kind mehr.«

»Und ob ich das kann!« Paul fixierte sie mit seinem Blick und schien es wirklich ernst zu meinen.

»Das werden wir ja sehen!«

»Was willst du dagegen tun?« Er lächelte spöttisch. »Die Anordnung gilt an allen Bars, die Barkeeper haben ihre Anweisungen.«

Aha, er will Machtspielchen? Kann er haben. »Dann betrinke ich mich eben mit Tischwein!«, sagte sie und bedachte ihn mit einem triumphierenden Lächeln.

Paul verdrehte die Augen. »Sei nicht kindisch!«

»Du hast damit angefangen.«

»Also das ist jetzt wirklich kindisch.«

»Und wie lange soll dieses alberne Alkoholverbot gelten?«

»Ich weiß nicht.« Er zuckte mit den Schultern. »Sagen wir einfach, bis ich das Gefühl habe, dir vertrauen zu können.«

»Und wenn sich dieses Gefühl nicht einstellt?«, fragte sie.

»Dann halt nicht.«

»Ach komm schon, du kannst das nicht bis zum Ende der Reise durchziehen.«

»Wenn's sein muss«, gab er ungerührt zurück.

Ich bettele doch nicht um Alkohol, dachte Marie und diesmal war sie es, die ihn stehen ließ. Wortlos drehte sie sich um und marschierte in Richtung des nächsten Eingangs, auch wenn ihre Kabine eigentlich in der entgegengesetzten Richtung lag. Hauptsache weg von ihm, bevor sie sich noch vergaß.

»Erwische ich dich noch einmal betrunken in der

Nähe der Reling, steigst du im nächsten Hafen ab und fliegst nach Hause, verstanden?«, rief er ihr nach.

Sie drehte sich zu ihm um, hob die Hand an eine imaginäre Mütze und salutierte. »Aye, aye Käpt'n, zu Befehl!«

Diese Frau raubt mir den letzten Nerv! Paul warf einen Blick auf seine Uhr und entschied, dass es sich nicht mehr lohnte, noch ein paar Runden zu joggen. In zwanzig Minuten kam der Lotse an Bord, dann musste er auf der Brücke sein, um mit ihm das Anlegemanöver zu besprechen. Eine Dusche wäre also vorher nicht schlecht.

Tischwein! Kurz überlegte er, ob er jetzt tatsächlich auch noch die Kellner in den Restaurants instruieren sollte, auf sie achtzugeben. Aber das war dann vielleicht doch zu viel des Guten, schließlich wollte er ihr den Urlaub nicht verderben. Obwohl er bezweifelte, dass Marie die Reise bisher genoss; Gäste, die Spaß hatten, stürzten sich ins Getümmel und nicht über Bord.

Er wurde einfach nicht schlau aus ihr, aber er würde schon noch herausfinden, was mit ihr nicht stimmte. Doch eins nach dem anderen, erstmal musste er ihr ein neues Handy besorgen und außerdem kam heute Ángel. Er würde gegen zehn Uhr im Hafen eintreffen und Paul blickte ihrem Wiedersehen wie immer mit gemischten Gefühlen entgegen. Trotzdem, es war besser, wenn Ángel an Bord war. Sicherer.

»Hast du die Ausflugstickets?« Eva hielt ihre Sonnenbrille fest, damit sie ihr beim Laufen nicht herunterfiel, und sprintete durch den Gang zu den Fahrstühlen.

»Natürlich!« Marie verdrehte die Augen. »Wenn ich nicht an alles denken würde, würdest du vermutlich noch deinen eigenen Kopf vergessen.«

»Dafür hab ich ja dich.« Eva lachte und knuffte ihr in die Seite.

Sie waren mal wieder die letzten, die am vereinbarten Treffpunkt erschienen, die Gruppe am Ausflugsschalter wartete anscheinend schon auf sie.

»Na endlich!«, kommentierte ein schmalbrüstiger Rentner in Karohemd und Trekkingsandalen.

Normalerweise wäre sie eine der Ersten gewesen, aber so langsam gewöhnte sich Marie daran und reichte mit einem entspannten Lächeln der Reiseleiterin ihr Ticket, damit sie sie von der Liste streichen konnte.

»Wir sind vollzählig.« Sie zog ein kleines Funkgerät von ihrem Gürtel und sprach hinein: »Dani hier für Brücke, wir wären dann so weit.« Das Walkie-Talkie knackte, die Antwort ging fast im Rauschen unter, sodass Marie sie nicht verstand. Dani nickte, als ob ihr Gesprächspartner am anderen Ende der Funkverbindung es sehen konnte. »Gut.« Sie hob die Stimme. »Wir gehen jetzt alle gemeinsam durchs Treppenhaus runter! Wer nicht so gut zu Fuß ist, kann auch den Lift nehmen. Wir treffen uns dann unten am Bus mit der Nummer sechs.«

Draußen vor dem Schiff herrschte rege Betriebsamkeit. Gerade starteten mehrere Ausflüge, eine Reihe von Segways rollte an ihnen vorbei und die Mountainbiker machten sich startklar. Im Schatten des Hafengebäudes stand der Kapitän und sah aus, als erwartete er jemanden. Marie suchte Deckung hinter einem Souvenirstand, bückte sich und tat, als ob sie sich die Schnürsenkel binden wollte. Die meisten hatten sowieso den Lift genommen, also konnte es dauern, bis endlich alle am Bus ankamen. Unauffällig beugte sie sich vor und sah zu ihm rüber. Paul blickte immer wieder erwartungsvoll zur Tür. Tatsächlich: Einen Moment später öffnete sie sich und heraus trat ein Mann mit schwarzen Locken, ein Stück kleiner als Paul, aber nicht minder attraktiv. Ein strahlendes Lächeln glitt über sein Gesicht und dann fielen sie sich in die Arme.

Pauls Stimme wehte zu ihr rüber. »Da bist du ja, Engelchen!« Er strubbelte ihm durch den dichten Schopf.

Engelchen?, dachte Marie entgeistert.

»Schwul!«, kommentierte Eva, die das ganze Schauspiel verfolgt hatte. »Ich hab's doch gleich gesagt.«

»Meinst du?«, fragte Marie und beobachtete die beiden.

Zwei junge Frauen gesellten sich hinzu. Wenn Marie sich nicht täuschte, handelte es sich dabei um Tänzerinnen des Showensembles, zumindest bei der kleinen Dunkelhaarigen war sie sich sicher.

»Hi, Mister Angel!«, riefen sie im Chor.

»Hola chicas!«, antwortete er und klang dabei

erstaunlicherweise genau wie der kubanische Trainer aus dieser Modelshow im Fernsehen.

Eva nickte. »Hundert Prozent!«

Kann das wirklich sein?, fragte sich Marie, während sie dem Rest der Gruppe durch die engen Gassen von Willemstad folgte. Die Hauptstadt der Insel sah aus, als hätte man eine holländische Kleinstadt in die Karibik verpflanzt, inklusive Fußgängerzone. Alle Häuser besaßen die typischen Merkmale von Grachtenhäusern, zwar nicht ganz so schief, dafür bunter. Auch hier waren sämtliche Fassaden in einer anderen Farbe gestrichen. In den Geschäften wurden teure Luxusmarken feilgeboten, wie man sie sonst nur in europäischen Metropolen fand, hauptsächlich Uhren und Schmuck. Touristen flanierten zwischen Obstverkäufern und Eiscremeständen, die kleine Stadt brummte nur so vor karibischer Lebensfreude.

Trotzdem war Marie nicht bei der Sache und bekam die Erklärungen des Tourguides nur auf einem halben Ohr mit. Sie war viel zu sehr damit beschäftigt, das Gesehene zu verarbeiten, als dass sie Augen für die Geschäfte gehabt hätte. Dieser Blick, mit dem Paul sie angesehen hatte, als er sie von sich wegschob. Deshalb war er also so irritiert gewesen, als sie ihn geküsst hatte. Das war keine Angst, entdeckt zu werden. Plötzlich ergab alles einen Sinn, sein gutes Aussehen, die gepflegten Hände, die blitzblankpolierten Schuhe, es fiel ihr wie Schuppen von den Augen. *Ich bin so ein Schaf!* Sie hatte ihn überrumpelt und in eine unmögliche Situation gebracht. »Was hätte ich denn sagen sollen?«, hörte sie seine Stimme in ihrem Kopf.

»Hallo, ich bin der Kapitän und ich bin übrigens schwul«, murmelte sie leise vor sich hin.

Eva drehte sich zu ihr um. »Was hast du gesagt?«

»Schön hier«, antwortete sie, dabei nahm sie erst jetzt wieder ihre Umgebung wahr, so versunken war sie in ihre Gedanken gewesen. Anscheinend waren sie bereits am schwimmenden Markt angekommen, dem Ziel ihres Spaziergangs. Die Händler verkauften ihre Waren hier direkt vom Boot und in der Luft hing ein penetranter Geruch von Fisch, der in der heißen Karibiksonne langsam in den Verwesungszustand überging.

»Ja, nicht wahr? Diese Vielfalt, diese Farben.« Eva geriet regelrecht ins Schwärmen. Sie hob ihre Digitalkamera und schoss schnell ein paar Detailaufnahmen, die sich bestimmt später gut im Fotobuch machen würden. »Ich kann mich gar nicht sattsehen.«

»Ich bin's schon.« Marie legte eine Hand über Mund und Nase und versuchte, flacher zu atmen, doch es half nicht viel. Dann bleibt dieser Gestank nach fauligem Fisch wohl meine einzige Erinnerung an Willemstad, dachte sie resigniert und kaufte auf dem Weg zurück zum Schiff in einem Souvenirshop eine Postkarte. Die konnte sie dann zu Hause herumzeigen, sollte irgendwann mal jemand fragen, wie es auf Curaçao war.

Zwei Straßen weiter betrat Paul ein Elektronikgeschäft,

um ein Handy zu kaufen. Das war wirklich blöd von ihm gewesen. Er hatte Marie nicht erschrecken wollen, er wusste ja selbst nicht, was in ihn gefahren war. Aber als er sie da an der Reling stehen sah, waren bei ihm einfach die Sicherungen durchgebrannt. Zum Glück war ihm das auf den ABC-Inseln passiert. Hier gab es genügend Geschäfte, sodass er zumindest nicht lange hatte suchen müssen, um Ersatz für ihr Telefon zu bekommen. Außer Paul hatte es auch andere Crewmitglieder hierher verschlagen, ein paar Filipinos lungerten herum, betrachteten die ausgestellten Handys und Kopfhörer in den Auslagen und tuschelten aufgeregt, als sie den Kapitän bemerkten. Er grüßte mit einem freundlichen Nicken und wandte sich an den Verkäufer.

»I need a cellphone.« Paul deutete auf die Vitrine mit den Samsungs hinter der Ladentheke.

»Good one?«, fragte der Verkäufer und deutete mit einem breiten Grinsen auf das neueste Modell.

Paul nickte ergeben.

»Color?«

Farbe ... das war eine gute Frage. Er wusste nicht, welche Farbe Maries Handy gehabt hatte, und betrachtete die Telefone, die der Verkäufer ihm präsentierte. Vielleicht ein rosafarbenes?, überlegte er. Aber das erschien ihm zu mädchenhaft, also entschied er sich für ein Modell in schlichtem Silber. Wenn es ihr nicht gefiel, konnte sie eine Schutzhülle drum machen. Wobei ... hatte ihr Handy eine gehabt? Sie hatte es zwar nicht erwähnt, aber die meisten Menschen benutzten irgendwelche Hüllen, um ihr Telefon vor

Kratzern zu schützen. Also entschied er sich für ein passendes Modell aus grünem Leder, weil ihn die Farbe an ihre Augen erinnerte, und erstand noch eine passende Display-Schutzfolie. Der Verkäufer tippte alles eifrig in die Kasse.

»Ninehundredeightyfive Dollar«, verkündete er stolz.

Fast tausend Dollar! Paul stöhnte innerlich auf und reichte dem Mann seine Kreditkarte. Er war ja selbst schuld und wies den Verkäufer an, es als Geschenk zu verpacken. Marie sollte sich beim Auspacken wenigstens ein bisschen freuen, wenn er ihr schon den Tag verdorben hatte.

Als er mit seinen Einkäufen den Laden verlassen wollte, fiel ihm einer der Filipinos ins Auge. Er stand ein wenig abseits der anderen und wirkte verzweifelt. Paul erkannte ihn, der Mann war einer der Kellner des Gourmet-Restaurants, er hieß Mitchell, wenn er sich recht erinnerte.

»All good, Mitchell?«

Der Filipino wischte sich über die Augen, Tränen glitzerten darin. »Yes, Sir«, antwortete er, auch wenn das eindeutig gelogen war.

Eigentlich hätte Paul es dabei belassen können, offensichtlich war es dem Kellner unangenehm, außerdem wollte er zurück an Bord, damit er noch ein wenig Zeit mit Ángel verbringen konnte.

»Ein guter Kapitän kümmert sich immer um die Belange seiner Mannschaft«, erklang die Stimme seines Großvaters in seinem Kopf.

Paul seufzte. »What's the problem?«, hakte er nach

und der Filipino rang verzweifelt die Hände und brachte in stockenden Worten hervor, dass er in der Heimat anrufen wolle, um mit seiner Frau zu sprechen, es sei ihr Hochzeitstag. Aber für eine neue Prepaid-Karte fehlten ihm fünf Dollar und seine Kollegen waren selbst alle knapp bei Kasse, deshalb war keiner bereit gewesen, ihm das Geld zu leihen.

Paul zuckte die Achseln, zückte sein Portmonee und entnahm ihm einen Schein. Auf die fünf Dollar kam es nun auch nicht mehr an.

»No, Sir«, stammelte Mitchell, hob abwehrend die Hände und wich einen Schritt zurück.

Paul drückte ihm das Geld in die Hand, das der Mann widerstrebend annahm.

»Thank you, Captain«, flüsterte er, legte sich die Hand auf das Herz und verbeugte sich tief. »Utang wa loop.«

Paul verstand nach der langen Zeit, die er nun zur See fuhr, genug Tagalog, um zu wissen, dass der Mann ihm gerade so etwas wie seine ewige Dankbarkeit versichert hatte.

»It's okay«, wehrte er ab, wusste aber, dass es zwecklos war. Für ihn waren es vielleicht nur fünf Dollar, aber für den Filipino war es viel Geld.

Zumindest einen habe ich heute glücklich gemacht, dachte Paul und lächelte in sich hinein. Und vielleicht würde Marie ihm auch die Sache mit dem Handy verzeihen.

Pünktlich um 13:30 Uhr waren sie von ihrem Ausflug zurück an Bord und die meisten Rückkehrer stürmten erstmal die Restaurants, um bloß das Mittagessen nicht zu verpassen.

»Kommst du mit zur Fitness?«

Eva schüttelte den Kopf. »Nee, lass mal. Ich hatte letzte Nacht schon genug Sport.« Sie senkte ihre Stimme. »Ich habe sogar Muskelkater.«

Marie kicherte, öffnete die Kabinentür und entdeckte sofort den Geschenkkarton mit der riesigen pinkfarbenen Schleife, der auf ihrem Bett lag.

»Was ist das?«, wollte Eva wissen.

»Ach, nichts«, entgegnete Marie, sie konnte sich schon denken, was sich im Innern befand, und würde ihn später öffnen. Sie hatte keine Lust, Eva zu erklären, warum der Kapitän ihr ein neues Handy kaufte, und schlüpfte schnell in ihre Sportsachen. Sie fragte sich bloß, ob Paul selbst in ihrer Kabine gewesen war, um die Schachtel aufs Bett zu legen, und wenn ja, woher er wusste, auf welcher Seite sie schlief.

Auf dem Schiff war nicht viel los, die meisten Gäste waren wohl noch an Land oder hatten tatsächlich erstmal die Restaurants gestürmt. Der Fitnessbereich lag verlassen da, bis auf zwei Männer, die eben erst angekommen waren, wie die Handtücher um ihren Hals verrieten. Der Kapitän und sein Freund. Auch wenn Marie die beiden nur von hinten sah, unter Hunderten hätte sie diesen Hintern erkannt, dessen Besitzer sich vorbeugte, um den Sitz seiner Schnürsenkel zu kontrollieren. Hatte man denn vor diesem

Mann nie seine Ruhe? Und durfte er während seiner Arbeitszeit ins Fitnessstudio gehen?

Marie schlüpfte hinter eine Säule und beobachtete die beiden. Paul sah ja schon verdammt gut aus, aber sein Freund stand ihm in nichts nach. Er war ein Stück kleiner als Paul, sein Körper besaß jedoch die drahtigen Muskeln eines Akrobaten und er bewegte sich mit katzenhafter Geschmeidigkeit.

Vielleicht ist er ja ein Mitglied des Showensembles, überlegte sie. Einige der Tänzer waren ganz offensichtlich schwul.

Der Dunkelhaarige warf das Handtuch auf einen Hocker, wandte sich Paul zu und gab ihm einen Klaps auf den Po.

»Nicht gut in Form?«

»Was soll das denn heißen?«, gab Paul zurück und stieg auf den Crosstrainer.

Sein Freund grinste breit. »Immer, wenn ich nicht da bin, lässt du dich gehen.«

»Leg du mal lieber einen Gang zu, ich habe schon zweihundert Meter Vorsprung«, stichelte Paul und lief schneller. »Oder willst du nur reden, statt zu schwitzen?«

»Ich zeig dir gleich, wer von uns beiden schwitzen wird.«

Die beiden alberten noch ein wenig herum, dann konzentrierten sie sich auf ihre Workouts.

Marie hatte genug gesehen und entschied, dass es wohl besser war, zu verschwinden, bevor sie noch entdeckt wurde. Sie verließ den Platz hinter der Säule und schlich sich leise davon. Sollte sie bisher nicht daran geglaubt haben, so waren spätestens jetzt all ihre Zweifel verflogen. Der Kapitän war tatsächlich schwul.

»Das ging aber schnell«, sagte Eva, als Marie die Kabine betrat.

»War nicht viel los«, antwortete sie ausweichend.

»Und, wie war's beim Sport?«

»Aufschlussreich.«

Eva runzelte die Stirn. »Wie, aufschlussreich?«

»Der Kapitän war da, mit seinem Freund.«

»Und?«

»Du hattest recht, er ist schwul.«

»Na, das sage ich doch die ganze Zeit. Und seit heut Morgen war das absolut klar.«

»Ja«, sagte Marie matt. *Und jetzt habe auch ich es begriffen.*

Zumindest blieb ihr heute die Peinlichkeit an der Bar erspart. Den Cocktail zum Sonnenuntergang übernahm Eva und beim Abendessen griff Marie häufiger als sonst zur Karaffe mit Tischwein und füllte ihre Gläser. Sie ließ sich doch nicht vorschreiben, wie viel sie zu trinken hatte. Außerdem hatte sie immer noch an ihrer Beobachtung von vorhin zu knabbern. Nicht, dass es sie gestört hätte, sie hatte nichts gegen Homosexuelle. Sie hatte es bloß einfach nicht bemerkt und war drauf und dran gewesen war, sich in Paul zu verlieben. Marie stocherte gedankenversunken in ihrem Essen und kam sich unheimlich dämlich vor.

»Na, immer noch seekrank?«

Marie blickte von ihrem Teller auf und sah die

Frau auf der gegenüberliegenden Seite des Tisches verständnislos an, bis ihr dämmerte, dass es sich dabei um die Dame vom Frühstück am ersten Seetag handelte.

»Schon okay. Und wie geht es Ihnen?«

»Ach, eigentlich ganz gut, bis auf diese Unverschämtheit beim Flitterwochentreff.«

»Flitterwochentreff?«, echote Marie ungläubig. Was um alles in der Welt hatten Menschen dieses Alters dort zu suchen? Die beiden gingen sicher auf die Siebzig zu.

»Ja, der Clubmanager hat uns doch glatt zur goldenen Hochzeit gratuliert, dabei sind wir gerade mal drei Wochen verheiratet«, sagte die Dame und schüttelte empört den Kopf.

»Wirklich unverschämt«, antwortete Marie, aber irgendwie konnte sie den Fauxpas des Clubmanagers nachvollziehen. Wer rechnete schon damit, dass die beiden Senioren zu den Frischvermählten zählten? Sie war ja selbst in diese Denkfalle getappt und hatte sich schon gewundert, dass für ein Flitterwochen-Special verdammt viele alte Leute an Bord waren. Vielleicht lag es aber auch daran, dass man die jüngeren Flitterwöchner nicht bemerkte, weil sie den Großteil ihrer Zeit auf ihrer Kabine in romantischer Zweisamkeit verbrachten.

»Heute kommst du aber wieder mit in die Disco«, erlöste Eva sie aus dem Tischgespräch, bevor es noch peinlicher wurde.

»Also schön«, stimmte Marie widerstrebend zu. Sie

hatte zwar immer noch keine große Lust, aber das würde sie wenigstens auf andere Gedanken bringen.

Evas neuer Lover Jörg erwies sich als ausgesprochen guter Tänzer, die beiden verzogen sich umgehend auf die Tanzfläche. Selbst dort konnten sie die Finger nicht voneinander lassen, sondern tanzten engumschlungen und rieben sich förmlich aneinander. Die anderen Gäste guckten schon.

»Ist ja ekelhaft«, rief Jörgs Freund Patrick ihr über die Musik hinweg zu. »Die sollen sich eine Kabine nehmen.«

»Die beiden hat's ganz schön erwischt.«

»Ja, scheint so.« Er prostete ihr zu. »Und du, auch Single?«

Sie hatte keine Lust, über Daniel zu reden, und beließ es bei einem schlichten »Ja«.

»Na, das trifft sich doch bestens.« Er grinste.

Tat es das? Nun, er sah nicht schlecht aus, groß, gute Figur, kahlrasiert, vermutlich, weil die Geheimratsecken irgendwann überhandnahmen. Die Glatze stand ihm sogar, aber eigentlich war er nicht ihr Typ.

»Das sieht sie scheinbar anders.« Marie nickte unauffällig zu der großen Blondine, die so hämisch gegrinst hatte, als sie in den Flieger gestiegen war. Seit mindestens einer halben Stunde sah sie unentwegt zu ihnen rüber.

Patrick blickte sich nach allen Seiten um.

»Total unauffällig«, zischte Marie.

»Ach, du meinst Svetlana?«

»Sie starrt uns die ganze Zeit an.«

»Sie hat sich wohl Hoffnungen gemacht«, sagte er achselzuckend.

»Hat sie einen Grund dazu?«

»Ich habe ihr auf jeden Fall keinen gegeben«, verteidigte sich Patrick.

Wie dem auch sei, es war Zeit, ins Bett zu gehen. Marie rutschte vom Barhocker.

»Du willst mich doch nicht etwa mit unseren beiden Turteltauben hier allein lassen?« Patrick sah sie entgeistert an und verdrehte in gespielter Komik die Augen.

Sie zwinkerte ihm aufmunternd zu. »Ich bin mir sicher, du kommst klar.«

Kapitel Sieben

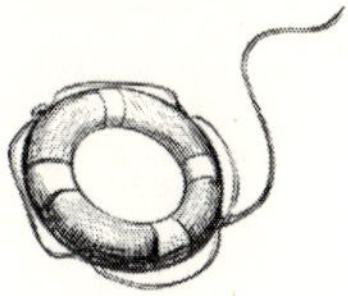

Bonaire, im Hafen von Kralendijk, 31 °C, sonnig

Als Marie am nächsten Morgen erwachte, dröhnte ihr Kopf. Es waren wohl eindeutig zu viele Cocktails gestern gewesen, sie hatte einen ausgewachsenen Kater. Wenn das so weiterging, wurde sie während dieser Reise wirklich noch zur Säuferin. Immerhin habe ich diesmal nicht versucht, mich aus Versehen umzubringen, dachte Marie, es ging also bergauf. Neben ihr lag Eva und schnarchte leise. Marie hatte gar nicht mitbekommen, wann sie auf die Kabine gekommen war. Sie warf einen Blick auf die Uhr, zwanzig nach acht.

»Oh Mist!« Wenn sie vor der Schnorcheltour, die sie gebucht hatten, noch etwas frühstücken wollten, wurde es allerhöchste Zeit.

Sie rüttelte an Evas Schulter. »Los, aufstehen, du Schlafmütze!«

»Noch fünf Minuten«, murmelte Eva und drehte sich noch mal um, während Marie ins Bad schlüpfte. Als sie zurückkam, wirkte Eva zerknautscht, aber immerhin wach.

Sie sah immer noch ziemlich mitgenommen aus, als sie im Restaurant einen Tisch suchten.

»Wir bleiben direkt am Eingang«, entschied Marie und bugsierte Eva auf einen freien Stuhl. »Ich hol mir mal schnell was zu essen.«

Sie zischte los und schnappte sich einen Teller, Brötchen, Käse, Rührei ... Auf der Suche nach der Butter stieß sie am Buffet mit jemandem zusammen.

»Entschuldigung«, setzte er an. Sie sah auf und blickte in die Augen des Kapitäns. Sein professionelles Lächeln wich einem Stirnrunzeln. »Du siehst aus, als hättest du die Nacht durchgemacht«, bemerkte er mit Blick auf ihr verkatertes Aussehen.

Ehe sie etwas entgegnen konnte, wurden sie von einem Plärren unterbrochen, als sich dem Büffet eine Frau näherte, deren Blick hektisch über die Auslage glitt. An ihrer Hand zog sie einen etwa fünfjährigen Jungen hinter sich her, dessen quengelndes Heulen genau die Frequenz besaß, die einem jeglichen Kinderwunsch austreiben konnte.

»Entschuldigung«, sagte Paul, dann wandte er sich an die Frau und schenkte ihr ein breites Lächeln. »Kann ich Ihnen behilflich sein?«

»Ja!«, fuhr sie ihn an. »Ich suche den Reis.«

»Der Milchreis steht drüben, bei den warmen Speisen.«

»Keinen Milchreis!«, blaffte sie. »Ganz normalen Reis.«

»Reis?«, fragte Paul und hob ratlos die Schultern.

»Ja, Herrgott, Reis! R, E, I, S, das kann doch nicht so schwer zu verstehen sein.« Die Frau verlor vollkommen die Beherrschung, doch Pauls Lächeln blieb wie einbetoniert.

»Es gibt keinen Reis zum Frühstück.«

Das Weinen des Jungen steigerte sich zu einem ohrenbetäubenden Brüllen und Marie beobachtete, wie das Lächeln des Kapitäns erste Risse bekam.

»Finn-Luca hat bisher zu jeder Mahlzeit Reis gegessen«, behauptete die Mutter.

Marie verfolgte das Schauspiel mit einer Mischung aus Fassungslosigkeit und Faszination. *Wie kann er nur so ruhig bleiben?* Sie hatte bei ihrer Arbeit in der Bank ständig mit anstrengenden Kunden zu tun, aber meistens hatten sie einen triftigeren Grund, bevor sie ausflippten.

Paul atmete tief durch und wechselte die Taktik. Er ging vor dem Jungen in die Knie, sodass er auf Augenhöhe mit ihm war. »Du bist also Finn-Luca«, sagte er, doch der Junge schrie weiterhin wie am Spieß.

»Und weißt du auch, wer ich bin?«, fuhr Paul fort. Der Junge schüttelte den Kopf, plärrte jetzt aber etwas leiser. »Ich bin der Kapitän«, sagte Paul.

Der Junge verstummte und sah ihn aus großen Augen an. Die anderen Gäste hatten sich über das Heulen hinweg unterhalten und es dauerte einen Moment, bis alle begriffen, dass es aufgehört hatte.

Schlagartig versiegten sämtliche Tischgespräche und ein kollektives Aufatmen glitt durch den Raum.

Finn-Lucas Mutter nutzte ihre Chance. Ohne ein Wort der Entschuldigung machte sie auf dem Absatz kehrt und zerrte ihren Sprössling aus dem Restaurant.

Marie starrte Paul verblüfft an. »Was war das denn?«

»Alter Kapitänstrick, klappt immer.« Paul zwinkerte ihr zu. »Vor mir haben sie noch mehr Angst als vorm Weihnachtsmann. An den glauben sie nicht, aber ich bin real.«

Das stimmte wohl, er war mehr als echt und seine Nähe war ihr auf einmal wieder bewusst. Sie senkte den Blick und sah auf ihren Teller.

»Es liegt an den Eltern«, fuhr Paul fort. »Sie erzählen den Kindern, wenn sie nicht brav sind, kommt der Kapitän und schimpft.«

»Stimmt ja auch!«, konterte Marie trocken, schnappte sich ein Stückchen Butter und ergriff die Flucht.

»Soll ich dir mit der Maske helfen?« Patrick streckte die Hand nach ihr aus. Das flache Pontonboot hatte nicht viel Tiefgang und schaukelte sanft auf den seichten Wellen. Marie machte einen Schritt auf ihn zu, das Boot schwankte und sie kam ihm näher, als sie beabsichtigt hatte. Doch das schien ihn nicht zu stören, mit einem Lächeln nahm Patrick ihr die Tauchermaske aus der Hand.

Marie sah ihm zu, wie er mit geschickten Fingern das Kopfband enger zog.

»Hast du das schon öfter gemacht?«

»Früher bin ich getaucht. Aber jetzt nicht mehr.« Er tippte sich mit dem Finger gegen das Jochbein. »Probleme mit den Nebenhöhlen.«

»Schade, war bestimmt toll.«

»Kann man nicht ändern.« Er lächelte. »Aber dadurch hast du heute deinen persönlichen Schnorchelguide.«

Nachdem er ihr erklärt hatte, wie sie durch den Schnorchel atmen sollte, half er ihr in die Flossen und sie sprangen zusammen vom Boot.

»Leg dich flach auf das Wasser«, sagte er und legte die Hände unter ihren Bauch und ihre Hüften.

Wahrscheinlich suchte er nur nach einem Vorwand, um sie mal anzufassen, aber er erwies sich tatsächlich als hervorragender Tourguide. Ein Stück abseits der Gruppe schwebten sie über der Riffkante und erkundeten gemeinsam die korallenbewachsene Steilwand, die sich unter ihnen im Blau der Tiefe verlor. Es war, als würde man den Kopf in ein Aquarium stecken. Sie sahen tropische Fische in allen Größen und Farben, leuchtende Korallen, stachelige Seeigel und sogar einen Hummer. Einmal lugte eine Muräne aus ihrem Versteck hervor, nur eine Handbreit von Marie entfernt, und versetzte ihr einen gehörigen Schreck.

»Keine Angst.«

Patrick griff nach ihrer Hand. Es war schön, so mit

ihm hier zu schwimmen, und sie genoss es, neben ihm im warmen Wasser zu treiben. Den ganzen Tag hatte sie nicht an Daniel gedacht und zum ersten Mal hatte sie das Gefühl, im Urlaub angekommen zu sein.

»Er ist nett, oder?« Eva nickte rüber zu den Männern, die gerade an der Beachbar standen, um ein paar Drinks zu holen.

»Wer jetzt, Patrick oder Jörg?«

Eva verdrehte die Augen und grinste. »Komm schon.«

»Ja, er ist ganz nett«, gab Marie zu.

»Ich glaube, ihr passt gut zusammen.«

»Willst du mich etwa verkuppeln?«

»Wieso nicht?« Eva lachte. »Wir haben Urlaub. Und es wäre praktisch«, setzte sie hinzu.

»Praktisch?«

»Wegen der Kabinenaufteilung.«

Marie verdrehte die Augen. »Ich kenne ihn doch kaum.«

»Na dann lern ihn halt kennen.«

»Wen kennen?«, schaltete sich Patrick ein und reichte Marie ein Glas Caipirinha.

»Wir haben uns gerade gefragt, was du beruflich machst«, sagte Eva und Marie verschluckte sich an ihrem Drink.

»So, habt ihr das?«, fragte Patrick und grinste breit. Er setzte sich auf seine Liege, nahm einen Schluck von seinem Bier und lehnte sich zurück. »Ich bin Anwalt.«

»O Gott!«, entfuhr es Marie. Seit der Scheidung

ihrer Eltern war sie nicht gut auf Anwälte zu sprechen. Der Anwalt ihres Vaters war ein eiskalter Hund gewesen und hatte alle Register gezogen. Ihr Vater hatte zwar immer Unterhalt für sie gezahlt, aber ihre Mutter hatte beinahe mittellos dagestanden. Nach über zwanzig Jahren Ehe musste sich Mama eine Stelle in ihrem alten Job als Krankenschwester besorgen. Seitdem arbeitete sie im Schichtdienst und kam gerade so über die Runden.

»Niemand mag Anwälte«, sagte Patrick und hob in gespielter Verzweiflung die Hände. »Wir sind fast so schlecht gelitten wie Polizisten.«

»Dabei ist Patty richtig gut in seinem Job«, ergänzte Jörg und boxte seinem Kumpel freundschaftlich in die Rippen.

Patrick verzog das Gesicht. »Nenn mich nicht so.«

»Ehrlich, Mädels, der Patty ist ’n richtig harter Hund.«

»Strafrecht?«, fragte Eva neugierig.

Patrick schüttelte den Kopf. »Nein, Wirtschaftsrecht. Bei einer ziemlich großen Kanzlei, wir übernehmen nur Fälle mit Strafsummen ab einer Million«, sagte er mit einer wegwerfenden Handbewegung.

»Na, das passt doch wunderbar!«, jubelte Eva und stupste Marie in die Seite.

Patrick sah sie an. »Wieso, was machst du denn?«

»Ach, nichts Besonderes. Ich arbeite bei einer Bank, als Kundenberaterin, aber da geht es um viel geringere Summen als bei dir.«

»Seht ihr?« Eva strahlte über das ganze Gesicht. »Ihr habt euch bestimmt eine Menge zu erzählen.«

»Bestimmt«, antwortete Marie ausweichend, denn ihr Job war eigentlich das letzte, worüber sie reden wollte. Schließlich stand ihre Zukunft noch in den Sternen und sie wusste nicht, wie es nach dem Urlaub weiterging.

Das Schiff verfügte über insgesamt zehn Bars und sie hatten sich für die Piano-Bar entschieden. Gedämpftes Licht und schwere Ledersessel sorgten für eine intime Atmosphäre, Klaviermusik perlte sanft durch den Raum. Die Unterhaltung plätscherte dahin und Marie realisierte, dass das ihr erstes Date war, seit Daniel. Eigentlich sogar noch länger, denn Daniel und sie hatten sich auf der Geburtstagsfeier eines Bekannten kennen gelernt und danach waren sie sich ein paar Mal zufällig über den Weg gelaufen, bis sie irgendwann einen Kaffee zusammen getrunken hatten. Aber ein richtiges Date hatten sie eigentlich nie gehabt.

Dann ist das wohl das erste seit mehr als zehn Jahren. Trotzdem störte sie der Gedanke nicht, denn sie hatte zum ersten Mal kein schlechtes Gewissen wegen Daniel, also lehnte sie sich zurück und genoss den Abend.

Sogar Eva und Jörg benahmen sich einigermaßen gesittet, was aber wohl eher der Anordnung der Sessel geschuldet war. Das verschaffte Marie die Gelegenheit, den neuen Lover ihrer Freundin ein wenig unter die Lupe zu nehmen.

Eigentlich stand Eva auf gelackte Schnösel, aber Jörg war so ziemlich das genaue Gegenteil davon.

Unter der Schale des Naturburschen verbarg sich ein erstaunlich einfühlsamer Mann, wie Marie überrascht feststellte, als er von seiner Arbeit sprach.

»Holz ist ein toller Werkstoff, es ist warm und sinnlich«, schwärmte Jörg und sah wieder Eva an. Er war selbstständiger Schreiner und auch das passte nicht in Evas übliches Beuteschema. Normalerweise bevorzugte sie Barbesitzer oder Galeristen, mit denen sie dann lockere Affären unterhielt. Genau betrachtet, hätte Jörg eigentlich viel besser zu ihr selbst gepasst und Patrick zu Eva, wie Marie fand. Aber wo die Liebe hinfiel ... Anscheinend hatte es Eva voll erwischt, so kannte Marie ihre Freundin gar nicht. Ihre Augen leuchteten, wenn sie Jörg ansah, und die beiden hielten pausenlos Händchen. Und so dauerte es nicht lange, bis sie sich auf die Kabine der Männer verzogen.

»Und was machen wir nun mit dem angebrochenen Abend?«, fragte Patrick und es war klar, dass er nicht von einem Abstecher in die Disco sprach.

Doch das ging Marie zu schnell, sie war keine Frau für eine Nacht. Und selbst wenn, die Sache mit Daniel war einfach noch viel zu frisch. »Ich gehe jetzt auch ins Bett. Allein«, setzte sie mit Blick auf seinen Gesichtsausdruck hinzu.

»Und wo soll ich hin? Die beiden blockieren unsere Kabine.«

»Dann schmeiß Eva halt raus.«

»Bleibt mir wohl nichts anderes übrig«, sagte Patrick, aber es gelang ihm nicht, seine Enttäuschung zu verbergen. Er hatte sich wohl mehr erhofft und das war auch durchaus schmeichelhaft, aber es ging ums Prinzip.

Marie tätschelte seinen Arm und hauchte ihm einen Gutenacht-Kuss auf die Wange. »Du schaffst das schon.«

Kapitel Acht

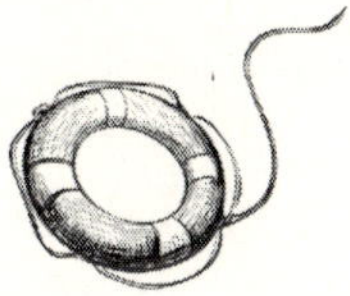

Seetag auf dem Weg nach Santo Domingo
Position 14° 15' N 69° 23' W, 30 °C, sonnig

Eva war letzte Nacht nicht auf die Kabine gekommen, sondern tauchte um kurz nach sieben auf, total verschlafen und verstrubbelt. Ihre dunklen Locken standen in alle Richtungen und sie gähnte ausgiebig.

»Na, war's gut?«, fragte Marie.

»Und wie!« Ein seliges Lächeln glitt über Evas Gesicht.

»Sag bloß, ihr habt zu dritt …« Marie sprach den Satz nicht zu Ende, sondern ließ die Andeutung im Raum hängen.

Eva warf ihr einen entrüsteten Blick zu. »Natürlich nicht, was denkst du von mir?« Sie schnappte sich eine Bürste und versuchte, ihre Locken zu bändigen.

»Und wo war Patrick?«

Eva ließ die Haarbürste sinken und sah sie an. »Ich dachte, hier?«

»Nein, war er nicht.«

»Warum nicht?«

Marie zuckte mit den Schultern. »Ging mir zu schnell. Du weißt, dass das nicht mein Ding ist und ich bin auch noch nicht so weit.«

»Ach, Süße.« Eva warf ihr einen mitleidigen Blick zu und kämpfte weiter gegen ihre Locken.

»Aber dich hat's ganz schön erwischt, oder?«

Eva seufzte. »Kann man so sagen.«

»Und wie soll das mit euch weitergehen nach dem Urlaub?«

Eva gab es auf und schlang ein Haargummi um ihre Haare. »Darüber mache ich mir Gedanken, wenn es so weit ist.«

»Wie kannst du das so locker nehmen?«

»Weiß nicht«, antwortete Eva leichthin. »Aber das solltest du auch mal tun.«

Beim Frühstück gesellten sich die Männer zu ihnen an den Vierertisch. Patrick sah aus, als hätte er letzte Nacht kein Auge zugetan.

»Wo warst du eigentlich?«, fragte Marie.

»Hm?« Er sah von seiner Kaffeetasse auf und blinzelte sie verschlafen an.

»Wo hast du geschlafen?«

»Na, wo wohl?«, antwortete er mit einer Gegenfrage.

»Das würde mich jetzt auch interessieren«, schaltete sich Eva ein und sah ihn gespannt an.

»Auf einer Liege im Wellnessbereich«, antwortete Patrick gereizt. Das erklärte zumindest seinen verknautschten Gesichtsausdruck und die schlechte Laune.

Jörg lachte und boxte ihm in die Rippen. »Danke, Alter. Du hast einen bei mir gut.«

Patrick streckte sich und verzog das Gesicht. »Ich habe Rückenschmerzen.«

»Das tut mir leid«, sagte Marie, aber er winkte ab.

»Schon gut.«

Trotzdem hatte sie ein schlechtes Gewissen. Warum hatte sie ihm nicht einfach Evas Bett angeboten? Offensichtlich hatte Patrick wirklich Schmerzen.

»Wenn du willst, kannst du heut Nacht bei mir schlafen.«

»Wirklich?« Er sah sie mit einem überraschten Lächeln an. »Na dann hoffe ich, dass der Tag schnell vorbei geht.«

»Auf einmal doch?«, fragte Eva, als sie auf der Kabine waren, um ihre Bikinis anzuziehen.

»Wir werden sehen«, gab Marie zurück, schnappte sich Pooltuch und Sonnencreme und schlüpfte durch die Tür auf den Gang. »Los komm, die Jungs warten.

Sie hatten sich auf dem Pooldeck verabredet und die Männer hatten sich richtig ins Zeug gelegt. Die vier Liegen, die sie besorgt hatten, standen in bester Position, direkt neben dem Pool, in der Nähe der Bar und mit bestem Blick auf die Bühne. Egal, was heute auf dem Tagesprogramm stand, sie würden nichts davon verpassen.

»Mehr geht doch schon wieder gar nicht«, kommentierte Eva zufrieden und legte ihr Handtuch auf die freie Liege neben Jörg.

Marie ließ sich neben Patrick nieder und warf ihm einen fragenden Blick von der Seite zu. »Alles klar?«

»Könnte fast nicht besser sein«, antwortete er und rieb sich demonstrativ den Nacken.

Trotz der kleinen Enttäuschung von letzter Nacht war Patrick wirklich aufmerksam. Er cremte ihr den Rücken ein, holte ihr einen Milchshake und dann brieten sie in der Sonne, bis es ihr irgendwann zu viel wurde.

»Ganz schön heiß heute.«

»Du sagst es.« Er sprang auf und streckte ihr die Hand entgegen. »Kommst du mit in den Pool?«

Das Wasser war erfrischend. Sie alberten herum, spritzten sich nass und kamen sich unweigerlich näher.

Gegen vier tauchten einige Angestellte auf und begannen, die Liegen einzusammeln und Bänke aufzustellen.

»Sorry, Miss.« Einer der Männer bedeutete Marie, aufzustehen.

Sie sah zu dem schmächtigen Filipino hoch. »Warum?«

»Captain's Fragestunde«, antwortete er in dem an Bord üblichen Denglisch.

Mit einem Satz war Marie von der Liege und packte ihre Sachen. »Alles klar, gehen wir.«

»Aber wieso denn?«, fragte Patrick. »Ist doch spannend.«

»Ja, ich finde es auch interessant«, schaltete sich Jörg ein. »Der Kapitän ist schon irgendwie ein cooler Typ. Ich meine, wie alt ist der? Achtunddreißig?«

»Sechsunddreißig«, korrigierte Marie automatisch und biss sich auf die Lippe.

»Na bitte. Er ist zwei Jahre jünger als ich und fährt so einen riesigen Pott.« Jörg deutete in einem weiten Bogen um sich. »Das ist schon beeindruckend, oder etwa nicht?«

»Also schön.« Marie gab sich geschlagen und ließ sich auf eine Bank fallen.

Etwa zehn Minuten später erschien Paul, begleitet von dem üblichen Seufzen und Getuschel, und sah in seiner schneeweißen Uniform wie immer umwerfend aus. Er ging zu dem Sessel in der Bühnenmitte und nahm Platz. Eigentlich hatte Marie gedacht, es würden noch mehr Bänke aufgestellt werden. Doch die Filipinos ließen einen breiten Laufweg frei und die meisten Gäste hatten auf den Holzstufen Platz genommen, weshalb sie selbst sich unfreiwillig in der ersten Reihe wiederfand. Somit saß Paul ihr direkt gegenüber, keine fünf Meter von ihr entfernt.

Er setzte sein professionellstes Lächeln auf und hob das Mikrofon. »Schön, dass Sie alle so zahlreich erschienen sind. Ich hoffe, Sie haben viele Fragen«, begann er und in der Tat hätte Marie einige Fragen gehabt. Aber die eigneten sich wohl alle nicht für die Kapitänsfragestunde, also verkniff sie sich einen Kommentar.

»Ich verspreche, die Antworten kurz zu halten«, fuhr er fort. »Genau, wie Sie das von mir gewohnt sind.«

Das Publikum lachte über diese kleine Selbstironie, denn unter den Gästen war Paul inzwischen für seine ausschweifenden Durchsagen bekannt. Wenn er einmal Fahrt aufgenommen hatte, fand er gar kein Ende mehr.

»Unsere hinreißende Moderatorin Juliane nimmt gerne Ihre Fragen entgegen«, verkündete Paul.

Das ist ja mal wieder typisch, dachte Marie, die Schwulen müssen es mit ihren Beschreibungen immer gleich übertreiben. Wobei besagte Moderatorin wirklich ganz hinreißend war, die hübsche Blondine strahlte über das ganze Gesicht, während sie mit dem Mikrofon über das Pooldeck schwirrte, und die Gäste fragten munter drauf los.

Höchstgeschwindigkeit des Schiffs? – einundzwanzig Komma acht Knoten.

Maschinenleistung? – fünfundzwanzigtausend Kilowatt, das entspricht etwa vierzigtausend PS.

Vermessung? – einundsiebzigtausend Bruttoregistertonnen.

Wollten Sie schon immer Kapitän werden? – Ja, das war schon als Kind mein Traum.

Die Fragestunde glitt an ihr vorbei und Marie verstand sowieso das meiste nicht. Am allerwenigsten aber, weshalb der Kapitän so seltsam guckte, wenn er zu ihr rüber sah.

Jörg hob die Hand, woraufhin sich die Moderatorin näherte und ihm ein Mikrofon unter die Nase hielt.

»Wie lange dauert denn die Ausbildung?«, wollte Jörg wissen.

»Kommt drauf an. In meinem Fall zwölf Jahre Marine, also Ausbildung zum Marineoffizier mit angeschlossenem Nautikstudium, um genau zu sein. Danach habe ich als Zweiter Offizier bei Century Cruises angeheuert, bin dann relativ schnell befördert worden und war zwei Jahre als Erster Offizier an Bord. Und seit Anfang des Jahres bin ich Kapitän.«

Patrick legte den Arm um Marie und zog sie an sich. Pauls Augen blitzten verärgert auf. Man könnte fast meinen, er ist eifersüchtig, schoss es Marie durch den Kopf. Pauls Mundwinkel zuckte, als wollte er etwas sagen, aber dann verschwand der Ausdruck von seinem Gesicht und mit dem üblichen professionellen Lächeln wandte er sich dem nächsten Fragesteller zu.

Ein älterer Herr stand auf. »Ich hab mal eine Frage«, begann er umständlich und rückte seine Brille zurecht. »Und zwar wollte ich wissen, ähm ...« Er räusperte sich und fummelte am obersten Knopf seines Poloshirts herum, das er offensichtlich im Bordshop gekauft hatte, wie das Seestern-Logo auf der Brust verriet. »Also ich wollte fragen«, setzte er zum dritten Mal an und einige Gäste verdrehten schon die Augen. Er machte es wirklich spannend, aber dann fasste er sich ein Herz. »Schläft die Crew auch an Bord?«

Pauls Gesichtszüge entgleisten endgültig und seine Antwort ging im allgemeinen Gelächter unter.

Am Abend stand eine karibische Poolparty auf dem

Programm. Marie entschied sich für das leichte weiße Sommerkleid, während sich Eva in ein Flatterkleidchen aus türkisfarbener Seide hüllte, das von oben bis unten mit exotischen Mustern bedruckt war. Mitten auf dem Pooldeck war eine Tiki-Bar aufgebaut worden und die Cocktails wurden in ausgehöhlten Ananas und Kokosnüssen serviert. Neben den Plastikpalmen war das Pooldeck diesmal mit weißen Tüchern dekoriert, sie flatterten im Fahrtwind und verliehen der Kulisse eine luftige Frische. Auf der Bühne spielte eine Steeldrumband, die man eigens dafür an Bord geholt hatte, und heizte den Gästen auf der Tanzfläche ordentlich ein. Die Party kam langsam in Schwung und sie tanzten ausgelassen zu den karibischen Rhythmen. Irgendwann griff der Entertainment-Manager zum Mikrofon.

»Liebe Gäste, natürlich soll auch die Romantik nicht zu kurz kommen, denn dies ist ja das Romantik-Special. Deshalb macht die Band jetzt eine kurze Pause und unser DJ Florian übernimmt derweil.«

Am Rand der Bühne tauchte *DJ Florian* auf und ging rüber zum Mischpult.

»Okay, Leute, jetzt ist Engtanz angesagt!«

Patrick zog Marie an sich und zu den Klängen von Elton Johns *True Love* schoben sie sich über die volle Tanzfläche.

Wahre Liebe, dachte Marie mit einem Anflug von Melancholie. Die Nacht war mild, über ihnen funkelten die Sterne und irgendwie war sie das erste Mal seit Wochen so etwas wie glücklich. Also ließ sie es zu, dass Patrick sich zu ihr runter beugte, um sie zu küssen.

Ihre Lippen trafen sich und Marie hielt instinktiv die Luft an, wartete darauf, dass etwas passierte. Wie bei dem Kuss mit Paul, ein Funke, ein Knistern, irgendwas. Doch es war ein ganz normaler Kuss, mehr nicht.

Plötzlich hatte sie das Gefühl, beobachtet zu werden. Ihre Nackenhaare stellten sich auf und sie sah sich verstohlen nach allen Seiten um. Und tatsächlich, auf dem Deck über ihnen stand Paul und sah auf sie hinab. In seinem Blick lag etwas, das sie nicht so recht deuten konnte. Er sah irgendwie wütend aus.

Sie löste sich von Patrick. »Bin gleich wieder da.«

Statt die offene Treppe an der Seite des Pooldecks zu nehmen, durchquerte sie die Raucherlounge, als wollte sie zur Toilette gehen, doch im Treppenhaus bog sie ab und verließ es ein Deck höher. Wie erwartet, stand Paul immer noch an der Brüstung der Empore und sah auf die Tanzfläche hinab. Er hatte sie nicht bemerkt, sie näherte sich auf leisen Sohlen, bis sie direkt hinter ihm stand.

»Suchst du jemanden?«

Paul zuckte zusammen und fuhr zu ihr herum.

»Warum beobachtest du mich?«

Er machte einen Schritt zurück und verschränkte die Arme vor der Brust. »Ich beobachte dich nicht.«

»Und was machst du dann hier?«

Er starrte sie einen Moment wortlos an, dann atmete er hörbar aus. »Ich will nur verhindern, dass noch ein Unglück geschieht.«

»Du brauchst dir keine Sorgen machen, ich amüsiere mich blendend.«

»Eben«, gab er lakonisch zurück. »Marie, dieser Typ …«

»Geht dich gar nichts an!«, unterbrach sie ihn scharf.

»Natürlich nicht, aber …«

»Nichts aber«, schnitt sie ihm das Wort ab. »Nur, weil du mir das Leben gerettet hast, musst du dich jetzt nicht ständig darin einmischen.«

Paul holte tief Luft und wollte offensichtlich etwas sagen, aber sie unterband es mit einer knappen Geste.

Er schüttelte den Kopf, als lachte er über sich selbst. »Mach doch, was du willst.«

»Das werde ich auch!«

Er sah ihr nach, wie sie die Treppe hinunter stapfte und auf die Tanzfläche zurückkehrte, wo sie wieder ihrem neuen Verehrer um den Hals fiel. Warum musste diese Frau nur so verdammt störrisch sein?

»Wen beobachtest du?«, fragte Ángel und trat neben ihn an die Brüstung. Paul wies mit dem Kinn hinab auf die Tanzfläche und Ángel folgte seinem Blick.

»Ach, Casanova.«

Also hatte sich sein Ruf schon bis zu Ángel herumgesprochen, dabei war der gerade mal einen Tag an Bord. Aber vermutlich kannte inzwischen jeder den Gast aus Kabine 4469.

Ángel sah ihn von der Seite an. »Seit wann interessierst du dich für Bordklatsch?«

Paul antwortete nicht, auch wenn es eine berechtigte Frage war. Schließlich gab es auf jeder Reise mindestens einen wie diesen Patrick, einen selbst ernannten »Pick Up Artist«, wie sich diese Typen auf Neudeutsch nannten, Aufreißkünstler.

»Warum sind die Frauen so dumm?«, fragte er stattdessen, aber auch darauf erwartete er keine ernsthafte Antwort, es war mehr eine rhetorische Frage.

»Ich weiß nicht.« Ángel zuckte mit den Schultern. »Aber er hat eine beeindruckende Abschussquote, wie man hört.«

»In der Tat«, sagte Paul. Der Typ hatte drei der vergangenen vier Nächte in fremden Kabinen verbracht. Unterschiedlichen, wohlgemerkt.

Die Kameras bekamen zwar nur mit, was an Deck geschah, aber unter Deck funktioniert dafür der »Bordfunk« umso besser. Den meisten Gästen entging das Heer von Augen und Ohren, die das Schiff bevölkerten. All die Barkeeper und Kellner, Zimmermädchen und Reinigungsteams, die zahllosen helfenden Hände, die nötig waren, um den Schiffsbetrieb am Laufen zu halten. Sie verrichteten ihre Arbeit oft unbemerkt und im Stillen. Doch egal, was an Bord geschah, ihnen entging nichts und alle tratschten darüber. Wie zum Beispiel über »Casanova«. So lautete der crewinterne Spitzname, den man diesem Aufreißer verpasst hatte.

Paul riss seinen Blick von dem Paar auf der Tanzfläche los und sah seinen Sicherheitschef an. »Tu mir einen Gefallen und behalt ihn im Auge.«

»Warum? Was hat er denn angestellt?«

»Nichts. Ich will bloß wissen, wo er heute Nacht schläft.«

»Du meinst, mit wem«, korrigierte Ángel und grinste anzüglich. »Ich schätze, das ist nicht schwer zu erraten.«

»Ich will nur wissen, ob es so ist.«

»Warum?«, fragte Ángel und Paul ahnte, dass er nicht locker lassen würde.

Er seufzte. »Du hast sicher auch von der Passagierin gehört, die springen wollte.« Er deutete hinab auf die Tanzfläche. »Das war sie.«

Ángel pfiff leise durch die Zähne. »Verstehe, gleich zwei Special Guests.« Er nickte nachdenklich. »Das kann Ärger geben.«

Paul atmete auf. »Du sagst es.«

Ángel lächelte ihn an. »Keine Sorge. Dafür hast du ja mich.«

Der Ärger über Pauls Verhalten brannte immer noch in Marie, als sie Patrick die Tür zu ihrer Kabine aufhielt, doch der bekam davon nichts mit.

»Schick.« Er nickte anerkennend. »Sogar mit Balkon.«

»Das Bett am Balkon ist meins«, sagte sie und schnappte sich ihr Schlafshirt. »Du kannst auf Evas Seite schlafen. Ich geh nur schnell ins Bad.«

Ich hoffe, ich habe es nicht übertrieben, überlegte Marie, während sie auf der Toilette hockte und ihre Zähne putzte. Patrick hatte sie ziemlich verwundert angeschaut, als sie ihm vorhin auf der Tanzfläche um den Hals gefallen war. Sie hatte eine ganz schöne Show abgezogen. Aber sie war einfach so sauer auf Paul. Was bildete er sich eigentlich ein? Erst die Sache mit dem albernen Alkoholverbot und jetzt das. Es ging ihn überhaupt nichts an, mit wem sie tanzte und wen sie mit auf ihre Kabine nahm.

Ángel verlangsamte seinen Schritt und wartete ab, bis die Tür hinter den beiden ins Schloss gefallen war. Dann schlenderte er zu der Kabine, blieb stehen und lauschte, doch es drangen keine Geräusche heraus. Das hieß jedoch nichts. Er gab ihnen fünf Minuten, dann würde es da drinnen zur Sache gehen. Ángel grinste und warf einen Blick auf die Uhr. *Zeit, Meldung zu machen.*

Fünf Minuten später erreichte er die Brücke. Paul stand an einem der Fenster und sah hinaus aufs Meer. Als Ángel an ihn herantrat, ließ er das Fernglas sinken.

»Und?«

»Melde gehorsamst, um Punkt 00:17 sind sie auf ihrer Kabine verschwunden. Nummer 7112.«

»Ich weiß, wo sie wohnt«, fuhr Paul ihn an.

»Ach was?« Ángel konnte sich den Unterton nicht verkneifen.

»Ich habe sie hingebracht, nachdem sie springen wollte«, rechtfertigte sich Paul. »Also spar dir dein dämliches Grinsen.«

Ángel realisierte erstaunt, wie dünnhäutig Paul in

Bezug auf diese Frau war. »Man könnte fast meinen, du willst was von ihr.«

»Unsinn!«, entgegnete Paul heftig und seine Kiefer mahlten.

»Sonst noch was?«, fragte Ángel.

Paul schüttelte unwirsch den Kopf.

Ángel ließ es dabei bewenden. Aber er kannte Paul lange genug, um zu wissen, dass es kein Unsinn war. Er lächelte in sich hinein und setzte seinen Rundgang fort.

Patrick hatte sich ausgezogen, während sie im Bad war. Als Marie herauskam, lag er nur in Unterhosen auf dem Bett und erwartete sie.

»Sexy«, bemerkte er mit einem missmutigen Blick auf das verwaschene T-Shirt, das sie zum Schlafen trug. »Also nur, damit du es weißt, nach Paragraph siebenunddreißig der Verkehrsordnung«, er betonte das Wort und malte mit den Fingern Gänsefüßchen in die Luft, »sind solche T-Shirts verboten«, fügte er hinzu und grinste.

Marie schlüpfte unter ihre Decke, wohin nur Sekunden später auch Patricks Hände ihren Weg fanden.

»Aber in dem Fall hol ich dich da raus«, murmelte er und zupfte an ihrem Ärmel.

»Daraus wird heute nichts.« Sie drehte sich auf die Seite und fummelte an den Lichtschaltern herum. Es dauerte einen Moment, bis sie den richtigen fand und das Licht erlosch.

Patrick rutschte näher. »Sicher?«, raunte er an ihrem Ohr.

Er schmiegte sich an ihren Rücken und sie konnte die Beule in seiner Unterhose an ihrem Po spüren. Er war ganz offensichtlich bereit, aber sie war es nicht. Es fühlte sich einfach nicht richtig an, all ihre Prinzipien über Bord zu werfen.

»Ich bin nicht so eine«, sagte sie in die Dunkelheit der Kabine.

»Ich weiß«, antwortete er. »Aber ich weiß auch, dass sich hinter der Fassade des braven Mädchens eine sinnliche Frau versteckt. Und falls du es dir anders überlegst, solltest du wissen, dass ich nicht nur im Gerichtssaal über eine flinke Zunge verfüge.«

Vor allem willst du mich damit in was reinquatschen, dachte Marie bissig und bereute bereits, ihn mit auf die Kabine genommen zu haben. Sie rückte von ihm ab. »Behalt sie im Zaum.«

»Dann eben nicht«, entgegnete er pampig, rollte sich auf die andere Seite und drehte ihr den Rücken zu. Seine Frustration war mit Händen greifbar und Marie hatte schon wieder ein schlechtes Gewissen. Schließlich war sie nicht unschuldig daran, dass Patrick sich Hoffnungen gemacht hatte. Vielleicht sollte sie ihm einfach erzählen, was mit Daniel geschehen war. Aber auch dazu war sie noch nicht bereit.

»Morgen ist auch noch ein Tag«, sagte sie leise und strich ihm über den Rücken. »Gib mir noch ein bisschen Zeit.« Das ging ihr einfach alles zu schnell und die Sache mit Daniel war noch zu frisch.

»Ja, schon gut«, fauchte er und kurz darauf verkündete sein Schnarchen, dass er eingeschlafen war, während sie wach lag und sich fragte, warum sie nicht einfach mal so locker sein konnte wie Eva.

Kapitel Neun

Santo Domingo, 31 °C, Luftfeuchtigkeit 87 Prozent, für den Abend werden Gewitter erwartet

Am nächsten Morgen gab sich Patrick alle Mühe, seine schlechte Laune zu verbergen, doch es gelang ihm nicht. Deshalb war Marie ganz froh, dass er sich bald ins Bad verzog, um sich frisch zu machen.

»Na, gut geschlafen?«, fragte Eva, als sie beim Frühstück auf die anderen beiden stießen. Sie platzte fast vor Neugier, Marie sah es ihr an der Nasenspitze an.

»Keine Klagen«, entgegnete Patrick, doch er sah Marie dabei an, bevor er sich mit einem aufgesetzten Lächeln an Eva wandte. »Dein Bett war deutlich bequemer als eine Liege.«

»Und, was habt ihr heut geplant?«, wechselte Marie das Thema.

»Wir haben eine Quadtour gebucht«, antwortete Jörg und biss in sein Schinkenbrötchen.

»Verstehe, so ’n richtiges Männerding.«

»Ich brauche mal ein bisschen Action«, gab Patrick zurück, doch der Blick, mit dem er sie ansah, verriet Marie, dass er gerade nicht übers Quadfahren sprach.

Die gereizte Stimmung schwebte über dem Tisch wie eine dunkle Wolke und Marie war froh, dass sie selbst bald losmussten.

»Mal wieder nur alte Leute«, kommentierte Eva, als sie den Ausflugstreffpunkt erreichten. Heute stand für sie ein Foto-Spaziergang auf dem Programm, weil Eva auf ein paar tolle Motive hoffte. Ihre Gruppe bestand daher ausschließlich aus älteren Herren, die unter dem Gewicht der Spiegelreflexkameras, die an Tragebändern um ihre Hälse baumelten, beinahe zusammenbrachen. Nach einer kurzen Fachsimpelei über Objektive und Blenden setzte sich der Tross endlich in Bewegung. Evas Digicam konnte da nicht annähernd mithalten, aber für Marie bot sich zumindest die Chance, die Kamera an ihrem neuen Handy auszuprobieren. Zumindest etwas, wenn sie schon nicht telefonieren konnte, denn ihre SIM-Karte ruhte in ihrem alten Handy auf dem Grund des Hafenbeckens von Oranjestad. Immerhin, Paul hatte sich wirklich nicht lumpen lassen und das brandneueste Modell gewählt, todschick und mit allerlei technischen Spielereien. Sie hatte sich noch gar nicht dafür bedankt.

»Was war denn mit Patrick los?«

»Nichts«, entgegnete Marie knapp.

»Sah auf jeden Fall nicht so aus, als hättet ihr eine heiße Nacht verbracht.«

»Ich sag doch, da war nichts.«

Eva sah sie fassungslos an. »Da hast du so ein Leckerchen im Bett liegen und dann läuft nichts?«

»Du weißt genau, warum. Und jetzt Schluss damit«, zischte Marie. Sie hatte wirklich keine Lust, das auf offener Straße zu diskutieren.

»Santo Domingo ist eine der ältesten Städte der neuen Welt«, erfuhren sie von ihrem Reiseleiter. Sein Name war Félipe und nach eigenen Aussagen war er siebenundsechzig. Also schätzungsweise im gleichen Alter wie der Rest ihrer Truppe, nur besser zu Fuß. Der kleine, segelohrige Dominikaner gab sich redliche Mühe, den Kreuzfahrern die Schönheit seiner geliebten Hauptstadt näher zu bringen. Prächtige Kolonialbauten bezeugten die einstige Bedeutung Santo Domingos, das heutzutage den Dornröschenschlaf aller karibischen Großstädte schlief und höchstens noch als Fotomotiv von Interesse war. Auf einem Platz im Schatten mächtiger Platanen saßen Männer und spielten Domino, aufgetakelte Frauen stöckelten umher, dazwischen pickten Tauben nach Futter, vollkommen unbehelligt von den Katzen, die in der Sonne dösten.

Es war schwül und die Luft erfüllt vom Geruch und Hufgetrappel der Pferde, die Kutschen voller amerikanischer Touristen über das Kopfsteinpflaster der Altstadt zogen. Über allem hing eine klebrige Trägheit, ölig und schwer wie das Getränk, das Félipe ihr in einem Schnapsglas aus Plastik reichte. Auch dieser Ausflug endete mal wieder in einem Souvenirshop, mit der obligatorischen Verkostung lokaler Spezialitäten.

»Mamajuana«, sagte er und schenkte Marie ein schmieriges Lächeln.

»Marihuana?«, fragte sie und beäugte misstrauisch die dunkelrote Flüssigkeit.

Der Reiseleiter schüttelte den Kopf und lachte. »Rotwein mit Honig und Gewürzen.«

»Egal«, meinte Eva. »Los, runter damit!« Sie setzte den Becher an und kippte ihn runter.

Marie tat es ihr nach, schmeckte die Schwere des Weins gepaart mit der Süße des Honigs auf ihrer Zunge, gefolgt von einem Hauch Sternanis. Das Getränk rann ölig durch ihre Kehle und hinterließ einen bitteren Nachgeschmack, von dem sie nicht zu sagen vermochte, was es war.

»Gut gegen alles«, sagte Félipe. »Und gut für ...« Er machte eine Pause und eine vielsagende Geste, indem er die rechte Faust ballte und den Unterarm vor seinem Schritt aufrichtete. »Weckt das Feuer und die Leidenschaft«, fuhr er fort und funkelte Marie dabei aus Glutaugen an, mit einem Blick, den sie, in Anbetracht des Altersunterschieds zwischen ihnen, als vollkommen unangemessen empfand. Die umstehenden Männer aus ihrer Gruppe lachten, und sie spürte, wie ihr das Blut in die Wangen schoss.

Eva bemerkte es und kicherte. »Am besten, du trinkst gleich noch einen.«

»Sehr witzig«, bemerkte Marie säuerlich. Warum mussten heute eigentlich alle darauf herumhacken, dass sie nicht leicht zu haben war?

»Na, wie läuft's?« Jörg lehnte sich neben ihn an den Tresen der Sea Bar und legte einen Arm um seine Schulter.

»Ich platze bald«, antwortete Patrick. »Aber heute Nacht ist sie fällig. Dann knacke ich sie, ich schwöre es.«

Jörg verpasste ihm einen Schlag mit der flachen Hand in den Nacken. »Die ist echt süß, Mann. Tu ihr nicht weh.«

»Keine Sorge. Ich werde ganz vorsichtig sein.«

»Die Wievielte ist das jetzt eigentlich? Nummer vier? Fünf? Ich habe so langsam den Überblick verloren.«

»Sechs«, antwortete Patrick und konnte sich ein selbstzufriedenes Grinsen nicht verkneifen. Direkt am ersten Abend hatte er gleich zwei gehabt, erst war ihm während der Welcome-Show eine ziemlich betrunkene Frankfurterin in die Arme gelaufen, die schon eine Woche an Bord war und während ihres Ausflugs zu viel Rumpunsch getankt hatte. Dann hatten sie Marie und Eva kennengelernt, und nachdem die verschwunden gewesen waren, war nur noch Svetlana übriggeblieben, deren gesamte Aufmachung bereits verkündet hatte, dass sie leichte Beute war. Für ihn war dieses Schiff der reinste Spielplatz und die vielen

Frauen an Bord, egal ob einsam oder vergeben, weckten seinen Jagdtrieb.

»Werd erwachsen«, sagte Jörg und schüttelte den Kopf.

Patrick wandte sich an den Barkeeper. »Vier Caipirinha.«

»Bitte«, sagte der Barkeeper und lachte, während er die Drinks mixte. Anscheinend hatte er ihr Gespräch mit angehört. Er stellte vier Gläser vor ihm auf die Theke, schnappte sich seine Bordkarte, zog sie durch die Kasse und reichte sie ihm zusammen mit den Quittungsbelegen zurück. Einen davon signierte Patrick schwungvoll und schnappte sich zwei Cocktails.

»Kleine Starthilfe.« Er zwinkerte dem Barkeeper zu und machte sich auf den Weg zum Tisch, an dem bereits die Frauen warteten. Dann setzte er sein charmantestes Lächeln auf und reichte Marie ein Glas. »Na, wie war euer Tag?«

»Super«, platzte Eva raus. »Wir haben Potenzmittel getrunken.«

»Mamajuana«, antworteten Jörg und Patrick im Chor. Sie sahen sich an und lachten, nur Marie lief dunkelrot an. Mein Gott, wie kann man nur so spießig sein?, dachte Patrick. Heute Nacht war die Kleine echt fällig. Sie stand ganz oben auf seiner Abschussliste.

»Was darf's denn sein?«, fragte der Barkeeper. »Kindercocktail?« Es war der gleiche wie neulich und er konnte sich ein Grinsen nicht verkneifen. Sie warf einen Blick auf sein Namensschild. Marcus, richtig.

»Einfach nur ein Wasser.«

Patrick kam zu ihr rüber. »Ich geh duschen, wir sehen uns beim Abendessen.« Er gab ihr einen flüchtigen Kuss und verschwand Richtung Fahrstuhl.

Der Barkeeper hob eine Augenbraue und sah ihm nach.

»Ist was?«

Marcus schüttelte den Kopf. »Schon gut.« Er stellte ein Glas Wasser vor sie auf die Theke, sah sie an und gab sich einen Ruck. »Kleiner Tipp von mir: Tun Sie es nicht.«

»Was?«, entgegnete sie verständnislos.

Er räusperte sich. »Es geht mich ja nichts an, aber weil Sie es sind.« Er lächelte schief. »Ich habe da vorhin was gehört. Aber das haben Sie nicht von mir, okay? Ich will keinen Ärger.«

Sie nickte ungeduldig. »Okay.« Musste er sich denn alles so aus der Nase ziehen lassen?

Marcus beugte sich zu ihr über die Theke und senkte die Stimme. »Ich habe gehört, wie Ihr Freund zu seinem Kumpel gesagt hat, heute Nacht wären Sie fällig.«

Marie sah ihn entgeistert an. »Hat er das so gesagt?«

»Na ja, zumindest so ähnlich. Ich glaube, er sagte, er würde Sie knacken, um genau zu sein.«

»Ich fasse es nicht.«

»Was haben Sie denn erwartet?«

»Wie meinen Sie das?«

Marcus rollte mit den Augen. »Ihn kennt doch inzwischen wirklich jeder an Bord. Oder sagen wir besser: Jede. Sie sind Nummer sechs, hat er gesagt.«

Marie schnappte nach Luft. Ihr war, als hätte sie einen Schlag in die Magengrube erhalten. *Sechs?* Ihr Kopf fühlte sich seltsam leicht an. Warum hatte sie davon nichts mitbekommen? Das Bild der Blondine aus dem Flieger schoss ihr durch den Kopf, die in der Disco die ganze Zeit zu ihnen rübergeguckt hatte. Patrick hatte es abgetan, wie hatte er sich nochmal ausgedrückt? Er hatte gesagt, sie selbst sei viel interessanter als Svetlana, oder so ähnlich. Und jetzt war ihr auch klar, warum.

»Danke«, sagte Marie, trank das Wasser in einem Zug aus und knallte das leere Glas auf die Theke. Sie kramte in ihrer Tasche nach ihrem Portmonee und fischte einen Zwanzig-Dollar-Schein heraus. Marcus hatte sich soeben ein Trinkgeld verdient.

Am liebsten hätte sie Patrick eine reingehauen und seinem scheinheiligen Lächeln ein paar Lücken verpasst. Aber das wäre nicht so lustig, also riss Marie sich zusammen. Sie lachte artig über seine ach so witzigen Sprüche und machte gute Miene zum bösen Spiel. Das vollbesetzte Restaurant war nicht der passende Ort für eine Szene. Die Männer hatten vorgeschlagen, ins Steakhouse zu gehen, und kurzfristig einen Tisch reserviert. Sie seien selbstverständlich eingeladen, hatten sie verkündet. Blutige Steaks waren nicht so Maries Ding, deshalb entschied sie sich für eine Backkartoffel und einen Cesars Salad mit

Garnelen. Normalerweise hätte sie jetzt ein schlechtes Gewissen gehabt. Sie ließ sich nicht gerne aushalten, sie hatte dann immer das Gefühl, sie wäre eine Gegenleistung schuldig und man würde etwas von ihr erwarten. Aber in diesem Fall ging es genau darum: Patrick sollte ja etwas erwarten. Sie lächelte ihm zu und er lächelte zurück. Überhaupt gab er sich betont charmant, aber seit sie hinter seine Fassade geblickt hatte, erkannte sie die Falschheit seines Lächelns.

Marie malte sich aus, wie sie ihm das Glas Rotwein über den Kopf schüttete, das vor ihr auf dem Tisch stand. Farblich würde es ganz wunderbar mit seinem Poloshirt harmonieren, ein protziges Teil einer Edelmarke für Segler. Dabei segelte er doch gar nicht.

Angeber!, dachte Marie und sagte stattdessen: »Ich freue mich schon auf die Katamaran-Tour morgen. Ich liebe Segeln.«

Doch wie zu erwarten, reagierte Patrick gar nicht darauf, sondern beäugte mit kritischem Blick die Garstufe seines Steaks. Er sah aus, als überlegte er gerade, den Koch zu verklagen, weil es nicht blutig genug war.

»Wir machen eine Quad-Tour«, sagte Jörg und schob sich ein Stück Fleisch in den Mund.

Eva hob eine Augenbraue. »Schon wieder?«

»Wieso nicht?«, entgegnete er kauend. »Macht Spaß.«

»Na klar, ich brauche Action«, sagte Patrick. »Ein bisschen Staubfressen.«

Und ob du Staub fressen wirst, dachte Marie mit

einem grimmigen Lächeln und spießte einen Shrimp auf ihre Gabel.

Die abendliche Abschiedsparty für die heimreisenden Gäste kam ihr gerade recht, auch wenn sich Marie insgeheim fragte, wie man sich eigentlich während einer Kreuzfahrt erholen sollte, wenn jeden Abend eine andere Party auf dem Programm stand. Aber für ihre Zwecke war es die ideale Atmosphäre, um Patrick ein wenig einzuheizen. Eva war eingeweiht und mindestens genauso empört über Patricks Verhalten, also hatten sie sich zusammen einen Plan überlegt, um ihn so richtig auflaufen zu lassen. Und zwar würde Marie ihn so lange zappeln lassen, bis sie die letzten Gäste an Deck waren. Denn wenn erstmal alle im Bett waren, bei denen Patrick unterkriechen konnte, musste er wirklich mit einer Liege im Wellnessbereich vorlieb nehmen. Das würde ihm eine Lehre sein.

Marie machte Patrick richtig heiß, schmiegte sich beim Tanzen eng an ihn und kreiste mit den Hüften. Ihre Küsse wurden leidenschaftlicher und in seinen Augen lag ein gieriges Glitzern. Gegen zwölf leerte sich das Pooldeck zusehens und die Party verlagerte sich in die Disco, bis auch dort den letzten Feierwütigen die Luft ausging.

»Last Order«, verkündete der DJ, woraufhin sie die Männer auf einen Absacker an die Bar schleiften, bis sie wirklich die allerletzten Gäste waren und die Lichter angingen, weil die Putzkolonne anrückte. Jetzt war Patrick bereit für seine Lektion.

Marie nickte Eva zu, woraufhin diese Jörgs Hand ergriff und sich mit ihm auf die Kabine der Männer verzog. Patrick lächelte siegesgewiss, als sie zusammen in den Fahrstuhl stiegen, aber das Lächeln verging ihm, als Marie ihn daran hinderte, ihr in die Kabine zu folgen.

»Stopp!« Sie legte ihm eine Hand auf die Brust und schob ihn zurück.

»Was ist?«, fragte er irritiert.

»Du willst mich knacken, ja?«

Seine Augen zogen sich zu schmalen Schlitzen zusammen. »Hat Jörg dir den Quatsch erzählt?«, zischte er und kam einen Schritt auf sie zu. Sie konnte den Alkohol in seinem Atem riechen.

»Und wenn es so wäre?«

»Toller Freund!« Er boxte gegen die Wandverkleidung des Flurs, und es geschah so unvermittelt, dass Marie vor Schreck zusammenzuckte. Sie fragte sich, ob es wirklich eine gute Idee gewesen war, ihn vor der Abfuhr noch mal richtig heiß zu machen.

»Mach jetzt hier kein Theater.« Sie durfte sich von ihm nicht einschüchtern lassen, doch in ihrer Stimme schwang ein leichtes Zittern. »Sonst rufe ich den Sicherheitsdienst.«

»Bemüh dich nicht.« Sein Lächeln war kalt wie Eis. »Ich bedauere bloß, dass ich mir wegen dir frigider Kuh drei Urlaubstage versaut habe.«

»Was hättest du nicht alles erreichen können?«, fragte sie höhnisch.

»Zumindest mehr, als mir dieses Klein-Mädchen-Gezicke reinzuziehen.«

»Glaub mir, eine Nacht auf einer Liege ist noch das Netteste, was mir zu einem Typen wie dir einfällt.«

»Liege.« Er lachte auf. »O bitte, das hast du doch nicht ernsthaft geglaubt? Hier gibt es so viele Matratzen an Bord.«

Noch bevor sie wusste, was sie tat, holte Marie aus. Die Ohrfeige traf Patrick hart und präzise, mit einem satten Klatschen mitten auf die Wange. Er ballte die Fäuste und starrte sie an. In seinen Augen lag ein gefährliches Glitzern und für einen Moment dachte Marie, er würde zurückschlagen.

Patrick ließ die Hände sinken und funkelte sie an. »Das wirst du noch bereuen!«

»Zeigst du mich jetzt an, wegen Körperverletzung?«

Er schnaubte verächtlich. »Machs dir doch selbst.«

Das war knapp! Marie lehnte sich von innen gegen die Kabinentür und atmete schwer. Das Herz schlug bis zum Hals, ihr Puls raste. *Ich dachte, er schlägt zu.* Ein kalter Schauer rann über ihren Rücken, als sie an Patricks wütenden Blick dachte, aber gleichzeitig war sie froh, nun sein wahres Gesicht zu kennen. Sie streifte die Sandalen ab, ließ sich aufs Bett sinken und rollte sich zusammen. Sie wollte gar nicht heulen, aber plötzlich schossen ihr die Tränen in die Augen. Es war eine Mischung aus Wut und Enttäuschung und gleichzeitig fühlte sie sich zutiefst gedemütigt. Sie wusste, dass es seine Absicht gewesen war, sie zu verletzen, und doch hatten seine Worte sie getroffen.

Eine frigide Kuh war sie nicht, das wusste sie wohl besser als er. Aber war sie wirklich so prüde? Sie wollte doch bloß nicht einfach nur eine Nummer auf einer Liste sein. Und sie hielt sich mit Sicherheit nicht für was Besseres. Aber für sie war Sex nun mal etwas, das man mit einem besonderen Menschen teilte, nicht mit irgendeinem dahergelaufenen Anwalt.

Sie hätte es wissen müssen: Alle Anwälte waren Schweine! Aber nein, sie hatte ihm eine Chance geben wollen, sie kam sich so lächerlich vor. Und Paul hatte sogar noch versucht, sie vor Patrick zu warnen. Aber statt auf ihn zu hören, hatte sie sich aufgeführt wie ein trotziger Teenager. Ich bin einfach zu blöd für sowas, dachte Marie. Dabei fehlte ihr vielleicht bloß die Erfahrung. Sie war so lange mit Daniel zusammen gewesen und einfach nicht vorbereitet auf die freie Wildbahn und Typen wie Patrick. Aber auf diese Art von Erfahrung hätte sie gut verzichten können.

Nach einer Weile öffnete sich die Kabinentür und Eva schlüpfte hinein.

»Hey!«

Marie setzte sich auf und wischte sich über die Augen, aber Eva sah auch so, dass sie geweint hatte. Sie setzte sich zu Marie aufs Bett und streichelte über ihre Schulter.

»War's sehr schlimm?«

»Geht schon. Es war bloß ... hässlich.« Marie schniefte und zog die Nase hoch. In knappen Worten schilderte sie die Szene auf dem Flur.

Eva nickte. »Ja, Patrick war ganz schön sauer. Er

hat mich rausgeschmissen und jetzt streitet er mit Jörg.«

»O Gott!« Marie fuhr auf. »Patrick denkt, Jörg hätte es mir verraten. Wenn er ihm was tut ... Er war so aggressiv!«

Eva hielt sie zurück. »Beruhige dich. Der kriegt sich schon wieder ein.«

Kapitel Zehn

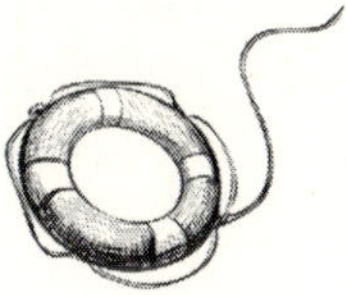

La Romana, Dominikanische Republik, Position 18° 24′ N, 68° 57′ W, 31 °C, sonnig

Es war Wechseltag und an Bord der Stella Maris herrschte hektische Betriebsamkeit. Die eine Hälfte der Passagiere würde das Schiff heute verlassen und im Laufe des Nachmittags durch neue Gäste ersetzt werden. Die Abreisenden verstopften die Fahrstühle mit Bergen von Handgepäck und stürmten die Frühstücksbuffets, als ob sie nie wieder etwas zu essen bekommen würden. Marie beobachtete, wie eine stark übergewichtige Frau ein komplettes Tablett Rosinenschnecken in eine Tupperdose packte, die sie in ihrer Handtasche verstaute.

»Kleiner Snack für den Heimflug«, ließ sie die ältere Dame neben sich augenzwinkernd wissen.

Marie schüttelte den Kopf und versuchte, sich einen Überblick im Restaurant zu verschaffen. Sie hatte keine Lust, Patrick zu begegnen, und wollte ihm aus dem Weg gehen. Deshalb war sie ganz froh, dem Trubel entfliehen zu können. Ein Tag auf einer einsamen Insel war heute genau das Richtige, sie wollte einfach nur ihre Ruhe haben.

»Los komm, wir nehmen die Treppe!«, entschied Marie in Anbetracht des Gedränges vor den Fahrstühlen. Aber im Treppenhaus war genau so viel los, Marie wich einem Gast aus, der einen Rollkoffer die Stufen hinauf zerrte. Hinter ihr ertönte ein spitzer Schrei. Eva war auf dem Treppenabsatz über den Trolley des Mannes gestolpert und hielt sich mit schmerzverzerrtem Gesicht das Bein.

»Was ist passiert?«

»Ich glaube, ich hab mir den Knöchel verstaucht.«

Marie seufzte. »Das war's dann wohl mit dem Ausflug.«

Eva schüttelte den Kopf. »Ach Quatsch, fahr du nur.«

»Bist du sicher, dass du keine Hilfe brauchst?«

»Bis ins Hospital schaffe ich es schon allein«, sagte Eva und humpelte in Richtung Fahrstuhl. »Falls ich irgendwann einen Lift bekomme.«

Der Katamaran glitt über die Wellen, immer entlang der dominikanischen Küste. Langgezogene Strände wechselten sich mit scharf gezackten Felsen ab, zwischen denen hin und wieder kleine Flecken Sand leuchteten. Vielleicht ist es gar nicht so schlecht, mal einen Tag ganz allein zu sein, dachte Marie und streckte die Nase in den Wind. Einfach mal den Kopf frei bekommen nach dem ganzen Mist der letzten Wochen. Und was wäre besser dafür geeignet, als die Trauminsel, auf die sie nun zusteuerten.

Die vorgelagerte Isla Saona gehörte, wie der gesamte Küstenabschnitt, zum Nationalpark del Este und war bis auf eine kleine Siedlung unbewohnt. Im Ausflugsprospekt hieß es, ihre Strände zählten zu den schönsten in der gesamten Karibik. Man hatte dort sogar einen Werbespot für Bacardi gedreht und Marie blickte erwartungsvoll dem winzigen Eiland entgegen, das sich palmenbesäumt aus dem Türkis des Karibischen Meeres erhob.

Unbewohnt hieß allerdings nicht unbelebt, wie sich herausstellte. Als der Katamaran sich der Insel näherte, erkannte Marie, dass etwa fünftausend Touristen ebenfalls die Idee gehabt hatten, ihren Tag dort zu verbringen. Maries Laune sank, als sie die vielen Liegen sah, die sich in ordentlichen Reihen an den einzelnen Abschnitten des Strands drängten und den Traum von der einsamen Insel zunichte machten.

Missmutig folgte sie ihrer eigenen Herde aus Frauen in Trekking-Sandalen und berlinernden Senioren in bunten Hawaiihemden zu dem Fleckchen Strand, das für ihre Gruppe bestimmt war.

Willkommen im Paradies!, dachte Marie und suchte sich einen Platz im Schatten. Ein hochgewachsener, einheimischer Jüngling rückte ihr die Liege zurecht und bedachte sie mit einem breiten Lächeln. Seine Zähne blitzten weiß in seinem kaffeebraunen Gesicht und in seinen Augen lag ein begehrliches

Funkeln. Der Junge war höchstens sechzehn, aber nichtsdestotrotz flirtete er mit ihr. Ich könnte beinahe seine Mutter sein, dachte Marie entrüstet und rechnete im Geiste kurz nach. Sie fühlte sich auf einmal schrecklich alt und ging nicht weiter auf den Jungen ein, sondern setzte sich auf die Liege und schlang die Arme um die Knie. Es war ein Fehler gewesen, herzukommen. Dieser bescheuerte Urlaub war ein einziger, großer Alptraum. Sie hätte es wissen müssen. Es war eine totale Schnapsidee, mit der besten Freundin in die Flitterwochen zu fahren.

Marie fischte ein Steinchen aus dem Sand und drehte es zwischen ihren Fingern. Wenn es wirklich ihre Flitterwochen gewesen wären, hätte sie den Urlaub bestimmt genossen. Aber so?

Zu allem Überfluss tauchte irgendwann ein weiteres Boot auf und brachte neue Gäste zur Insel. Schon von Weitem sah sie, dass die Frau, die gerade dem Boot entstieg, ein Brautkleid trug. Auch das noch! Das Brautpaar steuerte auf einen Pavillon am Strand zu. *Na großartig*. Genau das hatte noch gefehlt, um den Tag komplett zu ruinieren. Sie wollte schon immer mal einer fremden Hochzeit zusehen, während sie allein in ihren Flitterwochen hockte. Schlimmer ging es eigentlich nicht.

Sie drehte sich auf den Bauch, wandte dem Brautpaar den Rücken zu und schloss die Augen.

Paul stand im Schatten unter einer Palme und beobachtete die Trauung. Eigentlich hätte er nicht hier sein müssen, er durfte die Gäste sowieso nicht trauen, das erledigte der hiesige Standesbeamte. Aber das Brautpaar hatte darauf bestanden, dass er dabei war, schließlich war es ja auch das Romantik-Special, also hatte er sich breitschlagen lassen. Wenigstens kam er so überhaupt mal raus, es war selten genug, dass er das Schiff verließ. Trotzdem. Nochmal mache ich das nicht, dachte Paul und wischte sich über den Nacken. Es war heiß an diesem Tag, er schwitzte und das Hemd klebte an seinem Rücken. Normalerweise ging er auch nicht in Uniform an den Strand, aber was tat man nicht alles für die Gäste?

Er betrachtete das Brautpaar. Die beiden sahen sehr glücklich aus und wieder einmal fiel ihm auf, wie einsam er eigentlich war. Doch ein Leben, wie er es führte, konnte man niemandem zumuten, zumindest keiner Frau an Land. Die langen Monate auf See, die ständigen Abschiede: Das überstand keine Beziehung. Ein Kapitän war nie zu Hause und wenn, dann als Besucher. Wie ein Gast, der wieder ging, wenn es ihn in die weite Welt hinauszog. Er kannte das von seinem Vater. Auch er war zur See gefahren, und als Kind hatte Paul ihn eigentlich so gut wie nie gesehen, sondern immer nur vermisst.

Der Standesbeamte kam zum Ende und Paul riss sich aus seinen Gedanken und hielt die Rede, die er vorbereitet hatte. Er sprach vom »Hafen der Ehe« und dem Anker, der sie beide füreinander sein sollten. Und er sprach von der Liebe, ohne zu wissen, was das eigentlich war, denn er selbst hatte noch nie so für jemanden empfunden. Besser gesagt, hatte er nie jemanden so nah an sich rangelassen, seine Karriere war ihm immer wichtiger gewesen. Natürlich hatte er als Teenager Freundinnen gehabt, genau wie andere Jungs in seinem Alter. Aber das war noch nichts Ernstes gewesen und die letzte Beziehung war nach ein paar Monaten wieder in die Brüche gegangen. Das war jetzt auch schon wieder fast zwei Jahre her.

Die Gäste bemerkten zum Glück nichts von seiner seltsamen Stimmung. Routiniert brachte Paul seine Rede zu Ende und posierte mit dem glücklichen Paar für ein paar Hochzeitsfotos. Er konnte sich vorstellen, wie die beiden sie zu Hause herumzeigen würden.

»Guck mal, das ist der Kapitän«, würden sie sagen und auf sein Bild zeigen. Und alle würden ihn bewundern, den einsamen Mann, der in seiner schicken Uniform neben dem strahlenden Brautpaar stand.

Als er sich abwandte, kam eine der Tourguides auf ihn zu. »Sie können gleich mit uns zurückfahren, Kapitän Veenhoff«, sagte sie. »Auf dem Katamaran ist ein Platz frei geworden«.

»Ah, gut.« Dann war er wenigstens früher wieder an Bord, seine Freizeit war knapp bemessen. »Wann ist *gleich*?«

»In einer halben Stunde.«

»Prima!« Er warf einen Blick auf die Uhr. Dann blieb ihm noch Zeit, kurz ins Wasser zu springen und sich abzukühlen. Er war zwar ständig auf See, aber es war ewig her, dass er im Meer gebadet hatte. Außerdem wollte er nur noch aus der Uniform raus und hatte zum Glück Freizeitkleidung zum Wechseln eingepackt.

»Danke, Annika!«, sagte er und ihr Lächeln verriet, dass sie sich freute, dass er ihren Namen kannte, dabei hatte er ihn bloß von ihrem Namensschild abgelesen.

Sie hielt ihr Ausflugsschild in die Höhe und tippte auf die Zahl. »Tour Sechs.«

»Ich werde es mir merken.«

Marie war nicht umhingekommen, die Hochzeit anzuschauen. Und auch, dass der Kapitän da war und eine Rede hielt, entging ihr nicht. Sie beobachtete, wie Paul mit einer der Tourguides sprach, bevor er in Richtung der Duschen und Umkleidekabinen verschwand. Kurz darauf kehrte er in Badeshorts zurück, legte seinen Rucksack auf eine der Picknickbänke und ging schwimmen. Niemand an diesem Strand kam umhin, ihn zu bemerken, wie er ins Wasser schritt und sich mit einer Handvoll davon durchs Haar strich.

Wirklich ein Jammer, dass er nicht auf Frauen steht, dachte Marie. Dabei hätte er die freie Auswahl gehabt, sämtliche Frauen am Strand hatten nur Augen für ihn, auch wenn sie vorgaben, unter ihren Sonnenbrillen ganz woanders hinzuschauen. Marie tat ja selbst, als bemerkte sie ihn gar nicht, dabei konnte sie ihren Blick erst von seinem durchtrainierten Oberkörper abwenden, als Paul in eine Welle tauchte, bevor er mit kräftigen Zügen ein Stück raus kraulte.

Langsam wurde es Zeit, ihre Sachen zu packen und sich zum Bootssteg zu begeben, also sammelte sie alles ein und machte sich auf den Weg.

Die Rückfahrt mit dem Katamaran wurde zu einer wilden Party. Die Bootsmänner liefen umher und verteilten Pappbecher, die mehr Rum als Cola enthielten. Aus den Boxen schallte Merengue-Musik und die Stimmung unter den etwa fünfzig Touristen an Bord wurde immer ausgelassener, als die Einheimischen einige der Touristinnen zum Tanzen aufforderten. Umso überraschter war Marie, Paul auf dem Katamaran wiederzuentdecken. Sie war sich sicher, dass er auf der Hinfahrt nicht dabei gewesen war. Eigentlich wollte sie gerade zur Toilette, als sie ihn am Heck stehen sah, und hätte ihn beinahe nicht erkannt. Statt seiner Uniform trug er ausnahmsweise Freizeitkleidung und die Shorts und das graue Muscle-Shirt standen ihm ausgezeichnet. Er plauderte mit Svetlana und schien sich prächtig zu amüsieren, aber er warf Marie einen seltsamen Blick zu, als er sie bemerkte.

Vielleicht sollte ich das mit Patrick klarstellen, dachte sie und schlenderte zu ihm rüber.

»Was machst du hier?«

»Ich war bei der Hochzeit, am Strand.«

»Ach die. Hab ich gesehen«, gab sie zurück und versuchte, unbeteiligt zu klingen.

»Soll ich uns was zu trinken holen?«, fragte Paul, als wäre es die normalste Frage der Welt.

»Du willst mir was zu trinken holen?«

»Uns, ich muss ja heute nicht fahren«, scherzte Paul und zwinkerte Marie zu. Er zeigte in die Runde, wobei er Svetlana mit einschloss.

»Drei Cuba Libre?«

Marie nickte. Sie war noch immer völlig baff und

sah ihm nach, wie er nach vorne ging, um die Getränke zu holen.

Svetlana funkelte sie wütend an. »Verzieh dich!«

»Wieso sollte ich?«

»Weil ich jetzt mit ihm rede«, antwortete Svetlana und warf ihre platinblonde Mähne zurück. Ihre Haare waren nur gefärbt, aus der Nähe konnte man deutlich den dunklen Ansatz erkennen. Außerdem war Marie sicher, dass es sich dabei um Extensions handeln musste.

»Jetzt nicht mehr«, entgegnete Marie schnippisch.

Svetlana rammte ihr den Zeigefinger in die Brust. »Du hast mir schon bei Patrick die Tour vermasselt.«

Ach, daher wehte also der Wind. »Das ist ja wohl Sache des Kapitäns, mit wem er spricht. Und außerdem brauchst du dir keine Hoffnungen machen, er ist schwul.«

Svetlana lachte spöttisch auf. »Ha, schwul, dass ich nicht lache« Ihr Gesicht verzog sich zu einer Grimasse. »Zum letzten Mal, verzieh dich!«

»Und was, wenn nicht?« Marie funkelte sie herausfordernd an, erkannte jedoch sofort, dass dies ein Fehler war.

Svetlana gab ihr einen heftigen Schlag gegen die Brust. Marie kippte nach hinten. Sie ruderte wild mit den Armen, doch es nützte nichts. Sie verlor das Gleichgewicht und fiel über Bord.

Paul kehrte gerade mit den Getränken zurück, als er

sah, wie Marie ins Wasser stürzte. Er ließ die Becher fallen und sein Hirn schaltete auf Autopilot. Jahrelang war er für solche Situationen gedrillt worden und nun erledigte er das Manöver fast wie von selbst. Mit einem Satz sprang er nach vorn und riss den Rettungsring aus seiner Halterung. In hohem Bogen warf er ihn in die Richtung, in der er Marie vermutete, und drehte sich zu Svetlana um.

»Zeig auf sie! So, mit ausgestrecktem Arm«, wies er sie an und machte ihr vor, was sie tun sollte. Dann wandte er sich zum Kapitän des Katamarans. »Person over Board!«, schrie er ihm zu und noch einmal: »Person over Board!«

Endlich reagierte der Mann und sah sich um.

»Call MRCC and turn the boat!« Paul gestikulierte wild in die Richtung, aus der sie gerade kamen.

Der Bootsführer nickte knapp, hob einen Daumen und griff nach dem Funkgerät.

Paul wirbelte herum. Svetlana hatte nicht getan, was er ihr gesagt hatte, sondern winkte ihm zu, als wäre nichts gewesen.

»Verdammt!« Paul hielt Ausschau nach Marie. Sein Blick glitt über die Wellen, doch er konnte sie nicht mehr sehen.

Da! Für einen Moment tauchte sie zwischen zwei Wellenkämmen auf, dann ging sie wieder unter. *Marie!* Sein klares Denken setzte aus, und bevor er wusste, was er tat, nahm er Anlauf und sprang.

Marie strampelte verzweifelt, um wieder an die Oberfläche zu kommen, und verlor den zweiten Flip-Flop. Den ersten hatte sie direkt beim Sturz ins Wasser eingebüßt. So schwamm es sich wenigstens leichter. Ihr dünnes Sommerkleid wog fast nichts, aber jetzt zog es sie trotzdem in die Tiefe. Überall um sie herum war nur noch Wasser und ihr ging die Luft aus. Sie kämpfte verzweifelt dagegen an, doch jede Bewegung kostete sie Energie und verbrauchte Sauerstoff. Ihre Lungen brannten. Das war's jetzt, dachte sie noch und dann waren da plötzlich wie durch ein Wunder zwei starke Arme, die sie packten und nach oben zogen.

»Ich hab dich!«, hörte sie Paul sagen.

Sie schnappte nach Luft. Das konnte nicht sein, er war losgegangen, um ihr was zu trinken zu holen. Vielleicht war sie ja schon tot und bildete sich das alles nur ein. Doch er erschien ihr ziemlich echt. Er ist ja auch der Kapitän und nicht der Weihnachtsmann, dachte sie, krallte sich an den Rettungsring und hustete Wasser.

»Was machst du denn?«, schrie Paul sie an, offenbar war er ziemlich verärgert. »Warum willst du denn immer springen?«

»Ich bin nicht gesprungen«, keuchte Marie. »Sie hat mich geschubst!«

»Wer?«

»Na, Svetlana.«

»Du meinst diese Russin mit den Silikonbrüsten?«

Treffender konnte man es nicht ausdrücken. Marie nickte und wurde von einem erneuten Hustenanfall überwältigt.

»Keine Sorge, das Boot wird gleich da sein«, meinte Paul und versuchte, sie über Wasser zu halten.

Sie sah an seiner Schulter vorbei. »Ich glaube nicht.« Der Katamaran war schon ein ganzes Stück entfernt und es sah eigentlich nicht so aus, als würde er umdrehen.

Paul wandte sich um und sah dem Katamaran nach. Er sollte beidrehen, aber stattdessen schien er sogar noch Fahrt aufzunehmen.

»Hey!«, schrie er und winkte wild mit beiden Armen. Aber das Boot war schon viel zu weit weg und die Musik an Bord war viel zu laut, niemand würde ihn hören.

»Aber wieso …?«, setzte Paul an. Er verstand nicht, was schiefgegangen war, er hatte doch alles richtig gemacht und dem Kapitän des Katamarans gesagt, er solle beidrehen. Er fuhr ja noch nicht einmal unter Segeln, sondern mit Motor, damit er pünktlich zurück im Hafen war. Ein ganz simples Wendemanöver also. Ruder hart über, nach 240° Kursänderung hart über auf Gegenseite, dann 20° vor Gegenkurs Ruder mitschiffs, ganz einfach. Wieso also wendete der Katamaran nicht?

Paul ging im Geiste die Situation an Bord noch mal durch. Er hatte den Rettungsring geworfen und auf Marie gezeigt. Den Kapitän informiert, *Man over board* gerufen und ihm gesagt, er solle das Marine Rescue Coordination Centre, kurz MRCC, anfunken und das

Boot wenden. Und der Kapitän hatte ihn angesehen und den Daumen gehoben und nach dem Funkgerät gegriffen. Bis dahin war alles in Ordnung gewesen, also an welcher Stelle war es schief gegangen?

Die Puzzleteile kamen in seinem Kopf zusammen. Die Russin, die am Heck stand und ihm zuwinkte, statt auf Marie zu zeigen, wie er ihr aufgetragen hatte, die laute Musik an Bord, der Pappbecher auf der Ablage vor dem Funkgerät. Der Kapitän hatte niemanden angefunkt, sondern nach seinem Drink gegriffen. Vermutlich wusste der andere Bootsführer noch nicht mal, was das MRCC war. Und er hatte auch gar nicht »Man over board« gerufen, was jeder Seemann sofort verstanden hätte, sondern »Person over board«, wie es neuerdings hieß. Zum Teufel mit der Political Correctness! Der dominikanische Kapitän musste geglaubt haben, Paul machte einen Scherz, vermutlich hielt er ihn für einen Touristen, der bei der Party an Bord ein bisschen zu viel getankt hatte. Wie oft hatte dem Bootsführer wohl schon ein Betrunkener zugerufen, er solle das Boot wenden, weil er noch nicht zum Schiff zurückkehren wollte? Hundert Mal, tausend Mal? Vermutlich passierte es jeden einzelnen verdammten Tag. Nur noch ein Stündchen im Paradies, *Turn the boat, man!* Paul schlug mit der flachen Hand aufs Wasser.

»Scheiße!«

Marie warf ihm einen verzagten Blick zu. »Und jetzt?«

Eigentlich sollte man in einer solchen Situation nicht aktiv schwimmen, um seine Kräfte zu schonen, sondern warten, bis Rettung kam. Aber es sah nicht so aus, als wäre irgendeine Form von Hilfe unterwegs. Außerdem waren sie zum Glück gar nicht so weit von der Küste entfernt, Paul schätzte eine knappe Seemeile. Und wenn er das richtig beurteilte, war es ihre einzige Chance, zu überleben, doch das sagte er ihr nicht. Er wollte Marie nicht unnötig beunruhigen.

»Jetzt«, antwortete er. »Jetzt schwimmen wir.«

Kapitel Elf

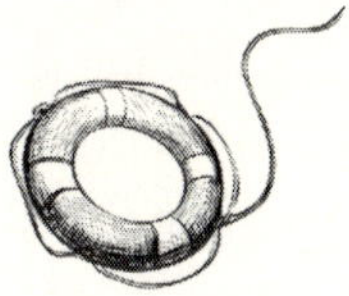

Rettungsring, Karibisches Meer, Position 18° 29′ N, 68° 87′ W, Wassertemperatur 28 °C, auffrischender Wind von Ost, Wellenhöhe 1,5 Meter

Wenn Pauls Uhr richtig ging und er sagte, sie tat es, trieben sie seit mehr als einer Stunde an den Rettungsring geklammert durchs Karibische Meer und traten mit den Füßen Wasser.

»Irgendwann wird jemand bemerken, dass wir nicht da sind«, sagte Marie.

»Dein neuer Freund vermisst dich bestimmt schon.«

»Er ist nicht mein Freund!«, gab sie heftig zurück.

»Ach nein?«

»Da war nichts, wenn du es genau wissen willst.«

»Sah nicht so aus.«

»Also gibst du endlich zu, dass du mich beobachtet hast?«

»Es war nicht zu übersehen«, stieß er durch die zusammengebissenen Zähne hervor und trat gegen die Strömung an. Die Zeit war nämlich nicht ihr einziges Problem. Viel schlimmer als das Verstreichen der Minuten war die Strömung, die sie unerbittlich von der Küste wegtrieb, hinaus aufs offene Meer.

»Siehst du die Linie, die die Wellen bilden?«, fragte Paul und deutete mit dem Zeigefinger über das Wasser. Und tatsächlich erkannte sie ein Muster in der Meeresoberfläche. »Das ist die Strömung, in der wir uns befinden«, erklärte er. »Wir müssen einen Kurs schräg dazu einschlagen und in einem Winkel zur Küste schwimmen, sonst treiben wir immer weiter raus.«

»Wenn du meinst.«

»Wind und Wellen sind stets auf der Seite des besseren Seefahrers, hat mein Großvater immer gesagt.«

»Du bist der Kapitän.« Er würde schon wissen, was er da tat.

»Was denn, keine Widerworte?«

»Wer von uns beiden war denn zwölf Jahre bei der Marine?«

»Du hast mir ja doch zugehört.«

»Ich meine ja bloß«, sagte sie zwischen zwei Schwimmzügen. »Sollte dann nicht so schwer sein, einen Rettungsring zu manövrieren.«

Trotz allem musste er lachen und das gab ihr ein wenig Hoffnung. Aber sie ahnte, dass diese Hoffnung trügerisch war. Pauls Uhr zeigte Viertel vor fünf. In etwas mehr als einer Stunde würde die Sonne untergehen und mit jeder Minute sanken ihre Chancen, gerettet zu werden. Sie mussten es unbedingt ans Ufer schaffen, bevor es dunkel war. Marie gab ihr Bestes, sie schwamm aus Leibeskräften, aber genau diese Kräfte ließen langsam nach. Hier draußen war das Meer viel kälter als das seichte Wasser am Strand. Und es war unheimlich, es war tief und wer wusste schon, was da unten alles lauerte? Sie versuchte, den Gedanken abzuschütteln, aber es gelang ihr nicht.

»Gibt es hier eigentlich Haie?«

»Theoretisch schon«, antwortete Paul und schwamm stoisch weiter.

»Und praktisch?« Sie konnte die aufsteigende Panik in ihrer Stimme nicht ganz verbergen.

»Praktisch sind Haie stark überfischt und vom Aussterben bedroht. Es wäre Glück, einem zu begegnen.«

Glück! »So würde ich das nicht nennen.«

»Haie hassen den Geruch von Urin«, sagte Paul. »Also wenn du irgendwo eine Rückenflosse entdeckst, mach dir einfach vor Angst in die Hose.«

»Ich glaube, das bekomme ich hin«, gab sie zurück und trat entschlossen gegen die Strömung an.

Eine Viertelstunde später waren sie der Küste ein Stück näher gekommen. Trotzdem erschien ihr die Strecke, die sie zurückgelegt hatten, lächerlich kurz im Vergleich zu dem Stück, das noch vor ihnen lag. Und so langsam ließen sich ihre verkrampften Muskeln nicht mehr ignorieren. Marie biss die Zähne zusammen, aber es ging nicht mehr. Mit einem Mal versagte ihre Kraft, sie konnte sich nicht mehr am Rettungsring halten. Ihre Finger glitten ab und sie ging unter.

Wie beim letzten Mal zog Paul sie wieder hoch.

»Ich kann nicht mehr!, keuchte Marie und er quittierte es mit einem knappen Nicken.

»Halt dich fest!« Er schwamm um sie herum. »Ich schleppe dich ab.«

Sie klammerte sich mit beiden Armen an den Rettungsring, während er unter ihren Schultern durchgriff und die Hände über ihren Schlüsselbeinen kreuzte, dann legte er sich auf den Rücken, zog sie an seinen Bauch, sodass ihr Kopf auf seiner Brust lag, und begann zu schwimmen. Es war komisch, ihm so nah zu sein, seinen Körper an ihrem zu spüren. Sie fühlte den Takt, in dem sich die Muskeln in seinen Oberschenkeln anspannten und wieder lösten, in gleichmäßigen, langen Zügen. Paul kämpfte verbissen gegen die Strömung und sie unterstützte ihn, so gut es ging und half mit den Beinen mit.

Sie wusste nicht, wie lange sie so geschwommen waren, aber die Sonne stand schon tief, als sie es endlich an Land schafften.

Das Stückchen Strand zwischen den scharf gezackten Felsen war etwa vier Meter breit und nur so lang, dass ein ausgestreckter Mann gerade so darauf liegen konnte. Das konnte sie ziemlich genau sagen, denn Paul war aus dem Wasser getaumelt und einfach zusammengebrochen. Das Gesicht zur Seite gedreht, lag er auf dem Bauch im Sand und keuchte. Er war vollkommen ausgelaugt, genau wie sie selbst. Marie sah sich um. Die schroffen Felsen, die den Flecken Sand umgaben, waren viel zu steil, als dass sie daran hochklettern konnten. Und selbst wenn sie es versuchten, würde es zu nichts führen. Aus dem Reiseführer wusste sie, dass der gesamte Küstenabschnitt unter Naturschutz stand. Im Umkreis von zehn Kilometern gab es nichts, keine Siedlung, keine Straße, absolut nichts.

»Wir sitzen hier fest!«

Er drehte den Kopf und sah sie an. »Besser, als zu ertrinken.«

»Meinst du, sie suchen nach uns?«

»Bestimmt.«

Die Sonne ging langsam unter. »Wie spät ist es?«

»Kurz vor sechs.«

In knapp vier Stunden sollte die Stella Maris ablegen. Aber ohne ihren Kapitän würde sie das wohl nicht tun. Erst jetzt merkte Marie, wie erschöpft sie wirklich war. Ihr war kalt und sie zitterte am ganzen Leib.

Paul bemerkte ihr Zittern. »Wir müssen aus den nassen Sachen raus«, stellte er nüchtern fest, stand auf und zog sein Shirt aus. Sie beobachtete verstohlen, wie er auch seine Hose abstreifte. Er bemerkte ihren Blick und sie sah schnell weg.

»Vielleicht trocknen sie ja«, sagte er und hängte seine Sachen über einen Felsen.

Sie schlüpfte aus ihrem Kleid und legte es daneben, jetzt trug sie nur noch ihren Bikini und setzte sich schnell in den Sand. Er war noch warm und verströmte die Hitze des Tages, trotzdem war ihr immer noch kalt und sie klapperte mit den Zähnen.

»Komm her, ich wärme dich«, sagte Paul, zog ihren Rücken an seine Brust und schlang die Arme um sie. »So besser?«

Ein Kribbeln durchlief sie. Er ist schwul, sagte sie sich zum bestimmt hundertsten Mal und versuchte, sich in seiner Umarmung zu entspannen.

»Warum wolltest du eigentlich springen?«, fragte er unvermittelt.

»Ich sagte doch: Sie hat mich geschubst.«

»Nein, ich meine neulich, am ersten Abend.«

»Ich wollte doch gar nicht springen, sondern nur ein wenig da sitzen und nachdenken.«

»Worüber?«

Sie seufzte. »Das ist eine lange Geschichte.«

»Ich schätze, wir haben Zeit«, sagte Paul und sie konnte hören, dass er lächelte.

Also erzählte sie ihm von Daniel. Wie sie einander kennengelernt hatten und wie glücklich sie miteinander waren, zumindest hatte sie das geglaubt. Sie erzählte von der geplanten Hochzeit und Daniels Unfall und wie dadurch die Affäre mit Ina ans Licht gekommen war. Und sie erzählte von Ina, die sogar noch die Frechheit besessen hatte, auf Daniels Beerdigung zu kommen.

»Sie meinte, wir hätten ihn beide verloren, und sie hätte auch ein Recht zu trauern«, schloss sie und lachte bitter auf. »Ich meine, das ist doch total absurd. Ich weiß, dass auch sie ihn nicht mehr haben kann. Und trotzdem bin ich eifersüchtig auf diese Frau.« Das hatte sie noch niemandem erzählt, sie hatte es ja nicht mal sich selbst eingestanden, aber es jetzt laut auszusprechen, machte es irgendwie besser.

»Wow, das ist echt hart«, sagte Paul. »Keine schöne Art, herauszufinden, dass man betrogen wird.«

»Warum ist das bei euch alles viel einfacher?«

»Was?«

»Na, das mit der Eifersucht. Ihr Schwulen habt damit irgendwie kein Problem.«

Paul brach in schallendes Gelächter aus. »Du hältst mich für schwul?«

Sie löste sich aus seiner Umarmung und drehte sich zu ihm um. »Aber ich habe doch gesehen, wie du …«

»Wie ich was?«

»Na, wie du auf deinen Freund gewartet hast, am Hafen.

»Er ist mein Sicherheitschef.«

»Ihr habt euch umarmt. Und dann im Fitnessstudio, er hat dir doch an den Hintern gefasst«, stammelte sie verwirrt.

»Du hast gesehen, wie er mir an den Hintern gefasst hat?« Paul bekam sich fast nicht mehr ein.

»Du hast ihn Engel genannt.«

»So heißt er ja auch«, prustete Paul und Marie verstand langsam gar nichts mehr. »Ángel ist mein Bruder!«

»Aber woher hätte ich das denn wissen sollen? Ihr seht euch gar nicht ähnlich«, verteidigte sie sich lahm.

»Halbbruder, um genau zu sein.«

»Aber dein Bruder ist schwul?«, hakte sie nach. »Das sieht doch ein Blinder.«

»Das erzähle ich ihm besser nicht«, gab Paul zurück und grinste. »Wäre nicht gut für sein Ego, er ist da ein bisschen empfindlich, wie alle Südamerikaner.«

»Er ist Südamerikaner?«

»Ja, aber auch das ist eine lange Geschichte.«

»Erzählst du sie mir?«, fragte Marie. »Wir haben ja Zeit.«

Paul seufzte. Jeder an Bord wusste zwar, dass sie Halbbrüder waren, die ganze Geschichte hatte er jedoch noch nie jemandem erzählt. Aber es hatte ja auch noch keiner danach gefragt. »Also schön, wo fange ich an?«

»Am besten am Anfang.«

»Die ersten elf Jahre meines Lebens dachte ich, ich wäre Einzelkind«, begann er. Und dann erzählte er ihr alles. Von seinem Vater, den er eigentlich nie gesehen hatte, weil er als Kapitän auf einem Containerschiff zur See gefahren war. Von seiner Mutter, mit der Paul die meiste Zeit verbracht hatte, und die so einsam gewesen war, dass sie manchmal nachts geweint hatte, heimlich, wenn sie dachte, Paul schlief und er bekäme es nicht mit.

Er hatte sich immer Geschwister gewünscht, einen Bruder vielleicht, mit dem er Fußball spielen konnte. Aber irgendwann fand er sich damit ab, oft allein zu sein, es machte ihm nichts aus. Zumindest hätte er das behauptet, wenn ihn jemand gefragt hätte. Und dann war eines Tages ein Telegramm gekommen. Ein Bote hatte es an die Haustür gebracht und seine Mutter hatte es geöffnet und geweint.

Sein Vater war gerade zu Besuch zu Hause gewesen und eigentlich waren das immer die besten Monate des Jahres. Auf einmal hatten seine Eltern nur noch gestritten, und er ahnte, dass es was mit dem Inhalt dieses Telegramms zu tun hatte. Aber ihm sagte keiner was, er war ja nur ein Kind.

Und dann, drei Wochen später, war sein Vater zum Hafen gefahren, das war eigentlich nichts Ungewöhnliches. Aber als er wieder nach Hause kam, war er nicht allein, sondern hielt die Hand eines fremden Jungen.

Paul seufzte. Er erinnerte sich noch genau an den kleinen, zehnjährigen Jungen, der ihn aus großen Augen angeschaut hatte. Er war traurig gewesen, das hatte Paul gespürt. Und mindestens so verwirrt wie er selbst. Seine Mutter sagte, sein Name sei Ángel, das bedeute Engel.

»Seine Mutter ist gestorben«, hatte sie gesagt. »Die ist jetzt auch ein Engel. Jetzt hat er niemanden mehr, außer uns.«

»Aber warum?«, hatte Paul gefragt.

Und seine Mutter hatte ihm über den Kopf gestrichen und ihm fest in die Augen geblickt. »Weil er dein Bruder ist.« Und dann hatte sie ihm eingebläut, freundlich zu ihm zu sein. Paul musste es ihr versprechen. Aber in Wahrheit hatte er Ángel gehasst.

Paul seufzte und schüttelte den Kopf, als könnte er die Erinnerungen damit abschütteln.

»Ich hatte mir immer einen Bruder gewünscht. Aber nicht diesen, verstehst du?«

»Ich schätze schon«, antwortete Marie leise.

Aber wie sollte sie verstehen, wie es war, plötzlich einen kleinen Bruder zu haben? Er wusste, dass es Ángel ebenso ergangen war wie ihm. Er hatte genauso zu Hause gesessen, und auf seinen Vater gewartet, ihren Vater. Und trotzdem war er eifersüchtig auf Ángel.

»Ich wollte meinen Vater nicht teilen und schon gar nicht mit ihm.«

»Muss komisch sein, wenn man plötzlich einen Bruder hat.«

»Es war ein Schock. Ángel war gerade einmal ein Jahr jünger als ich, elf Monate und acht Tage, um genau zu sein. Die Vorstellung, dass mein Vater die ganze Zeit eine zweite Familie gehabt hatte, während Mutter und ich zu Hause saßen und ihn vermissten, war schrecklich.«

»Und wie hat sie es aufgenommen?«

»Sie hat sicher noch mehr gelitten als ich. Aber wenn, dann ließ sie es sich nicht anmerken.« Er seufzte leise. »Das ist ihre hanseatische Art. Sie kommt ja selbst aus einer Kapitänsfamilie.« Er sah hinaus aufs Meer, das seiner Familie seit Generationen in den Genen steckte. »Man spricht einfach nicht darüber. Jeder weiß es, aber keiner sagt was. Aber für sie war er einfach mein Bruder, und was wäre denn auch die Alternative gewesen? Mutter hätte es niemals übers Herz gebracht, Ángel in ein Heim zu stecken. Er konnte ja auch nichts dafür, er war noch ein Kind. Nur eben nicht ihres.«

»Und wie seid ihr darüber hinweggekommen, du und Ángel?«

Gar nicht, dachte Paul. Er zuckte mit den Schultern. »Wir haben uns zusammengerauft«, antwortete er schlicht. Das traf es wohl am ehesten. Sie hatten sich ständig geprügelt, aber Ángel hatte keine Chance gegen ihn gehabt, bis ihr Vater ihn irgendwann zum Judo geschleift hatte, wenn auch aus anderen Gründen.

Ihre ganze Jugend war ein einziger Wettbewerb gewesen, darum, wer der Stärkere, Klügere und Bessere war. Alles, um ihren Vater zu beeindrucken und für sich einzunehmen. Sein Großvater war der einzige gewesen, den Paul nur für sich gehabt hatte und er hatte sich oft dorthin zurückgezogen, wenn ihm zu Hause alles zu viel geworden war.

Marie fror. Er hörte, wie sie vor Kälte mit den Zähnen klapperte, also zog er sie wieder an sich. Sie schien sich einen Moment zu sperren, dann gab sie nach, aber etwas war anders als vorhin. *Als sie noch dachte, ich wäre schwul.* Ihre Haltung war steifer, irgendwie ... befangen. Paul registrierte die Veränderung mit einem Lächeln und zog sie enger an sich.

Es war anders, in seinen Armen zu liegen, seitdem sie wusste, dass Paul nicht schwul war. Vorhin hatte sie sich keine weiteren Gedanken darum gemacht, da war es ihr ganz natürlich vorgekommen, sich von ihm wärmen zu lassen. Na gut, nicht ganz, auch da hatte sie einen Moment gezuckt. Aber nun war ihr allzu deutlich bewusst, dass er halb nackt war und sie nur einen Bikini trug.

Zwischen ihnen entstand eine unangenehme Stille und sie wagte kaum zu atmen, aus Angst, ihn zu berühren. Seine Hände strichen über ihre Arme und jagten einen wohligen Schauer durch ihren Körper. Er musste die Gänsehaut falsch verstanden haben, denn er zog sie enger an sich und ihr Herz setzte zwei Schläge aus.

»Was denkst du, suchen die nach uns?«, fragte sie, um ihre Verlegenheit zu überspielen.

Er löste seinen linken Arm von ihrer Schulter und sah auf die Uhr. Die Leuchtpunkte auf den Zeigern glommen in der Dunkelheit wie winzige Glühwürmchen.

»Zwanzig nach acht«, stellte er fest, als würde das ihre Frage beantworten.

In einer Stunde und vierzig Minuten sollte die Stella Maris ablegen. Und sie saßen immer noch hier fest.

»Meinst du, sie legen ohne uns ab?«

»Garantiert nicht«, antwortete Paul.

»Was, wenn sie uns nicht finden?« Marie machte sich von ihm los und sah ihn an, versuchte, im schwachen Licht des Mondes sein Gesicht zu lesen.

»Dann baue ich uns eine Hütte und wir bleiben einfach hier«, sagte er im Brustton der Überzeugung.

Sie musste lachen und das löste die Anspannung. »Quatschkopf.« Sie machte sich von ihm los und drehte sich zu ihm um. »Jetzt mal im Ernst.«

»Wo willst du denn hin?«

»Na aufs Schiff, wohin denn sonst?«

»Ich meinte so allgemein, im Leben. Hast du Ziele? Oder irgendwelche Wünsche, die du dir erfüllen willst?

»Ziele.« Sie lachte leise auf.

»Mein Großvater hat immer gesagt, ein Mensch ohne Ziele sei wie ein Boot ohne Segel. Also, was hast du vor?«

»Ich habe mir immer eine Familie gewünscht. Einen Ehemann, ein Haus, zwei, drei Kinder, vielleicht einen Hund. Ich weiß, das klingt spießig.«

»Klingt ganz normal«, stellte er fest.

»Ich war so kurz davor, das alles zu haben. Und jetzt?« Sie brach ab und zuckte hilflos mit den Schultern. »Ich hab Angst, noch mal ganz von vorn anzufangen. Ich möchte gern einfach irgendwo ankommen.«

»Ankommen«, wiederholte Paul leise. »Das klingt schön.«

»Und du?«

»Ich bin das komplette Gegenteil, ich bin eigentlich immer unterwegs.«

»Das stelle ich mir anstrengend vor.«

»Man gewöhnt sich daran.«

»Fehlt dir nichts?« Sie sah ihn an und studierte im schwachen Mondlicht sein Gesicht.

»Nein, eigentlich nicht, ich bin ein genügsamer Mensch und brauche nicht viel.«

»Ich meinte eher sowas wie Liebe.«

»Liebe«, murmelte er versonnen und sah hinaus aufs Meer. »Nun, vermutlich hatte Freddy Quinn recht«, sagte er nach einiger Zeit.

»Womit?«

»Meine Liebe ist das Meer«, sagte er. »Und meine Freunde sind die Sterne.« Er ließ sich zurücksinken und klopfte neben sich auf den Sand. Marie legte sich zu ihm und sah auf.

»Wow!«, flüsterte sie leise. Der Himmel sah hier draußen, fernab der Zivilisation, irgendwie größer aus, gewaltiger. Über ihr funkelten Milliarden von Sternen.

»Darf ich vorstellen?« Paul zeigte nach oben. »Adler, Schwan, Kassiopeia, Perseus.« Er fuhr die Sternbilder mit dem Finger nach, und wie er es sagte, klang es, als ob er wirklich über gute Freunde spräche. »Orion ist leicht zu merken. Siehst du die drei Sterne da, dicht beieinander?«

Sie nickte.

»Das ist sein Gürtel. Und hier ...« Pauls Zeigefinger beschrieb einen weiten Bogen. »Das ist seine Keule, die schwingt er über dem Kopf.«

»Und der Nebel da?« Sie deutete auf das milchigweiße Band, das zwischen den Sternen zu schweben schien.

»Die Milchstraße«, antwortete er leise. »Unsere Galaxie.«

Und mit einem Mal begriff Marie, dass sie ein Teil davon waren, nur zwei Sandkörner im Strudel der Zeit. Und im Anbetracht der Unendlichkeit waren ihre Probleme unbedeutend und nichtig.

»Das ist unglaublich!«, flüsterte sie ergriffen.

»Du bist unglaublich.« Er strich eine Strähne aus ihrem Gesicht und irgendwie wusste sie, dass er sie jetzt küssen würde. Und als er es tat, schrumpfte ihre Galaxie zusammen auf einen winzigen Punkt. Ein kleines Stück Strand, etwa vier mal zwei Meter, und es gab nur noch sie beide. Maries Herz setzte einen Schlag aus und sie wünschte, die Zeit bliebe stehen.

Sie liebten sich im Rhythmus der Wellen, die an den Strand schlugen, langsam, sinnlich, sie hatten ja alle Zeit der Welt. Danach lagen sie im Sand, hielten sich an den Händen und küssten sich. Es war kitschig und romantisch, Paul zeigte ihr die Sterne und sie redeten über Gott und die Welt, aber meistens schwiegen sie und hielten sich einfach nur fest und Marie wünschte, es gäbe wirklich einen Knopf, den sie drücken und damit die Zeit anhalten könnte.

Doch darüber brauchte sie sich keine Gedanken mehr machen, denn kurz darauf durchschnitt ein Tuckern die nächtliche Stille.

»Hörst du das? Da kommt ein Boot.« Paul sprang auf und stieg in seine Hosen.

Sie tastete nach ihrem Bikini, als auch schon ein Lichtkegel die Dunkelheit durchschnitt. Paul hüpfte auf und ab und winkte mit seinem Shirt. Sie schlüpfte in ihren Bikini und tat es ihm nach, schwenkte ihr buntes Sommerkleid wie einen klammen Lappen, bis der Lichtkegel sie erfasst hatte.

»Die Küstenwache!«, rief Paul.

Wir sind gerettet, dachte Marie und für einen Moment war sie fast ein bisschen enttäuscht darüber.

Das Boot konnte nicht ganz bis ans Ufer herankommen, deshalb mussten sie ein Stück rausschwimmen. Als sie es erreichten, ergoss sich ein wütender Schwall Spanisch auf sie und Marie verstand nichts von dem, was die Männer ihr zuriefen. Sie trugen Uniformen und gestikulierten wild.

Paul ließ ihr den Vortritt und half ihr, die Leiter am Heck des Boots zu erklimmen, bevor er selbst hinaufstieg. Er ergriff die Hand, die sich ihm entgegenstreckte, und atmete hörbar auf, als er seinen Halbbruder erblickte.

»Ich war noch nie so erleichtert, dich zu sehen.«

Ángel sah Marie an und schüttelte den Kopf. »Tut mir leid, ich habe leider kein Pooltuch für Sie.« Dann wandte er sich an Paul. »Was macht ihr denn für Sachen?«

»Kleiner Ausflug.« Paul grinste schief. »Und du?«

»Nächtliche Bootstour.«

»Was machst du hier?«

»Verschwundene Passagiere suchen, Leute aus dem Wasser fischen, sowas halt.«

»Nein, im Ernst, warum bist du an Bord?«

»Ich leite die Suchaktion, zumindest von Seiten der Stella Maris, und die Küstenwache war so freundlich, mich mitzunehmen. Aber die Formalitäten mit den lokalen Behörden kannst du allein klären.« Er verschränkte die Arme vor der Brust und funkelte ihn aus dunklen Augen an.

»Komm schon«, bettelte Paul. »Lass mich jetzt nicht hängen. Du bist mein Sicherheitschef.«

»Was hat das damit zu tun?«

»Außerdem sprichst du viel besser Spanisch.«

»Also schön, ich helfe dir.« Ángel verdrehte die Augen. »Aber nur, weil du mein Bruder bist.«

»Halbbruder«, korrigierte Paul.

Marie verfolgte den kleinen Schlagabtausch zwischen den beiden gespannt. Sie waren so unterschiedlich wie Tag und Nacht, aber sie schienen sich gut zu verstehen. Es grenzte an ein Wunder, bei dem, was Paul ihr über seine Kindheit erzählt hatte. Aber die beiden scherzten munter vor sich hin. Trotzdem wurde sie das Gefühl nicht los, dass zwischen den Zeilen mehr gesprochen wurde, als sie verstand. Doch sie war viel zu müde, um darüber nachzudenken.

Um zwanzig nach zwei erreichten sie die Stella Maris und sie wollte einfach nur noch in ihr Bett. Paul winkte dem Filipino zu, der an der verwaisten Gangway stand.

»Get her inside.« Dann wandte er sich an Marie. »Geh ins Bett und ruh dich aus, es war ein anstrengender Tag. Wir sprechen morgen darüber.«

»Okay.« Sie gähnte. »Schlaf gut.«

»Schön wär's.« Er grinste schief und deutete mit dem Daumen auf das Hafengebäude hinter sich. »Ich fürchte, ich hab noch was zu erledigen.«

»Gott sei Dank!« Eva fuhr hoch, als Marie die Kabine betrat, und setzte sich auf. »Wo warst du?«

»Das ist eine lange Geschichte«, entgegnete Marie und musste unwillkürlich lächeln.

»Ich habe mir wahnsinnige Sorgen um dich gemacht«, plapperte Eva los. »Du bist nicht zurückgekommen, also bin ich irgendwann zur Rezeption. Aber die waren da alle total aus dem Häuschen und man sagte mir, ich solle auf der Kabine warten. Alles sei in bester Ordnung, sie kümmerten sich schon darum und ich solle mir keine Sorgen machen. Aber ich wusste gleich, dass da was nicht stimmt, und hatte Angst, das Schiff legt ohne dich ab.« Eva war völlig aufgelöst und holte tief Luft. »Was hast du denn gemacht?«

»Ich habe mit dem Kapitän geschlafen«, platzte es aus Marie heraus.

Evas Augen wurden groß. »Erzähl!«

Also berichtete sie ihr alles, angefangen von dem missglückten Kuss am ersten Abend bis zu den Erlebnissen der letzten Stunden. Bloß die Sache mit dem Selbstmordversuch ließ sie aus. Sie wollte Eva nicht unnötig beunruhigen, sie hatte sich heute schon genug gesorgt.

Eva schüttelte den Kopf. »Ich fasse es einfach nicht.«

»Ich kann es selbst kaum glauben.«

»Und, wie war's?« Evas Augen blitzten vor Neugier.

Marie schlug die Hände vors Gesicht und schloss die Augen. Sofort stand Pauls Bild vor ihr, sein Gesicht und das Funkeln in seinen Augen, als er …

»Schrecklich«, flüsterte sie durch die geschlossenen Hände.

»So schlimm?«, hakte Eva nach, doch der amüsierte Unterton in ihrer Stimme verriet, dass sie verstanden hatte.

»Schlimmer«, antwortete Marie und ließ die Hände sinken. »Der beste Sex meines Lebens.«

»Das ist wirklich schlimm«, sagte Eva und nickte verständnisvoll.

Marie sah sie verzweifelt an. »Was soll ich denn jetzt nur machen?«

»Wie schlimm ist es denn?«

»Sehr, sehr schlimm«, antwortete Marie leise. Denn spätestens jetzt war sie heillos in Paul verliebt.

Um 03:47 Uhr legte die Stella Maris ab, mit fast sechs Stunden Verspätung. Paul fühlte sich, als hätte er getrunken, in seinem Kopf drehte sich alles vor Müdigkeit, die Diskussion mit den dominikanischen Behörden hatte eine gefühlte Ewigkeit gedauert. Er streckte sich und gähnte.

Sein Erster Offizier nickte ihm zu. »Ich komme hier schon klar, gehen Sie ins Bett, Kapitän.«

»Danke, Hansen.« Hansen war ein guter Mann, auf ihn konnte man sich blind verlassen. Paul übergab ihm das Kommando und schlurfte rüber zur Tür, die die Brücke mit seinem Quartier verband.

Es umfing ihn mit wohltuender Stille und sanftem Licht, auf dem Beistelltisch in der Sitzecke brannte eine Lampe, vermutlich hatte das Zimmermädchen sie angelassen oder er selbst, als er den Raum verlassen hatte. Er konnte jeden einzelnen Muskel in seinem Körper spüren, seine Beine waren schwer wie Blei. Er fühlte sich, als hätte er den Ärmelkanal durchschwommen. Mindestens. Morgen würde ihn ein gewaltiger Muskelkater erwarten. Aber das war es wert, dachte er lächelnd.

»Freu dich nicht zu früh«, erklang eine Stimme aus dem Halbdunkel.

Paul fuhr zusammen. Nur wenige Menschen besaßen eine Master-Key-Card, die sämtliche Türen auf diesem Schiff öffnete, und einer davon war sein Bruder.

Ángel lümmelte in einem der Sessel und hätte dank seines kolumbianischen Aussehens einen ebenso guten Drogendealer abgegeben, fehlte eigentlich bloß noch der Geldkoffer. Fast wäre es ja auch so gekommen, und Ángel wäre abgerutscht, wenn ihr Vater nicht die Notbremse gezogen und ihn zum Judo geschleift hätte. Durch den Kampfsport hatte Ángel gelernt, seinen Geist zu klären und seine Emotionen im Zaum zu halten, statt blind um sich zu schlagen und sein Heil in billigen Drogen zu suchen.

»Schleichst du dich immer in die Privaträume deines Vorgesetzten?«

Ángel schüttelte den Kopf. »Nur wenn es sich bei meinem Vorgesetzten um einen absoluten Vollidioten handelt.«

»Vielen Dank«, bemerkte Paul mit einem säuerlichen Lächeln.

»Du hast die Kacke gewaltig am Dampfen.«

»Ich weiß.« Paul seufzte. »Was habt ihr den Leuten gesagt?« Das Schiff hätte um 22:00 Uhr ablegen sollen und viele Gäste hatten sich darauf gefreut, da erwarteten sie eine plausible Erklärung.

»Medizinischer Notfall. Hat ganz gut gepasst, um acht war der Krankenwagen da, weil einer der Neuankömmlinge während der Seenotrettungsübung kollabiert ist.«

»Was Ernstes?«

»Schlaganfall«, antwortete Ángel. »Es gab wohl eine Vorerkrankung, er liegt jetzt hier im Krankenhaus und die Ehefrau hat direkt wieder ausgeschifft.«

»Also hattet ihr richtig Action.«

Ángel lachte trocken auf. »Glaub mir, das war nichts, verglichen mit der Nummer, die du dir geleistet hast.« Er schüttelte den Kopf. »Was hattest du eigentlich an Bord dieses Katamarans verloren? Ich dachte, du wärst mit der Hochzeitsgesellschaft unterwegs gewesen.«

»War ich ja auch«, rechtfertigte sich Paul. »Aber dann kam eine der Scouts und meinte, auf dem Katamaran sei noch Platz. Wenn ich wolle, könne ich mitfahren, dann wäre ich früher zurück an Bord.«

»Na, das hat ja super geklappt«, bemerkte Ángel und lächelte süffisant. »Century ist not amused.«

»Wegen sechs Stunden mehr Liegezeit?« Das war lächerlich, es kam ständig vor, dass sich die Liegezeit aus irgendeinem Grund verlängerte. Und La Romana war einer der Standardhäfen, mit denen die Reederei einen Vertrag über ein großzügiges Kontingent an Liegezeiten geschlossen hatte, da fielen also die paar Stunden nicht ins Gewicht.

»Dann sollen sie's mir halt von der Heuer abziehen«, erklärte er und verschränkte demonstrativ die Arme vor der Brust.

»Es geht nicht um die Liegezeit!« Ángel beugte sich vor und funkelte ihn aus dunklen Augen an. »Es geht um dich, begreifst du das nicht? Niemand wusste, wo du steckst.«

»Doch, dieses Mädchen von den Scouts, die kleine Blonde. Wie heißt sie noch gleich?« Er kramte in seinem Kopf nach dem Namen auf ihrem Schild. »Annika.«

»Okay, das ist schon mal gut, sie kann das also bezeugen.«

»Bezeugen?«

»Es wird eine Untersuchung geben.«

»Untersuchung?« Pauls Stimme hatte einen schrillen Unterton. »Warum denn? Das ist doch total übertrieben.«

»Übertrieben? Wie denkst du, sieht das für die von der Reederei aus?« Ángel funkelte ihn wütend an. »Ich sag dir, wie das aussieht: Der Kapitän ist verschwunden, geht nicht ans Handy und reagiert auch nicht auf seinen Pager.«

»War beides in meinem Rucksack, an Bord des Katamarans«, warf Paul ein, aber er hörte selbst, wie lahm das klang.

»Genau, denn es stellte sich heraus, dass der Kapitän auf einem Ausflugsboot war, wo er eigentlich nichts zu suchen hatte. Und als eine Passagierin über Bord ging, hatte er nichts Besseres zu tun, als wieder sämtliche Regeln zu brechen und sich in Lebensgefahr zu begeben.«

»Was hätte ich denn machen sollen?«, entgegnete Paul heftig. »Sie ertrinken lassen?« So wie damals, bei seinem letzten Einsatz. Sie kreuzten gerade durchs Mittelmeer, als ein Notruf einging. Ein Flüchtlingsboot war gekentert und die Fregatte war am nächsten dran, also hatten sie die Suche nach dem Boot aufgenommen. Aber sie waren zu spät gekommen. Vor seinem geistigen Auge erschienen Bilder treibender Leichen in papierdünnen Schwimmwesten. Paul wischte sie energisch fort, ballte die Fäuste und grub die Fingernägel in die Handinnenflächen, bis es wehtat. Das half zumindest für den Moment, die Gedanken wieder zu verdrängen.

»Mag sein, dass die Situation dramatisch war«, sagte Ángel. »Aber aus Sicht der Reederei sieht das anders aus. Denn die mehrstündige Suchaktion endete nämlich damit, dass der Kapitän dabei erwischt wurde, wie er sich an einem einsamen Strand mit einer hübschen Touristin vergnügt hat.«

»Wenn du das so sagst, klingt das ganz schön beschissen.«

Ángel nickte düster. »Große Scheiße, mierda grande, hombre.«

»Aber es war alles ganz anders«, setzte Paul an, doch Ángel unterbrach ihn mit einer knappen Geste.

»Erzähl das nicht mir. Erklär das dem Inspektor.«

»Welchem Inspektor?«

»Century Cruises schickt ihn, er ist schon unterwegs. Im nächsten Hafen kommt er an Bord.«

Paul schluckte. Seine Kehle war plötzlich wie ausgedörrt. Morgen war Seetag, also blieben ihm knapp achtundzwanzig Stunden, bis er eine plausible Erklärung für sein Verhalten vorbringen konnte. *Oder meinen Job zu verlieren.* Sein Magen zog sich zu einem eisigen Knoten zusammen.

Ángel stand auf und trat einen Schritt auf ihn zu. »Nimm's nicht so schwer.« Er schlug ihm aufmunternd auf die Schulter.

»Ich versuch's«, antwortete Paul und seufzte.

Ángel sah ihn mit einem schiefen Grinsen von der Seite an. »Hat es sich wenigstens gelohnt?«

Gelohnt. Ja, hatte es, und zwar nicht in sexueller Hinsicht, auch wenn Ángel es so meinte. Paul dachte an Marie und das Funkeln der Sterne in ihren Augen. *Ich hätte alles dafür getan, um diese Frau aus dem Wasser zu fischen.*

»Scheint so«, riss Ángel ihn aus seinen Gedanken und grinste vielsagend.

»Halt bloß die Klappe.«

»Keine Sorge.« Ángel fuhr sich mit den Fingern über die Lippen, als schlösse er einen Reißverschluss. »Ich kann schweigen wie ein Grab. Von mir erfährt niemand was. Ich bin dein Bruder, hombre.«

»Halbbruder«, wiederholte Paul den uralten Witz zwischen ihnen, der keiner war.

»Schlaf gut.« Ángel zwinkerte ihm zu und dann war er verschwunden. Und wieder einmal war Paul froh, ihn an Bord zu haben. Er steckte ganz schön in der Klemme. *Mierda grande, hombre.*

Marie lag im Bett und konnte nicht schlafen. Wie denn auch, wenn man vor lauter Glück etwa zehn Zentimeter über der Matratze schwebte? Zumindest fühlte es sich so an, ihr Herz klopfte wie wild und in ihrem Magen schien sich ein Schwarm Kolibris eingenistet zu haben. Es mussten Kolibris sein, das Flattern war tausendmal stärker als bei Schmetterlingen im Bauch.

Sie dachte an Paul. Rief sich jede Einzelheit ins Gedächtnis, seinen Geruch, den salzigen Geschmack von Meersalz auf seinen Lippen, das Funkeln in seinen Augen, um die Erinnerung daran für immer in ihr Herz zu brennen. Die Stunden am Strand kamen ihr beinahe magisch vor, es war so anders mit ihm und gleichzeitig so vertraut. Noch nie hatte sie sich einem Mann so verbunden gefühlt, so als wäre er der Richtige. Als hätte sie das Schicksal füreinander bestimmt und unter Milliarden von Menschen hatten sie einander gefunden, zwei Sandkörner im Ozean der Zeit.

Kapitel Zwölf

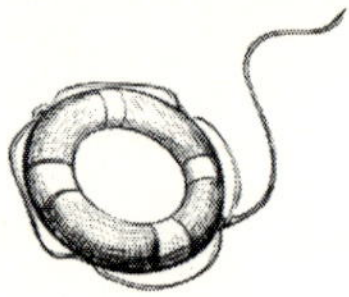

Seetag, auf dem Weg nach Martinique, Position 16° 59' N 67° 09' W, 28 °C, wechselhaft

Marie fühlte sich wie gerädert. Jeder Muskel tat weh, ihr ganzer Körper bestand aus Muskelkater und hätte noch ein paar Stunden Schlaf gebraucht. Stattdessen saß sie mal wieder im Besprechungsraum hinter der Rezeption und starrte die Wand an. Neben ihr hockte Svetlana und sah demonstrativ in die andere Richtung, ihnen gegenüber Paul und sein Halbbruder, von dem sie inzwischen wusste, dass er der leitende Sicherheitsoffzier an Bord war.

»Sie bleiben also bei Ihrer Aussage, Frau Lindberg?«, fragte Paul.

Marie zwang sich, den Blick von der kahlen Metallwand zu lösen. Auch Paul waren die Strapazen des gestrigen Tages anzusehen, unter seinen Augen lagen dunkle Schatten und seine Uniform war ein wenig zerknittert, als hätte er sie schon mal getragen. Trotzdem kam sie nicht umhin, sich vorzustellen, wie er darunter aussah und wie sich seine Hände auf ihrer Haut angefühlt hatten. Paul dachte das Gleiche, das wusste sie. Er gab sich wirklich Mühe, aber es gelang ihm nicht, das Glitzern in seinen Augen zu verbergen, wenn er sie ansah. Seit einer Viertelstunde ging das Schauspiel nun so. Und er stellte die ganze Zeit die gleichen Fragen.

»Das hab ich dir schon hundertmal gesagt«, setzte sie an.

Pauls Augenbrauen zogen sich zusammen und sie bemerkte ihren Fehler. »Äh, also wie ich Ihnen bereits sagte, sie hat mich geschubst.«

»Hab ich nicht«, protestierte Svetlana.

»Hast du wohl. Du warst eifersüchtig, wegen Patrick.«

»War ich nicht.«

»Warst du wohl.« *Wie kann man nur so dreist lügen?*

»Nein.« Svetlana straffte die Schultern und schob die Brüste vor. Marie war sicher, dass sie gemacht waren, im Leben waren die nicht echt. »Es ging um ihn.« Svetlana warf Paul einen schmachtenden Blick zu.

»Um mich?«, fragte der verblüfft.

Sein Halbbruder verkniff sich ein Grinsen.

»Stimmt das?« Pauls Blick richtete sich auf sie und Marie hätte sich am liebsten ein Loch gegraben, in dem sie sich verstecken konnte.

»Sie wollte nicht, dass wir miteinander reden.«

»Das ist ja auch normal«, schaltete sich Svetlana ein und klimperte mit ihren Plastikwimpern, denn auch die waren mit Sicherheit nicht echt. »Sie sind so ein stattlicher Mann, Herr Kapitän.«

Ich fasse es nicht! Flirtete sie jetzt etwa mit ihm?

Paul war es sichtlich unangenehm, er warf seinem Bruder einen hilflosen Blick zu. Ángel hatte das Ganze bisher verfolgt, als sei er Schiedsrichter bei einem Pingpong-Match. Aber statt sich einzumischen, hob er nur die Hände, als wollte er sagen: »Deine Sache.«

Paul fing sich und wandte sich wieder Svetlana zu. »Sie waren also eifersüchtig und haben Frau Lindberg geschubst?«

»Was heißt *geschubst*?« Svetlana rollte mit den Augen. »Vielleicht ein wenig zu Seite geschoben.«

»Sie lügt!«, fuhr Marie auf.

»Ich kann nichts dafür, wenn sie ungeschickt ist und stolpert.«

»Ich bin nicht gestolpert, du hast mich geschubst.«

»Das reicht jetzt!«, ging Paul dazwischen. »Sie geben also zu, Frau Lindberg geschubst zu haben, Frau, äh ...« Er warf einen raschen Blick in die Unterlagen. »Frau Rutkova?«

Svetlana schob die Unterlippe vor zu einem Schmollmund. »Vielleicht ein bisschen.«

»Gut.« Paul schlug mit den flachen Händen auf die Tischplatte. »Dann ist die Reise hiermit für Sie beendet.«

Svetlana schnappte nach Luft, damit hatte sie wohl nicht gerechnet. Und Marie auch nicht, wie sie zugeben musste, sie war mindestens genauso überrascht.

»Das können Sie doch nicht machen«, jammerte Svetlana.

Und ob ich das kann, hörte Marie Pauls Stimme im Geiste. Sie verkniff sich ein Lächeln.

»Im nächsten Hafen gehen Sie von Bord«, sagte Paul bestimmt, dann schien er einen Moment zu überlegen. »Morgen früh kommt ein Inspektor der Reederei, um den Vorfall zu untersuchen. Dann werden Sie beide Ihre Aussagen wiederholen, bitte.«

Svetlana hatte angefangen zu weinen, doch Paul ließ sich davon nicht beeindrucken. »Würdest du Frau Rutkova bitte auf ihre Kabine bringen, Ángel? Sie möchte packen.«

Marie sah Ángel nach, der die weinende Svetlana rausführte, und wandte sich um zu Paul. »War das nicht zu hart?«

»Nur konsequent«, antwortete er.

»Du hättest sie ja nicht gleich vom Schiff werfen müssen.«

»So sind die Regeln.«

»Trotzdem ein bisschen hart.«

»Das war ein tätlicher Angriff«, fuhr er auf.

Es war süß von ihm, dass er sich so für sie einsetzte. Sie legte ihm eine Hand auf den Arm. »Ist ja nichts passiert.«

»Nichts passiert?« Er funkelte sie aus meerblauen Augen an. Selbst wenn er wütend war, war er verdammt sexy.

»Na ja, vielleicht ein bisschen«, murmelte sie und dachte wieder an das einsame Strandstück.

»Du verstehst es nicht, oder?« Mit einer ärgerlichen Bewegung wischte er ihre Hand weg. »Hier ist die Hölle los, Marie!« Er raufte sich das Haar. »Sie denken, ich hätte das alles nicht im Griff.«

»Wer denkt das?«

»Na, die Reederei. Deshalb schicken sie ja diesen Inspektor und ich weiß nicht, wie ich ihm das erklären soll!«

»Sag ihm doch einfach die Wahrheit.«

Paul schnaubte durch die Nase. »Die Wahrheit.«

»Sag ihnen, dass du mich gerettet hast …«

»Und damit gegen jede Regel verstoßen!«, unterbrach er sie. »Ich habe mich nicht professionell verhalten.«

»Du hast mir das Leben gerettet.« *Schon zum zweiten Mal.* »Und ich habe mich noch gar nicht richtig dafür bedankt.«

»Schon okay«, sagte er leise. »Ich würde es jederzeit wieder tun.«

»Wenn du nicht da gewesen wärst …« Sie brach ab. Auf einmal wurde ihr bewusst, in welche Gefahr er sich begeben hatte, um sie zu retten. Ihre Kehle wurde eng.

»Hey, nicht weinen.« Er zog sie an sich und sie lehnte sich an seine Brust und atmete seinen Duft ein. Es war tröstlich, seine Nähe zu spüren, und er hielt sie einen Moment lang einfach nur fest. Marie schlang die Arme um seinen Rücken, aber Paul schob sie von sich weg.

»Das muss aufhören«, sagte er und sah sie eindringlich an.

»Was?«

»Das mit uns. Es geht nicht.«

Sie sah ihn an und fühlte sich wieder wie im Flieger, als hätte ihr jemand den Boden unter den Füßen weggezogen.

»Es tut mir leid, aber in meiner Position ...«

Es kam ihr vor, als hätte man sie in der Zeit zurückversetzt. Vor genau einer Woche hatten sie dieses Gespräch schon einmal geführt und sie bekam gar nicht mehr mit, was er diesmal sagte, denn der Ausgang der Geschichte war klar.

»Schon gut.« Sie hob das Kinn, straffte die Schultern und blickte ihm unverwandt in die Augen. »Du hast ja recht«, sagte sie und versuchte, ihre Stimme unter Kontrolle zu halten. »Das mit uns hätte sowieso keine Zukunft.«

Paul atmete erleichtert auf. »Ich bin froh, dass du das genau so siehst«, sagte er und lächelte.

Marie blinzelte. Vor ihr stand der Mann, der gestern so unfassbar zärtlich zu ihr gewesen war, und nun riss er ihr lächelnd das Herz raus. Mit tauben Lippen wünschte sie ihm einen schönen Tag und floh aus dem Besprechungsraum.

Paul sah ihr nach und seufzte schwer. Er wusste, dass er sie verletzt hatte. Sehr sogar, er hatte das Flackern in ihren Augen gesehen, auch wenn ihre Lippen etwas anderes gesagt hatten. Es tat ihm unendlich leid. Er wollte Marie nicht wehtun, im Gegenteil. Aber sie hatte es ja selbst gesagt. Das mit ihnen hatte keine Zukunft, dafür waren ihrer beider Leben viel zu verschieden. Also war es besser, die Sache jetzt zu beenden, bevor noch einer von ihnen ernsthafte Gefühle für den anderen entwickelte. Dann wäre es nur umso schwerer.

Marie stürmte in die Kabine und kaum, dass die Tür hinter ihr ins Schloss gefallen war, konnte sie die Tränen nicht mehr zurückhalten.

»Was ist passiert?«, rief Eva ihr zu. Sie saß auf dem Balkon und hatte den bandagierten Knöchel auf dem zweiten Sonnenstuhl hochgelegt.

»Nichts«, schluchzte Marie, warf sich bäuchlings aufs Bett und weinte in ihr Kissen.

Eva rappelte sich hoch und hüpfte zu ihr rüber. Sie ließ sich neben Marie aufs Bett sinken. »Das sieht nicht aus wie *nichts*.«

»Es ist aber nichts zwischen ihm und mir, verstehst du? Es ist aus und vorbei.«

»Was ist denn passiert?«

Sie schilderte Eva in stockenden Worten, was in dem Besprechungsraum vorgefallen war, und musste immer wieder aufhören, weil sie vor lauter Weinen keine Luft mehr bekam. »Er hat gelächelt, verstehst du?«, sagte sie gequält.

»Ich bin mir sicher, er meint das nicht so.«

»Doch, er meint das genau so. Die Sache mit uns hat keine Zukunft.«

»Hat er das so gesagt?«

»Nein, aber gemeint. Deshalb habe ich es ausgesprochen und er war richtig erleichtert darüber.«

»Das tut mir jetzt ehrlich leid, aber gleich kommt Jörg«, sagte Eva und es dauerte einen Moment, bis Marie begriff, dass sie das Thema gewechselt hatte.

»Wie meinst du das?«

»Na ja«, druckste Eva herum. »Ich konnte ja nicht ahnen, dass du wiederkommst und das heulende Elend bist. Deshalb habe ich mich mit Jörg bei uns auf der Kabine verabredet, bei den Männern herrscht immer noch dicke Luft. Patrick ist ganz schön stinkig.«

Patrick. Marie verzog das Gesicht. Den hatte sie total vergessen.

»Ich kann Jörg aber auch absagen, dir geht es ja nicht gut.«

»Schon okay, er kann herkommen«, sagte Marie und wischte sich über das Gesicht.

»Aber nur, wenn es dir wirklich nichts ausmacht.«

Was sollte es ihr denn ausmachen? Sie war total verheult, ihr ganzer Körper tat weh und sie wollte am liebsten nur hier liegen und sich die Decke über den Kopf ziehen.

»Ich geh dann mal ins Spa.«

»Danke, du bist ein Schatz.«

Der Spa-Bereich war ganz im asiatischen Stil gehalten. Ein goldener Buddha empfing Marie mit einem gelassenen Lächeln und ein Duftbrunnen verströmte einen Hauch von exotischen Blüten. Alles hier sagte »Entspannung« und zu ihrer Überraschung bekam Marie tatsächlich einen Termin.

»Ist gerade etwas frei geworden«, meinte die junge Frau hinter der Anmeldung und strahlte sie an. »Sie haben Glück.«

Glück!, dachte Marie bitter und folgte ihr zu einem der Therapieräume. Was hatten nur alle ständig mit dem Glück?

»Machen Sie sich schon mal frei und legen Sie sich auf den Bauch.« Sie deutete auf die Massageliege. »Unser Ayurvedameister wird gleich bei Ihnen sein.«

Kurz darauf erschien ein schmaler Inder mit einem ebenso gelassenen Lächeln wie der Buddha.

»Hello Miss.« Er griff nach einer Flasche mit Massageöl und goss einen großzügigen Schwung in seine Hand. Als er sie einölte, stieg das sanfte Aroma von Vanille in Maries Nase. Seine Hände glitten über ihren Rücken und erinnerten sie daran, wie sich Pauls Hände auf ihrem Körper angefühlt hatten. Doch die Illusion verflog schnell, als der Inder ihr klarmachte, warum er ein Ayurvedameister war. Seine Finger waren wie Knethaken und er bearbeitete ihre Muskeln mit kräftigem Druck. Er schob, zerrte, bog an ihr herum und mehr als einmal schrie sie vor Schmerz auf.

»Verspannt«, bemerkte der Inder in seinem komischen Singsang. »Nix good.«

Das war ja auch kein Wunder, sie war gestern stundenlang um ihr Leben geschwommen. Gut, die letzte halbe Stunde war nur Paul geschwommen. Ohne ihn hätte sie es nicht geschafft. Ihr Herz zog sich zusammen und sie keuchte, weil sie plötzlich keine Luft mehr bekam.

Der Inder unterbrach seine Massage. »All good?« Vermutlich dachte er, er hätte ihr weh getan.

»Alles gut«, antwortete sie, doch ihre Stimme klang dabei seltsam falsch in ihren Ohren. *Nichts ist gut.* Aber das brauchte sie ihm nicht sagen. Denn es war nicht der Ayurvedameister, der sie so verletzt hatte, sondern Paul.

Den Rest des Tages verbrachte Marie, wie angekündigt, mit einer Decke über dem Kopf im Bett. Eva und Jörg waren verschwunden gewesen, als sie nach anderthalb Stunden in den Händen des Ayurvedameisters wieder auf die Kabine zurückgekehrte. Die Laken waren zerwühlt und in der Luft hing der unverkennbare Geruch von Sex und erinnerte sie jäh an den gestrigen Abend. Sie hatte sich Paul komplett geöffnet, ihm ihr Innerstes preisgegeben. Mehr als das, sie hatte mit ihm geschlafen. Mit einem Mann, von dem sie gedacht hatte, er wäre der tollste Mann der Welt. Der Richtige. Aber da hatte sie wohl falsch gedacht. Wie hatte sie sich nur so täuschen können? Sie hatte geglaubt, er würde dasselbe für sie empfinden. Das musste er doch auch gespürt haben, dass da mehr zwischen ihnen war als nur Sex? Und wie er sie dabei angeschaut hatte. Die ganze Zeit hatte er ihr in die Augen gesehen, während er mit ihr geschlafen hatte. Mit diesem Blick ... So guckte man doch nicht, wenn man nichts dabei empfand. Sie hatte sich das doch alles nicht bloß eingebildet. Oder etwa doch?

Marie fuhr hoch. Sie musste von ihm selbst hören, dass da nichts zwischen ihnen war, er sollte es ihr ins Gesicht sagen. Und es gab nur einen Ort, an dem sie ihn treffen würde.

Der Wind hatte aufgefrischt, als sie auf das Oberdeck hinaustrat. Eine wütende Bö riss an ihrem T-Shirt, aber sie stemmte sich dagegen und suchte die Stelle an der Reling, vergewisserte sich, dass sie genau in Sichtweite der Kamera stand, und sah hinaus aufs Meer. Am Himmel ballten sich bleigraue Wolken und kamen rasch näher, ein Unwetter zog auf. Doch Marie hielt den Blick unverwandt in die Ferne gerichtet, sie wartete. Als die ersten Regentropfen fielen, flüchteten die anderen Passagiere nach drinnen und das Deck leerte sich. Marie trotzte dem Regen. Sie wartete, auch wenn sie bereits tief in ihrem Innern wusste, dass er nicht kommen würde. Die Tropfen prasselten auf sie herab und durchnässten ihre Sachen. Der Regen spülte ihre Tränen fort und mischte sich damit zu salzigen Strömen auf ihren Wangen.

Kamera 27 hatte sie genau im Blick, und Paul wusste, warum sie da stand. Seinen Kollegen würde es nicht auffallen, nur eine Passagierin, die in den Sturm hinaus sah, während der Regen ihre Sachen durchweichte. Sie wartete auf ihn und er beobachtete sie wie versteinert.

Marie weinte. Er sah sie zwar nur von hinten, konnte es aber an der Art erkennen, wie ihre Schultern zuckten.

Paul wusste, dass er ihr eine Erklärung schuldig war, und es tat ihm leid, sie da stehen zu lassen. Aber er konnte nicht zu ihr gehen. Ihr in die Augen zu sehen und noch mal das Herz zu brechen, brachte er nicht fertig. *Ich bin ein elender Feigling.*

Aber es war besser so, sie hatte es ja auch selbst gesagt. Ihre Leben waren zu verschieden. Und nichts, was sie sich von einem Mann wünschte, konnte er ihr bieten. Haus, Kinder, Hund, das war nichts für ihn. Paul dachte an das Haus seiner Großeltern, wie glücklich er dort immer gewesen war, aber dann wischte er den Gedanken fort. Er konnte sich einfach nicht vorstellen, ein ganz normales Leben zu führen, mit einer Familie, die zu Hause saß und auf ihn wartete. Er kannte das von früher, das stumme Leid in den Augen seiner Mutter, wenn wieder einmal etwas schief ging und sein Vater monatelang nicht da war, um ihr zur Seite zu stehen.

Paul seufzte. Er war nun mal Kapitän und was das bedeutete, konnte niemand verstehen, der nichts selbst zur See fuhr. Die grenzenlose Freiheit, die dieses Leben mit sich brachte, genau wie die vielen Entbehrungen, die es einforderte. Marie stand jetzt schon seit fast einer Stunde da und Paul wusste, dass er zu ihr gehen sollte. Aber etwas hielt ihn zurück. Er wollte keine Frau, die zu Hause saß und ihn vermisste. Das war die simple Wahrheit. Denn auch er wollte niemanden vermissen.

Kapitel Dreizehn

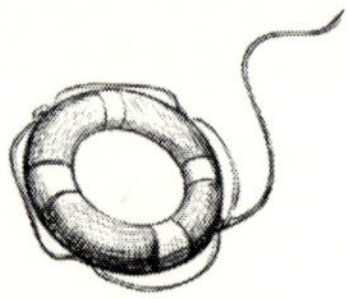

Fort de France/Martinique, 30 °C, Luftfeuchtigkeit 90 Prozent

Es war unglaublich schwül. Das Gewitter der vergangenen Nacht hatte sie bis nach Martinique begleitet, aber es hatte keine Abkühlung gebracht. Ganz im Gegenteil. Die Sonne, die hinter den Wolken hervorkroch, sorgte innerhalb kürzester Zeit dafür, dass der Regen in den Pfützen verdampfte, und verwandelte die Luft in zähe, sirupartige Schwaden. Marie hatte letzte Nacht kein Auge zugemacht. Nicht wegen der Blitze, die über dem Schiff zuckten und das Meer gespenstisch aufleuchten ließen, sondern wegen des bevorstehenden Zusammentreffens mit Paul. Sie wusste nicht, wie sie damit umgehen sollte. Sie war zutiefst verletzt, wollte ihm dies aber auf keinen Fall zeigen, dafür war sie zu stolz.

Marie entschied sich für ein nüchternes Outfit,

bestehend aus einer dunkelblauen Hose und einer schlichten Bluse, das erschien ihr angemessen für den Termin. Als sie gestern Abend auf die Kabine zurückgekehrt war, hatte sie wieder einen Umschlag an ihrer Tür entdeckt. Die Nachricht war knapp.

Sehr geehrte Frau Lindberg,

bitte finden Sie sich morgen um 10:00 Uhr an der Rezeption auf Deck 5 ein. Sollten Sie einen Ausflug gebucht haben, den Sie deshalb nicht wahrnehmen können, wird er selbstverständlich Ihrem Bordkonto gutgeschrieben. Wir bedauern die Umstände und bitten Sie um Ihr Verständnis.

Mit freundlichen Grüßen,
Ihr Kapitän Paul Veenhoff

Marie wusste, dass dies ein Standard-Schreiben war und sein Inhalt vermutlich aus austauschbaren Textbausteinen bestand, sicher hatte er es noch nicht einmal selbst verfasst. Und trotzdem erschien ihr die Schlussformel wie blanker Hohn. Denn Paul Veenhoff war eben nicht *ihr* Kapitän.

Paul war nervös. Der Inspektor war bereits am Vortag auf der Insel gelandet und vor einer halben Stunde an Bord gekommen, Ulrich Claassen, ein hagerer Mann Mitte fünfzig, Halbglatze, randlose Brille. Einer dieser Typen, die gern selbst zur See gefahren wären, aber nun in irgendeiner Konzernzentrale versauerten, wie

Paul an dem Blick erkannte, mit dem der Inspektor seine Uniform musterte, bevor er einen Moment zu lange an den vier Streifen auf den Schulterklappen hängen blieb. Claassens Miene troff vor Neid und er war Paul auf Anhieb unsympathisch. Trotzdem musste er ihn davon überzeugen, dass hier alles in bester Ordnung war.

Paul atmete tief durch. *Ich habe alles unter Kontrolle.* Nur hatte er genau das nicht. Claassens Befugnisse lagen außerhalb seines Kontrollbereichs und er konnte nicht einschätzen, zu welchem Ergebnis der Inspektor kommen würde. Alles hing von dieser Befragung ab und Paul wollte sie schnell hinter sich bringen. Das war der erste Schritt. Und dann musste er diesen neidtriefenden Inspektor bloß noch davon überzeugen, dass er sich nicht verhalten hatte wie ein Matrose am ersten Tag der Grundausbildung.

Neben den Beteiligten vom Vortag saß diesmal auch der Inspektor mit am Besprechungstisch und verfolgte das Gespräch mit Argusaugen. Marie kam sich vor wie bei einem Verhör. Paul war noch ernster als sonst, als er mit knappen Worten den Vorfall schilderte, um seine Augen lag ein angespannter Zug. Marie vermied es, ihn anzusehen, wenn es nur eben ging, und konzentrierte sich auf einen Kratzer in der Mitte der Tischplatte. Die Miene des Inspektors verriet keine Regung, mit ausdruckslosem Gesicht folgte er Pauls Zusammenfassung und machte sich ab und zu Notizen in einem kleinen Buch. Dann richtete er seine Aufmerksamkeit auf Marie.

»Die Beschuldigte hat Sie also gestoßen?«

Beschuldigte. Das klang, als säßen sie hier bei Gericht.

»Ja, das ist richtig.«

»Nur ein bisschen geschubst.« Svetlanas Stimme hatte den Tonfall eines quengeligen Kindes. »Ich kann nichts dafür, wenn sie nicht aufpasst.«

»Bitte, das hatten wir doch gestern schon«, ging Paul dazwischen.

Claassens Augen richteten sich auf ihn. »Und Sie sind hinterher gesprungen? Nur, damit ich das richtig verstehe?«

»Korrekt«, antwortete Paul knapp.

»Warum?«

»Weil die beiden etwas miteinander haben«, platzte es aus Svetlana raus.

Paul wurde bleich. »Unsinn!«

»Wie meinen Sie das?«, hakte Claassen nach und wirkte auf einmal sehr interessiert an Svetlana, die sich mit einem triumphierenden Lächeln zurücklehnte.

»Ich habe Augen im Kopf, Herr Inspektor.« Sie klimperte wieder mit ihren Plastikwimpern. »Und wenn Sie wüssten, wie die beiden sich angesehen haben, oh, là, là.« Sie wedelte mit der Hand.

»So ein Quatsch«, entgegnete Paul energisch, er sah aus, als würde er gleich platzen, doch er zwang sich, ruhig zu bleiben. »Frau Rutkova hat eine blühende Phantasie, doch sie bildet sich das alles nur ein. Frau Lindberg ist nur ein Gast, wie jeder andere auch.«

Jedes seiner Worte versetzte Marie einen Stich, aber trotzdem stimmte sie ihm zu. »Kapitän Veenhoff hat recht.«

Claassen warf ihr einen prüfenden Blick zu, aber Marie hielt ihm stand. »Und deshalb verweisen Sie Frau Rutkova des Schiffes?«, fuhr er an Paul gewandt fort.

»Ich halte mich nur an die Regeln. Frau Rutkova hat Frau Lindberg in Lebensgefahr gebracht. Außerdem hat sie gesehen, dass ich ins Wasser gesprungen bin, und hat niemanden darüber informiert. Also ein tätlicher Angriff und unterlassene Hilfeleistung. Ich denke, das reicht an Vergehen, um Frau Rutkova des Schiffes zu verweisen.«

Claassen hob die Hände. »Ihre Entscheidung.«

»Genau«, sagte Paul grimmig. »Meine Entscheidung. Und ich habe das Hausrecht hier an Bord.«

»Noch.« Die Augen des Inspektors blitzten auf und Paul sah aus, als ahnte er, dass er gerade einen schrecklichen Fehler gemacht hatte. »Gut, dann war's das fürs Erste.«

Marie atmete auf und wollte aus dem Besprechungsraum flüchten, aber Claassen hielt sie zurück. »Darf ich Sie wohl noch einen Moment unter vier Augen sprechen?«

»Natürlich«, entgegnete sie. Paul warf ihr einen flehenden Blick zu, aber der Inspektor wedelte mit der Hand und entließ ihn wie einen ungezogenen Jungen.

»Sie können Frau Rutkova von Bord bringen.«

Paul murmelte etwas Unverständliches und biss sich auf die Lippe, bevor er mit Svetlana verschwand.

Marie blieb allein mit Claassen zurück. Sie entschied sich, in die Offensive zu gehen. »Womit kann ich Ihnen helfen?«

»Schildern Sie mir die Dinge noch mal aus Ihrer Sicht.«

»Sie haben bereits alles gehört. Es gibt nichts hinzuzufügen.«

»Und würden Sie sagen, Kapitän Veenhoff hat sich in der Situation korrekt verhalten?«

Sie dachte einen Moment über die Frage nach, bevor sie antwortete. »Ich wäre ertrunken, wenn Kapitän Veenhoff mich nicht gerettet hätte. Seinem heldenhaften Einsatz verdanke ich mein Leben.«

»Heldenhaft, so, so.« Claassen strich sich über das Kinn, dann sah er sie eindringlich an. »Und würden Sie sagen, dass sich Kapitän Veenhoff im Allgemeinen korrekt verhält?«

Wieder ließ Marie sich mit der Antwort einen Moment Zeit, als müsste sie gut darüber nachdenken. »Das kann ich nicht beurteilen«, sagte sie schließlich. »Aber mir gegenüber war sein Verhalten immer tadellos. Er war jederzeit sehr professionell, und ich glaube, er nimmt seinen Job sehr ernst«, setzte sie hinzu.

»Aha.« Der Inspektor sah sie nachdenklich an, als suchte er in ihrem Gesicht nach den Anzeichen einer Lüge. Doch die würde er nicht finden, sie meinte es genau so, wie sie es gesagt hatte. Paul verhielt sich mehr als professionell, genau da lag ja der Hase im Pfeffer. Claassen schien sich fürs Erste damit zufriedenzugeben, denn er setzte die Kappe auf seinen Stift und klappte das Notizbuch zu.

»Danke, das war's. Sie haben mir sehr geholfen«, sagte er, auch wenn Marie nicht verstand, womit.

Paul wartete, bis Marie den Besprechungsraum verlassen hatte, bevor er wieder hineinging. Claassen saß am Tisch und sah von dem Bericht auf, den Paul vergangene Nacht geschrieben hatte.

»War's das dann jetzt?«, fragte Paul und bemühte sich um einen neutralen Ton. »Der Rest steht ja in meinem Bericht.« Er nickte zu den Blättern auf dem Tisch.

»Ich schätze nicht«, sagte Claassen. »Es gibt einiges, das ich noch nicht verstehe. Von Ihrem höchst unprofessionellen Verhalten bei diesem Rettungsmanöver mal abgesehen.«

Paul schluckte schwer, seine Kehle war auf einmal wie ausgedörrt. »Wie meinen Sie das?«

»Ihr Bericht weist doch erhebliche Lücken auf und er lässt wohl auch einiges aus. Wie ich gerade feststellen musste, handelte es sich bei dem Vorfall ja um ein kleines Eifersuchtsdrama. Und da tun sich bei mir doch berechtigte Zweifel auf.«

»Woran?«, fragte Paul tonlos.

»Ich zweifele zum Beispiel daran, dass Sie in der Lage sind, dieses Schiff zu führen.«

»Ich versichere Ihnen, hier ist alles in bester Ordnung.«

»Sehen Sie, und genau daran habe ich meine Zweifel. Deshalb werde ich mich selbst davon überzeugen und noch ein paar Tage bleiben.«

»Wie lange?«

»Oh«, Claassen wiegte den Kopf hin und her, als müsste er die Entscheidung abwägen, dabei war sie wohl längst gefallen. »Ich denke, bis zum Ende der Reise sollte ich mir einen Eindruck verschafft haben.«

»Bis zum Ende der Reise«, wiederholte Paul tonlos.

»Ja, dann sehen wir weiter, ob Sie sich wirklich so tadellos verhalten, wie Sie behaupten«, sagte Claassen und klang beinahe fröhlich.

Das macht ihm Spaß, begriff Paul und seine Eingeweide zogen sich zu einem eisigen Knoten. »Und was, wenn nicht?«

Claassen verzog die Lippen zu einem schmalen Lächeln. »Dann bin ich berechtigt, Ihnen mit sofortiger Wirkung das Kommando zu entziehen.«

Das Kommando entziehen! Paul hatte das Gefühl zu fallen und tastete blicklos nach der Lehne des Stuhls, auf dem Marie gesessen hatte.

»Frau Lindberg beschrieb Ihren Einsatz übrigens als sehr heldenhaft«, sagte Claassen und die Art, wie er das sagte, brachte Pauls Magen zum Drehen. Ihm war auf einmal speiübel.

»Ich lasse Ihnen eine Kabine herrichten«, sagte Paul. Seine Stimme klang hohl und er fühlte sich seltsam leer und emotionslos, als er Claassen die Tür aufhielt.

»Nicht nötig, es ist bereits alles arrangiert«, gab der Inspektor mit einer wegwerfenden Geste zurück.

Der Ausgang der Befragung war also vollkommen gleichgültig gewesen, erkannte Paul betroffen.

Claassen steckte das Notizbuch in die Innentasche seines Jacketts und trat hinaus auf den Gang. »Und vergessen Sie nicht, dass die Reederei keinen Kapitän braucht, der sämtliche Regeln bricht und sich hinterher als Held aufspielt. Also halten Sie sich an die Regeln.«

Paul nickte wortlos.

»Schönen Tag noch, Kapitän Veenhoff«, sagte Claassen im Gehen und Paul entging nicht die Betonung des Wortes *Kapitän*. Er hatte auf einmal den dringenden Wunsch, sich zu übergeben.

Marie stopfte das Handtuch in ihre Strandtasche und suchte nach der Sonnencreme.

»Wo willst du hin?«, fragte Eva vom Balkon.

»In der Hafeninfo steht, es gibt ein Wassertaxi zum Strand.«

Eva legte die flache Hand an die Stirn und beschattete ihre Augen. Sie sah die Mole entlang, man konnte die Anlegestelle der Wassertaxis sogar vom Schiff aus sehen, es war gar nicht weit. »Ich glaube, das schaffe ich nicht mit den Krücken.«

»Bist du mir böse, wenn ich trotzdem fahre?«, fragte Marie. Sie wollte im Moment nur hier runter und einen möglichst großen Abstand zum Schiff gewinnen, besonders zu dessen Kapitän.

»Nein, geh nur.« Eva warf ihr einen mitfühlenden Blick zu. »Und denk nicht zu viel an ihn.«

»Keine Sorge.« Paul war der letzte, an den sie gerade denken wollte.

Aber natürlich dachte sie doch an ihn, als sie am Kai von Fort-de-France auf das Wassertaxi wartete, im Schatten des großen Kreuzfahrtschiffs und mit bester Sicht hoch zur Brücke. Ob Paul gerade irgendwo dort oben stand und auf sie hinabblickte? Und sie dachte an ihn, als das Wassertaxi über die Wellen der Bucht glitt. In einem kurzen Anflug von Panik stellte sie fest, dass nun niemand da wäre, um sie zu retten, wenn sie jetzt ins Wasser fallen würde. Und natürlich dachte sie auch am Strand an ihn, als sie am anderen Ende der Bucht die Stella Maris sah. Paul hatte natürlich alles abgestritten, was Svetlana ihnen vorgeworfen hatte, Marie hatte es ja selbst verleugnet. Auf eine gewisse Art verstand sie ihn sogar, er durfte es einfach nicht zugeben und es gehörte auch nicht da hin.

Und trotzdem versetzte es ihr einen Stich, mit welcher Abgebrühtheit er alles von sich wies. Seine Stimme hatte ganz kalt geklungen, so sachlich. Das war nicht der Paul, den sie kennengelernt hatte. Sie griff eine Hand voll Sand und ließ ihn durch die Finger gleiten. Die Musik aus der Beachbar verblasste zu einem fernen Summen und die Sonnenanbeter verschmolzen am Rande ihres Gesichtsfelds zu einer gleichförmigen Masse. Sie nahm nichts mehr um sich herum wahr, denn mit einem Mal war sie in Gedanken wieder an einem anderen Strand, viel kleiner als dieser. Sie erinnerte sich an Paul, wie er sie im Arm hielt, als könnte nichts auf der Welt sie mehr trennen. Dabei waren sie

Lichtjahre voneinander entfernt, es lagen Welten zwischen ihnen.

Warum konnten sie nicht einfach zusammen sein? Sicher, sie waren total verschieden und ihre Leben passten nicht zueinander, das wusste sie alles, auf eine rationale, logische Art. Es tat nur so verdammt weh und sie weigerte sich, es zu akzeptieren.

»Was hältst du davon, wenn wir auf die Kabine gehen und quatschen«, schlug Eva beim Abendessen vor.

Marie sah von ihrem Teller auf und nickte. Sie hatte sowieso keinen Appetit. »Und Jörg?«

»Den sehe ich später noch lange genug.« Eva zwinkerte ihr vergnügt zu. »Außerdem muss ich sowieso packen.«

»Packen? Wir fliegen doch erst in einer Woche.«

»Na ja«, druckste Eva und schob eine Krokette auf ihrem Teller hin und her. »Da ja jetzt eine Kabine freigeworden ist, weil diese Svetlana nach Hause musste, haben wir uns gedacht, wir fragen einfach mal an der Rezeption, ob wir die haben können.«

»Und?«

»Für das Geld hätten wir eine neue Reise buchen können, aber ich wohne ab jetzt auf Deck fünf.«

»Hast du schon mal mit einem Mann geschlafen, mit dem es anders war als mit allen anderen?«, fragte Marie, als sie Eva dabei zusah, wie sie ihre Sachen in den Koffer stopfte.

»Mit jedem Mann ist es anders«, antwortete Eva vielsagend.

»Ich meine, so richtig anders«, sagte Marie. »Etwas Besonderes halt.«

»Hmm.« Eva sah zu ihr auf. »Ich habe schon viele besondere Male erlebt. Aber so, wie du das sagst, frage ich mich gerade, ob ich vielleicht was verpasst habe?«

»Ich weiß auch nicht.« Marie suchte nach Worten, mit denen sie ausdrücken konnte, was sie empfand. »Es war einfach alles so ... perfekt.«

»Perfektion gibt es nicht«, sagte Eva. »Das ist nur eine Illusion.«

»Und was, wenn nicht?«, fragte Marie. »Was, wenn es irgendwo den perfekten Mann für dich gäbe? Nur einen einzigen auf der gesamten Welt?«

»Ich glaube, Männer gibt es wie Sand am Meer«, antwortete Eva. »Und du übersiehst leider einen entscheidenden Punkt.«

»Welchen?«

»Er hat dich fallen gelassen. Und um ehrlich zu sein, ich glaube, du verrennst dich da in was.«

»Aber warum hat er dann überhaupt mit mir geschlafen?«

»Er ist halt auch nur ein Mann«, antwortete Eva achselzuckend.

»Aber warum hat er es dann so getan?«

»Was meinst du mit *so*?«

»Er war so zärtlich, so sanft. Und wenn du wüsstest, wie er mich dabei angeguckt hat.«

»Wie denn?«

»Als würde er mich lieben«, antwortete Marie leise.

»Ich weiß, das klingt jetzt vielleicht verrückt, aber ich bilde mir das nicht ein.«

»Männer sind erstklassige Schauspieler, wenn es darum geht.« Eva winkte ab. »Und überhaupt, vielleicht hat er ja sogar was dabei empfunden.«

»Aber warum will er mich dann nicht?«

»Weil er der Kapitän ist und du nur ein Gast, schon vergessen?«, antwortete Eva mit einer Gegenfrage und raffte ihren klimpernden Schmuck zusammen.

»Aber meinst du«, sagte Marie leise und sah auf ihre Füße. »Meinst du, dass es vielleicht anders wäre, wenn er nicht an irgendwelche Vorschriften gebunden wäre?«

»Das musst du ihn fragen, nicht mich.«

Wenn sie nur wüsste, wie. »Er redet ja nicht mit mir«, sagte sie bitter..

»Dann musst du ihn dazu bringen, dass er es tut.«

Marie dachte einen Moment darüber nach. Sie wusste, wie sie ihn dazu bringen konnte, mit ihr zu reden.

»Bin gleich wieder da.«

Eva sah sie erstaunt an. »Wo willst du hin?«

»Ich kläre das jetzt!«

Paul starrte auf den Monitor. Marie war gerade ganz unvermittelt im Blickfeld der Kamera aufgetaucht und trat an die Reling. Sie sah hinaus aufs Meer und wartete auf ihn, genau wie gestern. Nur dass er heute erst recht nicht zu ihr gehen konnte, jetzt, wo Claassen an Bord war. Er durfte sich nicht den kleinsten Patzer erlauben, das war ihm schon während des Gesprächs klar geworden. Aber dass Claassen ihm unverhohlen gedroht hatte, machte ihm Angst.

Paul betrachtete Maries Bild auf dem Monitor, sie sah schmal aus, so zerbrechlich. Am liebsten wäre er zu ihr gegangen und hätte sie festgehalten, damit sie nicht davon geweht wurde, sie war dünn wie ein Spatz. Marie straffte die Schultern. Er mochte ihre elegante Haltung, sie hatte eine sehr anmutige Art, sich zu bewegen. Eigentlich mochte er alles an ihr. Wie sie redete und wie sie ihn dabei ansah, aus ihren moosgrünen Augen. Ihr Lachen und die Art, wie sie ihre Haare zurückstrich oder sich dahinter versteckte, wenn sie verlegen wurde. Er mochte ihr zurückhaltendes Wesen, es erinnerte ihn irgendwie an seine Mutter, und Marie würde ihr sehr gefallen. Eigentlich war sie die perfekte Frau, und wenn sie nicht ein Gast gewesen wäre und nicht komplett andere Vorstellungen vom Leben gehabt hätte, hätte er sich schon vorstellen können ... *Was macht sie denn da?* Paul beobachtete, wie sie den linken Fuß hob und auf die unterste Querstrebe der Reling setzte. Sie wartete einen Moment, dann zog sie den rechten Fuß nach. *Sie will doch nicht etwa?* Paul riss das Walkie-Talkie aus der Halterung an seinem Gürtel. »Brücke für Sec eins.«

»Sec eins hört«, erklang Ángels Stimme etwas blechern aus dem Lautsprecher an Pauls Ohr.

»Wo bist du?«

»Casino.«

»Probleme?«

»Nein, alles ruhig, wieso?«

»Ich habe einen Code Echo auf Deck 12.« Das war der interne Sicherheitscode für einen Selbstmordkandidaten.

»Deine Freundin?«

»Sie ist nicht ... ja, verdammt!«

»Wo?«

»Steuerbord achtern, direkt unter Kamera 27. Und beeil dich.«

»Bin fast da. Und dann? Rezeption?«

»Um Himmels willen!« Paul dachte kurz darüber nach. »Utility Locker.«

»Alles klar, wird gemacht«, antwortete Ángel und Paul konnte sein Grinsen förmlich hören.

Marie war bereits mit beiden Füßen auf der zweiten Quersprosse angelangt, als sie hörte, wie sich hinter ihr die Tür öffnete. Für einen Moment hatte sie gedacht, sie müsste sich wieder auf den Handlauf setzen, bevor Paul endlich kam. Mit zwei Promille weniger sah es wirklich verdammt hoch aus. Aber jetzt war er ja da.

Umso erstaunter war sie, dass es Pauls Bruder war, der seine drahtigen Arme um sie schlang und sie von der Reling wegzerrte. »Kommen Sie sofort da runter«, sagte er unnötigerweise.

»Nicht, bevor ich mit Paul gesprochen habe.«

»Mitkommen«, sagte er knapp, fasste ihre Hand und zerrte sie hinter sich her durch die Tür in der Bordwand. Sie trug die Aufschrift »Crew Only« und Marie hatte sich schon öfter gefragt, wohin all diese unauffälligen Türen wohl führten. In diesem Fall zu einem Treppenhaus. Alles hier war aus Metall, einfach und funktional, kein Vergleich zu dem Luxus, den das Schiff den Passagieren bot. Doch statt die Treppe zu nehmen, griff Ángel in die Hosentasche und zog ein Schlüsselbund hervor. Er wählte einen der Schlüssel und öffnete eine weitere der unscheinbaren Metalltüren. Diese trug die Aufschrift »Utility Locker 12 SBAFT«, und wie sich herausstellte, führte sie zu einem vollgestopften Lagerraum. Im Licht, das durch die Türöffnung fiel, erkannte Marie eine Couch, einen mobilen Bartresen auf Rollen und allerlei Krempel in den Regalen an den Wänden.

»Was soll ich hier?«, fragte sie verständnislos.

»Sie haben ein Date, Señorita!«, antwortete Pauls Bruder und schob sie in den Raum.

Ehe Marie es sich versah, fiel die Tür hinter ihr zu und sie stand im Dunkeln. Sie tastete nach einem Griff und hörte, wie der Schlüssel im Schloss zweimal gedreht wurde.

»Hey! Lassen Sie mich raus! Was soll das?« Sie trommelte mit der Faust gegen das Türblatt. Aber Ángel gab keine Antwort, vielmehr hörte sie, wie seine Sohlen sich mit leisem Quietschen auf dem Metallboden entfernten.

Toller Ort für ein Date. Aber immerhin, das hieß, Paul würde kommen, also würde sie warten. Sie konnte nicht still stehen, daher wanderte sie im Dunkeln auf und ab. Immer zwei Schritte vor, zwei zurück, bis sie sich den Fuß an der Ecke des Bartresens stieß.

»Au!« Sie fluchte leise vor sich hin und setzte sich auf die Couch. Warum dauerte das so lange? Bestimmt ließ Paul sie mit Absicht warten. Aber wenn er glaubte, sie würde sich dadurch beruhigen, hatte er sich geschnitten. Mit jeder Minute, die verging, wurde sie wütender auf ihn.

Es dauerte eine gefühlte Ewigkeit, bis im Schloss wieder ein Schlüssel gedreht wurde. Die Tür schwang auf und in dem Rechteck aus Licht erschien Pauls Silhouette, Marie hätte sie unter Tausenden erkannt.

»Warum hockst du denn hier im Dunkeln?«, fragte er und drückte auf den Lichtschalter. Unter der Decke flammte eine Neonröhre auf und blendete sie. Marie blinzelte und kam sich ganz schön dämlich vor. Paul schloss die Tür hinter sich, und bevor sie etwas sagen konnte, brüllte er auch schon los.

»Was soll das?«

»Wir müssen reden.«

»Und deshalb kletterst du auf die Reling?«

»Anders kommt man ja nicht an dich ran.«

»Bist du jetzt vollkommen übergeschnappt? Du weißt doch, was hier los ist.« Seine Stimme überschlug sich fast vor Zorn, sie hatte ihn noch nie so wütend gesehen, aber sie würde jetzt nicht zurückstecken.

»Dann sag es mir ins Gesicht!«

»Was?«

»Dass es für dich nichts Besonderes war, sondern nur Sex.«

Paul lachte ungläubig auf und fuhr sich durchs Haar. »Und deshalb führst du dich so auf und machst hier so ein Theater?«

»Ich finde, du bist mir eine Erklärung schuldig.«

»Ich habe es dir doch schon erklärt. Es geht nicht, in meiner Position …«

»Du wiederholst dich.«

»Aber verstehst du denn nicht? Du bist ein Gast und ich bin der Kapitän.«

»Und was, wenn es nicht so wäre?« Sie sah zu ihm auf.

Paul schaute zur Decke. Er nahm einen tiefen Atemzug und ließ ihn langsam entweichen, bevor er den Blick wieder senkte und sie ansah. »Es ist aber so.«

Ihre Kehle wurde eng und ihre Augen fühlten sich plötzlich feucht an. Sie senkte den Kopf und versteckte sich hinter einem Vorhang aus Haar, damit er das Glitzern in ihren Augen nicht sah.

»Es tut mir leid, ich wollte dich nicht verletzen«, sagte er leise.

»Das hast du aber.«

»Und das tut mir aufrichtig leid.« Er setzte sich neben sie und legte ihr eine Hand auf die Schulter. »Marie, das mit uns, das war schön.« Er hob ihr Kinn und zwang sie, ihn anzusehen. »Sehr schön sogar«, sagte er nachdrücklich und in seinen Augen stand nichts außer ehrlicher Aufrichtigkeit. Sein Blick wurde sanft und sie ertrank fast darin.

Wie macht er das bloß mit seinen Augen? Doch bevor sie darüber nachdenken konnte, küsste er sie und sein Kuss sagte alles, was seine Lippen bisher verschwiegen hatten. Sie zog seinen Kopf zu sich heran und grub ihre Finger in sein Haar. Sie küsste seinen Hals und er stöhnte leise auf.

»Das muss aufhören«, murmelte er an ihrem Ohr und seine Stimme klang rau.

»Warum küsst du mich dann?«

»Ich bin doch nicht aus Stein.«

Sie erstarrte und hielt inne. »Sowas Ähnliches hat Eva auch gesagt.«

Er schob sie von sich weg. »Du hast es ihr erzählt?«

»Natürlich, sie ist meine Freundin.«

Ein Anflug von Panik flackerte in seinen Augen. »Wenn der Inspektor das mitkriegt, bin ich erledigt.«

»Beruhige dich. Sie ist meine Freundin, sie wird es schon niemandem erzählen.

Paul sprang auf, fuhr sich durchs Haar und strich sein Hemd glatt. »Es ist wohl besser, wenn ich jetzt gehe. Du findest ja allein raus. Erste Tür links, dann stehst du wieder auf dem Pooldeck.«

»Ich weiß«, antwortete sie matt.

An der Tür wandte er sich noch mal um. »Ach, und Marie?«

»Ja?«

»Vergiss nicht, das Licht auszumachen.«

Das war ja wohl der Gipfel! Er servierte sie ab und alles, was ihn interessierte, war das bescheuerte Licht? Es dauerte einen Moment, bis sie begriff, dass er einen Scherz gemacht hatte und ihr immer noch die Tür aufhielt. Trotz allem musste sie lachen und schlüpfte hindurch.

Paul deutete auf die Tür in der Bordwand. »Da geht's raus.« Er sah sich verstohlen um, dann drückte er ihr einen schnellen Kuss auf die Lippen. »Gute Nacht, Marie.«

»Ich dachte, das muss aufhören?«

»Muss es ja auch.« Er grinste schief. »Ach und noch was.«

»Was denn noch?«

»Tu mir einen Gefallen und halt dich bitte, bitte von der Reling fern.«

»Und wenn ich mit dir reden muss?«

»Dann nimm doch einfach das Telefon, wie jeder andere Mensch auch.«

»Mein Handy funktioniert nicht. Ich habe keine SIM-Karte mehr, wenn ich dich daran erinnern darf.«

»Dann nimm das Bordtelefon, das auf dem Schreibtisch in deiner Kabine steht.«

»Ich kenne deine Nummer doch gar nicht.«

»6000«, antwortete er. Das war die Nummer der Brücke.

»Aber ich kann doch nicht einfach auf der Brücke anrufen.«

»Wenn du wüsstest, wegen was für einem Scheiß die anderen Gäste anrufen, hättest du da überhaupt keine Hemmungen.«

»Okay, ich werd's mir merken.« Sie stellte sich auf die Zehenspitzen und gab ihm einen langen Kuss. »Ich ruf dich an, Herr Kapitän.« Sie zwinkerte ihm zu und jetzt musste auch Paul lachen.

Kapitel Vierzehn

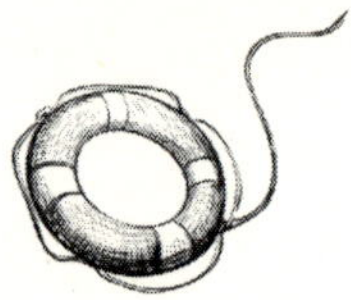

Guadeloupe, im Hafen von Point-a-Pitre

»Die Schmetterlingsinsel empfängt Sie mit strahlendem Sonnenschein und französischem Flair«, sagte Pauls Stimme aus dem Lautsprecher über ihr. »Also genießen Sie Ihren Tag auf Guadeloupe.«

Marie sah Eva an. »Meinst du, es geht wirklich mit deinen Krücken?«

»Na klar. Während der Inselrundfahrt sitzen wir im Bus und am Strand kann ich das Bein auch hochlegen. Es wird Zeit, dass ich von diesem Pott mal wieder runterkomme.«

Zum ersten Mal war es gut, dass sie so eine Rentner-Tour gebucht hatten, was daran lag, dass sie die Ausflüge noch zusammen mit Daniel ausgesucht hatte. Da sah man mal wieder, wie spießig er doch eigentlich gewesen war. Früher war ihr das irgendwie nie aufgefallen. Eva steuerte zielstrebig die letzte Sitzreihe an.

»Du hast mir noch gar nicht erzählt, wie es gestern Abend beim Kapitän war«, fragte Eva, kaum dass Marie auf ihrem Platz saß.

»Um Himmels willen. Sei leise.«

»Es hört uns doch keiner«, sagte Eva wegwerfend und es stimmte, die Passagiere vor ihnen hingen gebannt an den Lippen der einheimischen Reiseleiterin.

»Guadeloupe nännt man auch die Schmätterlinginsäl«, sagte sie gerade, »weil sie die Form eines Schmätterlings 'at.« Im Prinzip erzählte sie das Gleiche wie Paul vorhin in seiner Durchsage, nur mit französischem Akzent.

»Und, wie war's nun?«

»Seltsam.«

»Wieso?«

Marie schilderte Eva die Situation in der Abstellkammer.

»Ich meine, ich versteh's einfach nicht. Erst sagt er, es geht nicht und dann küsst er mich. Dann sagt er, das müsse aufhören, und dann küsst er mich wieder. Das macht doch alles gar keinen Sinn. Ich werde einfach nicht schlau aus ihm.«

»Na ist doch ganz einfach. Er steht auf dich.«

»Dann hat er eine sehr komische Art, das zu zeigen.«

»Was hat er denn zuletzt getan?«

»Mich geküsst«, antwortete Marie versonnen und versank in einem kleinen Tagtraum über seine Lippen. Er küsste wahnsinnig gut.

Paul drückte auf den Knopf der Kaffeemaschine, die in der Ecke mit den Seekarten stand, und sie erwachte mit einem kreischenden Mahlgeräusch aus dem Standby-Modus. Er sah zu, wie die ölige schwarze Flüssigkeit in die Tasse tropfte, und gähnte ausgiebig. Von seiner Zeit bei der Marine war er es gewohnt, mit wenig Schlaf auszukommen, die Ruhepausen zwischen den Wachwechseln waren kurz. Normalerweise schlief er deshalb wie ein Stein, sobald er in die Kajüte ging und sein Kopf das Kissen berührte. Aber vergangene Nacht hatte er kein Auge zugemacht. Der anstehende Safety-Drill machte ihn nervöser, als er sollte. Eigentlich eine reine Routine-Aufgabe, sie probten jede Woche den Katastrophenfall, immer mit einem anderen Teil der Mannschaft, dadurch sollte jedes Crewmitglied für den Ernstfall gewappnet sein. Aber heute war Claassen dabei und würde mit Adleraugen über den Ablauf der Übung wachen, das wusste Paul. Deshalb hatte er ein ungutes Gefühl und hoffte inständig, seine Crew würde keinen Mist bauen. Zumindest keinen größeren als er. Paul trank einen Schluck Kaffee und verzog das Gesicht. Außerdem hing ihm das Gespräch mit Marie nach. Wie konnte sie bloß glauben, es wäre für ihn nichts Besonderes gewesen? Allein die Tatsache, dass er überhaupt mal Sex hatte, war schon so besonders, dass er den Tag rot im Kalender anstreichen konnte. Er würde lügen, wenn er behauptete, in seiner Zeit als junger Offizier nie mit einer Frau auf die Kabine gegangen zu sein. Aber das letzte Mal war so lange her, dass er sich kaum noch daran erinnerte. Er war einfach kein Freund von schnellem Sex und es war den Ärger nicht wert. Einmal, während seines ersten Vertrags als Zweiter Offizier, war er erwischt worden und dem wachhabenden Sicherheitsoffizier in die Arme gelaufen, als er die Kabine einer Passagierin verließ. Die Standpauke war gewaltig gewesen und man hatte ihn zur Strafe in das Kostüm des Bordmaskottchens gesteckt. Eine Woche lang musste er als überdimensionaler Seestern verkleidet die Gäste bespaßen und das war wirklich überhaupt kein Spaß bei 32 °C Außentemperatur. Man schwitzte darin wie ein Iltis und der Schaumstoff hatte den Schweiß von Generationen von Crewmitgliedern aufgesogen, die gegen irgendeine Regel verstoßen hatten. Deshalb roch der Seestern eigentlich mehr nach brunftigem Eber als nach Meeresgetier. Immerhin würde ihn jetzt niemand in das Kostüm stecken, wenn er erwischt wurde. Wobei das im Vergleich zu der Option, seinen Job zu verlieren, beinahe verlockend klang. Hauptsache, der Drill lief glatt.

Wie auf ein Stichwort erschien Ángel. Er trug bereits eine Rettungsweste und war mit Klemmbrett und Megafon bewaffnet.

»Bereit?«, fragte Paul.

»Ja, alles startklar.«

»Gut, das muss heute sitzen.«

Ángel warf einen Blick auf die Liste auf seinem Klemmbrett. »Schaut gut aus, kaum Neue. Fast nur alte Hasen.«

»Gut.« Je länger ein Crewmitglied an Bord war,

umso mehr Erfahrung besaß es beim Saftey-Drill. *Erfahrung bringt Sicherheit*, sagte sein Großvater in seinem Kopf, *und Sicherheit bringt Ruhe und Ruhe ist gut*. Ruhe, das klang so verlockend. Er könnte auch noch eine Mütze Schlaf vertragen. Paul gähnte und trank einen Schluck Kaffee.

Ángel nickte zu der Tasse in seiner Hand. »Kurze Nacht?«

Paul wusste, worauf er hinauswollte, ging aber nicht darauf ein. »Die Sache mit Claassen liegt mir im Magen«, antwortete er wahrheitsgemäß.

»Mach dir keine Sorgen, ich hab alles im Griff.«

»Das sagst du so leicht. Der kleinste Fehltritt und ich kann meinen Job an den Nagel hängen«, prophezeite Paul düster.

»Apropos Fehltritt. Wie war's eigentlich in der Besenkammer?«

»Da war nichts.«

Ángel grinste vielsagend. »Aus einem Nichts in der Besenkammer sind schon Kinder entstanden.«

»Da war wirklich nichts.«

»Dafür wart ihr verdammt lange da drin.«

»Spionierst du mir nach?«

»Sagen wir mal so. Ich bin dein Sicherheitschef, ich habe meine Augen und Ohren überall.«

»Wir haben nur geredet.«

»Geredet, so, so.«

»Ja, stell dir vor, man kann mit Frauen auch reden.«

»Und dafür brauchtest du den einzigen Locker, in dem eine Couch steht?« Ángels Grinsen wurde immer breiter.

»Zufall«, entgegnete Paul knapp. Ángel wusste selbst, dass das nun mal der nächstgelegene Abstellraum war, auch wenn er sich in der Tat für ein Schäferstündchen eignete, weshalb er bei den Angestellten äußerst beliebt war. Eigentlich war es pures Glück, dass nicht irgendjemand hereingekommen war. Nicht auszudenken, was passiert wäre, wenn jemand sie erwischt hätte, als er und Marie sich geküsst hatten. Wie ein Lauffeuer würde es die Runde machen.

»Jetzt hör endlich auf, so zu grinsen, da war nichts. Und da wird auch nie was sein.«

»Das heißt, du willst nichts von ihr?«

»Genau. Und das habe ich ihr unmissverständlich klargemacht.« Zumindest war das der Plan gewesen, auch wenn der dann gründlich schief gegangen war. Was Marie betraf, hatte er sich einfach nicht im Griff.

»Ah, gut.«

»Was?« Er hatte kurz den Faden verloren.

»Na, dann kann ich ja mein Glück bei ihr versuchen. Die ist wirklich süß, die Kleine.«

»Untersteh dich.«

»Wusste ich's doch«, sagte Ángel mit einem triumphierenden Lächeln.

»Hast du eigentlich nichts Besseres zu tun, als mir auf den Keks zu gehen?«

»Bin schon weg.« Ángel wandte sich zum Gehen. »Ach, und Paul.«

»Was denn noch?«

»Soll ich dir für heut Abend schon mal den Locker reservieren?«

Drei Fotostopps und vier Rumpunsch später war Marie zwar ein wenig beduselt, sah aber immer noch nicht klarer, was den vergangenen Abend betraf. Sie saß auf einer Mauer im Schatten unter einem Baum und wartete darauf, dass ihr Bikini trocknete.

»Was hältst du von einer Kokosnuss mit Rum?«, schlug Eva vor und deutete auf den Stand mit Kokosnüssen, die eine Frau unter einem Sonnenschirm am Rande des Busparkplatzes anbot. Doch bevor Marie antworten konnte, war Eva schon aufgestanden und ging zu ihr rüber. Eine Minute später streckte sie Marie eine frische grüne Kokosnuss entgegen, in der ein gestreifter Strohhalm steckte.

»Hier, ich hab der Verkäuferin gesagt, sie soll einen extragroßen Schuss Rum rein tun.«.

Die Kokosnuss lag schwer in ihrer Hand, als Marie sie entgegennahm, sie war prall mit Kokoswasser gefüllt. Es schwappte über und tropfte ihr auf die Beine. Marie sog an ihrem Strohhalm, um etwas abzutrinken, und verzog angewidert das Gesicht. Das Kokoswasser schmeckte nach reinem Alkohol.

»Wie soll es denn jetzt weitergehen?«, fragte sie und ihre Frage bezog sich nicht auf den weiteren Ablauf ihres Ausflugs, der nach diesem Badestopp am Strand beendet sein würde.

Doch Eva hatte sie schon verstanden. »Das musst du nicht mich fragen.«

»Dieses Versteckspiel macht doch keinen Sinn.«

»Och«, sagte Eva und lächelte versonnen. »Ich

finde es eigentlich ganz romantisch. Verstohlene Blicke, gestohlene Küsse, heimliche Treffen in der Abstellkammer …«

»Ja, so eine Abstellkammer ist wirklich wahnsinnig romantisch.«

»Finde ich schon. Irgendwie seid ihr wie Romeo und Julia.«

»Du spinnst doch.« Marie schüttelte den Kopf und tippte sich an die Stirn.

»Ist doch so. Ihr würdet gerne, dürft euch aber nicht lieben. Das ist doch superromantisch.«

»Und das sagst ausgerechnet du, weil du so eine große Romantikerin bist«, warf Marie ein.

Eva schmunzelte. »Ich vielleicht nicht, aber du.«

»Unsinn. Du weißt, dass ich das sachlich sehe.«

»Eben, du bist viel zu verkopft. Aber im Grunde deines Herzens sehnst du dich nach Romantik. Genau wie in diesen Liebesschnulzen, die du so gerne guckst.«

»Das ist etwas vollkommen anderes«, widersprach Marie. »Das sind nur Filme und die Liebe hat jemand ins Drehbuch geschrieben. So läuft das im echten Leben nun mal nicht.«

»Dann mach die Augen auf. Das mit euch, das ist doch wie im Film. Ich sag's ja, Romeo und Julia.«

»Das ist ein Theaterstück. Ein Drama, um genau zu sein. Und es endet tragisch.«

»Das heißt ja nicht, dass es bei euch auch so enden muss.«

»Wie sollte es denn sonst enden?« Marie seufzte schwer. »Ich habe einfach keine Lust auf ein Drama. Davon hatte ich in letzter Zeit genug.«

»Ach Süße.« Eva legte den Arm um ihre Schulter und zog sie an sich. Dass sie dabei wieder etwas von dem Inhalt ihrer Kokosnuss verschüttete, war Marie egal. Das Zeug schmeckte sowieso grauenhaft. Sie wollte kein Mitleid, deshalb befreite sie sich aus Evas Umarmung und sah sie an. »Ich hab einfach Angst, dass er mir das Herz bricht«, sagte sie leise. »Das verkrafte ich nicht noch einmal.«

An Bord lief der Drill. »Stairway Guide to stairway one, I repeat, Stairway Guide to ...« Paul wiederholte mechanisch seine Durchsagen.

Über das Walkie-Talkie erreichte ihn knackend die Antwort: »Stairway safe!«

Das Treppenhaus war also gesichert. Bisher lief die Übung wie am Schnürchen, sie simulierten diesmal einen Brand im Treppenhaus des Gästebereichs, angeblich stand der vordere Bereich zwischen Deck 3 und 4 in Flammen. Feuer war eine der größten Gefahren an Bord eines Schiffes, deshalb kam dem Fire-Fighting-Drill eine besondere Bedeutung zu. Heute umso mehr. Claassen schlich irgendwo herum und wachte vermutlich mit Argusaugen über jeden Handgriff, der aufgrund von Pauls Anweisungen geschah, während er selbst hier oben auf der Brücke stand und das Geschehen aus der Ferne koordinierte. Das war sein Job, aber diesmal kam er sich dabei ohnmächtig und hilflos vor. Zeit für die nächste Ansage.

»No-go-Area Deck three, I repeat, No-go-Area ...« Ein Date mit einer Passagierin war auch ein No-Go, solange Claassen an Bord war. Aber andererseits hatte Ángel ja recht. Wenn er seine Beziehung zu Marie vertiefen wollte, lief ihm die Zeit davon. Paul ertappte sich dabei, dass er gerade *Beziehung* gedacht hatte. Davon konnte nun wirklich keine Rede sein, das eine Mal Sex und ein paar Küsse waren nicht das, was ein normaler Mensch unter einer Beziehung verstand. Aber er war nun mal nicht normal. Für ihn war es einhundert Prozent mehr Nähe, als er in den letzten Jahren zugelassen hatte, mal abgesehen von der kurzen Geschichte mit Elena. Eigentlich sollte er es dabei bewenden lassen, aber er wollte die Sache nicht beenden. Andererseits war es natürlich Quatsch, etwas zu befeuern, das sowieso in vier Tagen wieder vorüber sein würde.

Feuer! Er riss sich zusammen. »Fire Team proceed to stairway one!«, sagte Paul ins Mikrofon und seine Gedanken drifteten wieder ab. Maries Haar erinnerte ihn ebenfalls an Feuer. Wenn das Sonnenlicht sich darin fing, loderte es auf, als stünde ihr Haupt in Flammen.

»Fire extinct«, kam die Antwort aus dem Funkgerät.

Paul atmete auf und beendete die Übung. Das imaginäre Feuer an Bord war vielleicht erloschen, aber das in seinem Herzen brannte mit jeder Minute heißer. Ob er wollte oder nicht, er war für Marie entflammt. Und er hoffte inständig, er würde sich nicht die Finger daran verbrennen. Aber manchmal muss man auch ein

Risiko eingehen, dachte Paul und griff nach einem Notizblock.

Als sie von ihrem Ausflug zurückkehrten, entdeckte Marie eine Flasche Rotwein mit zwei Gläsern auf dem Schminktisch. An der Flasche lehnte einer der inzwischen so vertrauten Umschläge mit dem Seestern-Logo.

»Ui, spannend, mach auf!«, verlangte Eva und sah ungeduldig dabei zu, wie Marie das Blatt im Innern hervorzog und auffaltete. Diesmal handelte es sich nicht um einen vorformulierten Standardtext, sondern um eine handschriftliche Notiz.

Hätte ab 21:00 Uhr Zeit für ein Glas Wein und würde vorbeikommen, wenn du magst? P.

Marie ließ ihren Blick für einen Moment über die gleichmäßig geneigten Linien und Bögen seiner Handschrift schweifen. Die meisten ihrer Kollegen in der Bank waren froh, wenn sie den Stift gerade halten konnten. Was einem manchmal an handschriftlichen Notizen unterkam, war geradezu peinlich, wenn man bedachte, dass es sich bei den Schreibern um erwachsene Männer handelte. Paul hingegen hatte eine schöne Schrift für einen Mann.

»Nun lies endlich vor«, drängelte Eva.

»Da steht nicht viel.« Marie reichte ihr den Brief, damit sie sich selbst davon überzeugen konnte.

Eva überflog die Zeile und grinste breit. »Na bitte, geht doch.«

Die Zeit schien an diesem Abend langsamer zu vergehen, die Stunden bis zu ihrem Treffen mit Paul zogen sich hin und die Warterei erschien Marie beinahe endlos. Inzwischen warf sie alle fünf Minuten einen Blick auf ihre Armbanduhr, doch das beschleunigte es auch nicht, die Sekunden verrannen nur träge. Vor Anspannung bekam sie beim Abendessen kaum einen Bissen herunter, doch sie zwang sich dazu. Außerdem verzichtete Marie heute auf den Tischwein, sie wollte nicht nach dem ersten Glas mit Paul direkt einen Schwips haben. Am Ende dachte er noch, sie hätte ein Alkoholproblem, schließlich war sie ihm diesbezüglich schon mehrfach aufgefallen. Andererseits hatte er gefragt, ob sie etwas mit ihm trinken wolle, von daher würde es aus seiner Sicht schon okay sein. Aber sicher war sicher, also bediente Marie sich ausgiebig an der reichhaltigen Käseauswahl des Buffetrestaurants, um eine Grundlage zu schaffen. Die Vielfalt war verlockend, am liebsten hätte sie überall zugegriffen und von jedem Käse ein Eckchen probiert. Allerdings rochen einige Sorten recht streng und sie wollte auf keinen Fall nach alten Socken schmecken, sollte Paul sie wieder küssen. Also entschied sie sich für ein Stück Gouda und ein paar Weintrauben. Der Gedanke an seine Küsse sorgte für ein Flattern in ihrem Magen und die Vorstellung, gleich mit ihm allein zu sein, machte sie ganz kribbelig. Marie rutschte auf ihrem Stuhl hin und her und warf einen ungeduldigen Blick auf die Uhr. Ihre Aufregung blieb nicht unbemerkt.

»Entspannen Sie sich, Sie kommen schon noch rechtzeitig«, sagte Maries Tischnachbarin, die rechts von ihr saß.

Marie fuhr zusammen und fühlte sich ertappt, als könnte die Frau ihr an der Nasenspitze ansehen, dass sie gleich eine Verabredung mit dem Kapitän hatte.

»Wie bitte?«, fragte sie irritiert.

»Sie wollen doch bestimmt die Show sehen.«

Marie atmete auf. »Ach so, ja. Was steht denn auf dem Programm?«

»Swinging Sixties«, antwortete sie und stupste ihrem Mann in die Seite. »Genau unsere Zeit, nicht wahr, Dieter?«

Der Angesprochene nickte und brummte etwas in seinen Bart.

»Wir müssen dann auch los«, sagte Marie und warf Eva einen eindringlichen Blick zu.

»Ach, halten Sie uns doch schon mal ein Plätzchen frei, wir kommen gleich nach«, sagte die Frau und Marie fragte sich, wie sie auf die Idee kam, man könnte gemeinsam den Abend verbringen. Schließlich hatten sie gerade einmal drei Sätze miteinander gewechselt. Aber vermutlich suchte ihre Tischnachbarin nur eine Dumme, die ihr einen Platz reservierte, während sie sich erneut eine Waffel mit Erdbeeren und Vanilleeis holte. Zwei dieser üppig dekorierten Desserts hatte die Frau schon geschafft und sie sah aus, als stünde ihr der Sinn nach einem dritten.

»Das kann ich Ihnen leider nicht versprechen«,

sagte Marie. »Wir müssen vorher noch kurz auf die Kabine.«

»Ja, das verstehe ich«, sagte die Frau und nickte wissend. »Ich kann auch nur auf dem eigenen Klo. Beziehungsweise kann ich hier gar nicht, seit Anfang der Reise tut sich bei mir nichts.«

Dann wäre das Thema also auch geklärt. Das waren eindeutig mehr Informationen, als man sich für ein Tischgespräch wünschte. Evas entgeisterter Blick verriet, dass sie etwa dasselbe dachte, also verabschiedeten sie sich eilig und wünschten noch einen schönen Abend.

»Und viel Glück, dass es bald wieder klappt«, sagte Eva todernst.

Marie konnte nur mit Mühe ein Kichern unterdrücken, griff nach der Hand ihrer Freundin und zog sie mit sich aus dem Restaurant, wo sie beide in schallendes Gelächter ausbrachen.

»Ich kann nicht mehr!«, prustete Eva.

Marie schüttelte fassungslos den Kopf. »Leute gibt's.«

Eva sammelte sich und zog Marie in ihre Arme. »Ich wünsch dir viel Glück.«

Glück? Naja, das war vielleicht nicht das Schlechteste. »Danke, ich kann es gebrauchen.«

Sie saß auf dem Bett und wartete. Fünf Minuten nach neun, Paul schien sich zu verspäten und Maries Aufregung wuchs mit jeder Sekunde. Vielleicht sollte ich nicht unbedingt auf dem Bett sitzen, wenn er kommt, überlegte sie. Natürlich, sie würde aufstehen, aber dann würde er die Kuhle in der Bettdecke bemerken und wissen, dass sie dort auf ihn gewartet hatte. Sie erhob sich, strich mit fliegenden Fingern die Decke glatt und setzte sich auf die Couch. Oder vielleicht doch lieber nach draußen? Sie sehnte sich nach frischer Luft, hatte aber Angst, auf dem Balkon das Klopfen nicht zu hören. Vielleicht kam er ja auch gar nicht. Marie warf einen nervösen Blick auf die Uhr. Bestimmt war ihm etwas dazwischen gekommen. Aber dann hätte er vermutlich abgesagt. Warum machte sie dieses Treffen so nervös? Vermutlich, weil sie nicht wusste, was passieren würde, wenn sie allein auf der Kabine waren, vollkommen ungestört. Eine warme Woge durchlief ihren Körper und genau in dem Moment klopfte es an der Kabinentür. Marie sprang auf und erblickte im Vorbeigehen ihr Spiegelbild, auf ihren Wangen brannten hektische Flecken. Sie zwang sich zur Ruhe, atmete einmal tief durch und öffnete ihm.

Paul schob sich an ihr vorbei und schloss die Tür mit sanftem Druck, als wollte er sichergehen, dass sie auch wirklich zu war. Dann wandte er sich zu ihr um und lächelte.

»Tut mir leid, es ging nicht schneller.«

»Ist das nicht ein bisschen auffällig?« Sie deutete auf die vier Streifen auf seiner Schulter, denn zu ihrer Überraschung trug Paul seine Uniform. Irgendwie hatte sie erwartet, ihn in Freizeitkleidung zu sehen.

»Alle Crewmitglieder tragen Berufskleidung, solange sie an Bord sind«, antwortete er achselzuckend. »Das bringt der Job mit sich.«

»Ich dachte, du legst Wert auf Diskretion?«

»Wenn ich hier in Jeans herumschleiche, ist das mindestens genau so auffällig. Jeder auf diesem Schiff erkennt mich, egal, was ich anhabe.«

Natürlich, wie konnte sie das nur vergessen? Aber schön, dass er sie noch mal an seine Position erinnerte und wie wahnsinnig gutaussehend er war. Alle Frauen auf diesem Schiff verzehrten sich nach ihm, vermutlich konnte sie sich glücklich schätzen, dass er sich ausgerechnet mit ihr traf. War es das, was er damit sagen wollte?

»Außerdem habe ich nicht viel Zeit«, fuhr Paul fort. »In zwei Stunden muss ich wieder auf der Brücke sein.« Er warf einen Blick auf seine Uhr.

Aha, war er also deshalb hier? Für eine schnelle Nummer zwischendurch?

»Stimmt was nicht?« Er sah sie forschend an, anscheinend hatte er bemerkt, wie einsilbig sie heute war.

Sie wusste es selbst nicht. Was war bloß los mit ihr? Vorhin hatte sie sich auf das Treffen gefreut, aber jetzt machte es sie richtig aggressiv. Wenn er glaubte, er müsste nur mit dem Finger schnippen, um sie ins Bett zu bekommen, war er falsch gewickelt. Paul sah sie immer noch an, mit diesem fragenden Blick, und Marie begriff, dass er auf eine Antwort wartete. Also schön, sie atmete tief durch.

»Warum bist du hier?«

Ein Schatten glitt über seine Augen. »Ich dachte, wir trinken ein Glas Wein und lernen uns ein bisschen besser kennen. Aber ich kann auch wieder gehen, wenn es dir lieber ist.«

Hatte er gerade wirklich gesagt, er wolle sie kennenlernen? »Nein«, sagte sie hastig. »Das klingt gut. Setz dich doch.« Sie deutete auf die Couch.

»Sollen wir nicht lieber nach draußen gehen? Der Abend ist so schön.« Er nahm den Wein und das Kellnermesser, das daneben lag, und sie folgte ihm mit den Gläsern hinaus auf den Balkon.

Normalerweise saß sie immer auf dem Stuhl an der Tür, doch Paul schüttelte den Kopf. »Tut mir leid, das ist mein Platz.« Mit einem entschuldigenden Lächeln deutete er über seine Schulter hoch zur Brücke und schob seinen Stuhl dicht an die Abtrennung zum Nachbarbalkon, damit sie ihm Sichtschutz bot.

»Sollen wir nicht lieber wieder reingehen?«, fragte sie. »Vielleicht ist es doch zu riskant.«

»Manchmal muss man ein Risiko eingehen.«

Marie trat an die Brüstung und beugte sich vor, ließ ihren Blick über die Reihe der Balkone schweifen. Die direkt angrenzenden waren jedenfalls verlassen und die Balkontüren der Nachbarkabinen geschlossen. Viele Passagiere schliefen mit offener Tür, um die Klimaanlage zu deaktivieren und stattdessen die Seeluft zu genießen. Aber soweit Marie es beurteilen konnte, waren sie tatsächlich ungestört.

Paul entkorkte die Flasche und schenkte ihr ein, dann nahm er sich selbst ein Glas und erhob es.

»Worauf trinken wir?«

»Auf uns?«, fragte er und sah ihr tief in die Augen.

In Maries Magen explodierte eine Wolke aus

Schmetterlingen. Wenn das seine Masche war, um eine Frau rumzubekommen, zog sie verdammt gut. Sie konnte Pauls Blick kaum mehr standhalten und stieß mit ihm an. Die Gläser klirrten leise und sie nahm einen hastigen Schluck, um ihre Nervosität hinunter zu spülen. Der Rotwein war gut, nicht zu schwer, ein richtiger Sommerwein, er schmeckte nach Sonne und Urlaub irgendwo in der Toskana.

»Damit ist das Alkoholverbot wohl offiziell aufgehoben.«

»Als ob du dich daran gehalten hättest.«

»Darfst du eigentlich trinken, wenn du noch arbeiten musst?«

»Streng genommen nicht, aber ein Glas Wein ist schon okay«, antwortete er.

»Wie läuft's mit dem Inspektor?«

»Geht so.« Paul verzog den Mund zu einem schiefen Grinsen. »Aber ich will jetzt nicht über die Arbeit sprechen, okay?«

»Okay.« Sie nickte und sah hinaus aufs Meer. Zwischen ihnen entstand eine Stille, die jedoch nicht unangenehm war. Es war schön, einfach so mit ihm hier zu sitzen und aufs Meer zu schauen.

»Die Geschichten, die du mir am Strand erzählt hast, über die Sterne. Woher kennst du die alle?«

»Von meinem Großvater«, antwortete er und in seiner Stimme lag ein wehmütiger Ton. »Als ich noch klein war, hat er sie mir zum Einschlafen erzählt, wenn ich bei meinen Großeltern übernachtet habe.«

»Das klingt, als wäre er dir sehr wichtig.«

»Ich bin sogar nach ihm benannt und er war wohl

der wichtigste Mensch in meinem Leben«, sagte Paul leise und drehte den Stiel seines Weinglases zwischen den Fingern.

»Ist er tot?«

»Ja, er starb vor zwei Jahren.«

»Tut mir leid«, sagte sie und legte mitfühlend ihre Hand auf seine. Er ergriff sie und ihre Finger schlangen sich umeinander.

»Das muss es nicht. Großvater war schon alt, beinahe neunzig und hatte einen schönen Tod. Ist eingeschlafen und einfach nicht mehr aufgewacht. Er war ein großartiger Mann und eine wandelnde Sammlung an Zitaten. Egal, was war, er wusste immer den passenden Ratschlag, den irgendein weiser Mann dazu gegeben hatte. Insofern war mein Großvater ebenfalls weise und manchmal fehlt er mir einfach, wenn ich einen guten Rat gebrauchen könnte.«

»Fehlt er dir jetzt gerade?«, hakte sie nach.

»Kann schon sein.«

»Und, was denkst du? Was hätte er dir geraten?«

Paul schwieg einen Moment und schien über die Frage nachzudenken.

»Vermutlich hätte er gesagt, ich solle meinen Kurs nach den Sternen richten und nicht nach dem Licht der vorbeifahrenden Schiffe«, sagte er schließlich und in seinen Augen stand wieder diese Wehmut.

»Und was bin ich?«, fragte sie leise. »Ein Stern oder ein Schiff?«

»Ich weiß nicht«, antwortete er. »Fühlt sich eher an wie eine Sternschnuppe.«

»Und was wünschst du dir von mir?«

Paul schüttelte den Kopf. »Das darf ich nicht verraten, sonst bekomme ich es nicht«, sagte er, doch das Funkeln in seinen Augen verriet, woran er gerade dachte. Die Luft zwischen ihnen knisterte förmlich, doch er sah sie einfach nur an, mit diesem Blick, in dem sie zu ertrinken drohte, und hielt weiter ihre Hand. Die Berührung sandte einen heißen Schauer durch ihren Körper. Ihre Fingerspitzen kribbelten und sie erwartete, dass er sie küssen würde. Stattdessen unterbrach ihn ein Piepsen. Paul fischte den Pager aus seiner Hosentasche und warf einen genervten Blick darauf.

»Ich muss los«, sagte er mit einem bedauernden Lächeln, stand auf und half ihr hoch, dann zog er Marie mit sich in die Kabine, wo er sie endlich in seine Arme schloss.

»Danke für den schönen Abend«, sagte sie und sah zu ihm auf.

»Hast du morgen schon was vor?«

»Wir haben einen Ausflug gebucht.«

»Und danach?«

»Nichts, wieso?«

»Morgen Abend habe ich frei. Ich dachte, wir könnten vielleicht zusammen essen.«

»Hier?«, fragte sie und deutete auf die Sitzecke.

»Nein.« Er schüttelte den Kopf und lächelte. »Lass dich überraschen. Ist sieben Uhr okay?«

Sie nickte und endlich küsste er sie. Seine Lippen waren warm und weich und in seinem Kuss lag all sein Verlangen nach ihr. Es brannte auf ihren Lippen, als er sich wieder von ihr löste und einen Blick durch den Türspion warf.

»Würdest du …?« Er wirkte verlegen. »Könntest du vielleicht kurz nachsehen, ob jemand unterwegs ist?«

Sie öffnete die Tür und spähte den Gang entlang. »Die Luft ist rein.«

»Dann bis morgen.« Er gab ihr einen schnellen Gutenacht-Kuss, vergewisserte sich, ob auch wirklich niemand zu sehen war, und schlüpfte hinaus.

Fünf Minuten später betrat Paul die Brücke. Die Unterbrechung ärgerte ihn, eigentlich hätte er noch zwei Stunden frei gehabt, aber der Dienst ging nun mal vor und es schien wichtig zu sein.

»Sie haben mich angepiept?«, fragte er und trat an seinen Ersten Offizier heran.

»Ja, ich dachte, das sollten Sie sich ansehen.« Hansen deutete rüber zum Monitor mit dem Wetterradar. »Das National Hurrican Centre beobachtet eine Warmluft-Welle. Sie hat sich von Afrika kommend auf den Weg über den Atlantik gemacht.«

»Und deshalb funken Sie mich an? Hätte das nicht bis morgen Zeit gehabt?«

»Nun, bisher ist es nichts Wildes, aber ich denke, wir sollten das im Auge behalten.«

Paul schluckte seinen Ärger runter und nickte unwillig. »Es ist gut, dass Sie mich gleich informiert haben, Hansen«, stimmte er dem Ersten Offizier zu. Trotzdem wurmte es ihn, dass er sein Treffen mit Marie hatte unterbrechen müssen. Und das alles nur wegen ein bisschen heißer Luft.

Kapitel Fünfzehn

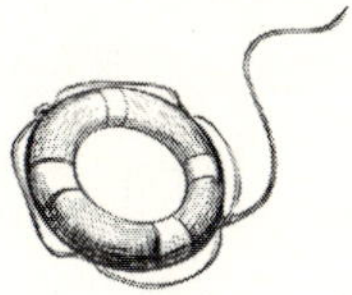

St. Kitts, Basseterre

Marie erwachte durch das Klingeln des Telefons und warf einen verschlafenen Blick auf die Uhr. Kurz nach acht. Sie streckte sich, gähnte und krabbelte aus dem Bett, um endlich dem Läuten ein Ende zu bereiten. Sie hatte keinen Weckruf bestellt, wer rief also so früh an?

»Bist du schon wach?«, fragte Eva mit munterer Stimme.

»Jetzt schon«, antwortete Marie und streckte sich ausgiebig.

»Ich bin in einer Minute bei dir, ich will alles wissen!« Ihr aufgeregter Tonfall verriet, dass man es ruhig wörtlich nehmen durfte, also beeilte sich Marie, wenigstens vorher zur Toilette zu gehen und sich die Zähne zu putzen. Gerade, als sie die Zahnbürste in den Mund steckte, klopfte es auch schon an der Kabinentür. Evas Bordkarte funktionierte nicht mehr, weil der

Code der neuen Kabine einprogrammiert war. Also ließ Marie sie rein und verschwand wieder im Bad.

»Und, wie war's?«

»Ertschäl isch gleisch«, nuschelte Marie durch den dichten Schaum in ihrem Mund und fuhr mit ihrer Zahnpflege fort.

Eva trippelte von einem Bein aufs andere. »Sieht nicht aus, als hättet ihr die Zeit sinnvoll genutzt«, sagte sie mit einem Nicken Richtung Bett, bei dem offensichtlich nur eine Seite benutzt war.

Marie spuckte den Zahnpastaschaum ins Waschbecken und spülte mit einem Schluck Wasser nach. »Stell dir vor, es gibt auch andere Dinge, die zwei Menschen miteinander tun können.«

»Was denn zum Beispiel?«

»Reden.«

»Wie langweilig.«

»Überhaupt nicht, es war sogar sehr schön. Und außerdem hat er mich heut Abend zum Essen eingeladen.«

Eva entfuhr ein Jubelschrei. »Das ist ja großartig!«

»Findest du?«

»Hallo?« Eva warf ihr einen Blick zu, als zweifelte sie an ihrer Zurechnungsfähigkeit. »Der Mann, in den du verknallt bist, will mit dir essen«, sagte sie und stemmte entrüstet die Arme in die Seiten. »Ein bisschen mehr Begeisterung bitte. Lass uns lieber schauen, was du anziehst.«

»Na, irgendein Kleid.«

Eva schnappte nach Luft. »Du hast ein Date mit dem Kapitän, quasi dein ganz persönliches Captain's

Dinner. Da trägt man nicht irgendein Kleid.« Sie drehte sich um und inspizierte den Inhalt des Kleiderschranks. »Ich sehe schon, am besten, ich leih dir was von mir.«

»Unsinn«, wehrte Marie ab. »Ich werde schon was finden.

»Darüber sprechen wir später«, sagte Eva, aber ihr Tonfall machte deutlich, dass das Thema eigentlich schon entschieden war.

»Lass uns erstmal was frühstücken, sonst kommen wir wieder zu spät zum Ausflug.«

Pünktlich um 10:30 Uhr traten sie zu ihrem Ausflug mit dem »Sugar Train« um die Insel an. Mit grünweißen Reisebussen für je fünfundzwanzig Personen gelangten sie nach fünfundvierzigminütiger Fahrt in den Nordosten der Insel zum Bahnhof, wo sie einen alten Zuckerrohrzug bestiegen.

»Bis 2005 wurde auf der Insel Zucker produziert«, erläuterte die Reiseleiterin. »Seitdem dient der Zug als Touristenattraktion.«

Die ehemaligen Transportwaggons waren durch moderne Doppeldecker ersetzt worden. Im unteren Bereich sorgten Panoramafenster und gepolsterte Rattansessel für den Komfort der Gäste.

»Lass uns hochgehen, hier ist es mir zu stickig«, sagte Marie und erklomm die schmale Treppe zum oberen Stock. Hier konnte man die Fahrt im Freien genießen und hatte sogar noch eine bessere Aussicht. Sie suchten sich einen Platz auf einer der Bänke, die sich entlang der Seitenwände des Waggons zogen. Ein Dach aus gelber Zeltplane schützte vor den Strahlen der karibischen Sonne, und als der Zug sich in Bewegung setzte, sorgte der Fahrtwind für ein wenig Abkühlung. Die Strecke verlief entlang der Küste und sie genossen die spektakuläre Aussicht auf die Steilküste und die tosenden Wellen des Atlantiks, die sich an Stränden aus schwarzem Vulkansand brachen. Unwillkürlich wanderten Maries Gedanken zu Paul. Sie würde wohl auch nie wieder einen Strand ansehen können, ohne automatisch an ihn zu denken.

»Atemberaubend«, meinte Eva und sah wieder durch den Sucher ihrer Kamera, den rechten Zeigefinger immer am Auslöser.

Die Strecke machte einen Knick, bog ab ins Landesinnere und sie ließen die Küste hinter sich. Die Schienen stiegen jetzt steil bergan. Der Zug quälte sich die sattgrünen Hügel hinauf und überquerte Brücken, unter denen tiefe Canyons abfielen. Manchmal kam ihnen der Dschungel so nah, dass Marie nur die Hand auszustrecken brauchte, um die ledrigen dunkelgrünen Blätter an den Bäumen zu berühren. Sie rollten durch Dörfer, fernab der touristischen Wege, in denen die Menschen noch lebten wie vor fünfzig Jahren, und passierten endlose Zuckerrohrplantagen am Fuße des Mount Liamuiga. Wind strich durch die Felder und kräuselte die Oberfläche, es schien, als führen sie durch ein Meer aus wogenden grünen Halmen. Verfallene Windmühlen stachen daraus hervor wie Leuchttürme, stumme Zeugen einer längst vergangenen Zeit.

»Halt mal.« Eva drückte ihr die Digicam in die

Hand und kramte in der Kameratasche. »Ich muss die Speicherkarte wechseln.«

Ihre Freundin hatte bereits tausende von Fotos auf dieser Reise geschossen, während Marie, wenn es hoch kam, vielleicht fünfzig Aufnahmen gemacht hatte. Aber nun war es auch zu spät, sie konnte sich die Bilder genauso gut nach der Reise von Eva auf CD brennen lassen. Marie lehnte sich zurück und entschied, die Fahrt einfach zu genießen und die Eindrücke tief in ihr Herz zu schließen, um sich später an all das zu erinnern. An die Geräusche der Insel, den Geruch nach sattem Grün und üppig sprießender Natur und den lauen Fahrtwind auf ihrem Gesicht.

»Hier, das ist gut.« Eva streckte Marie ein wildgemustertes Sommerkleidchen aus hauchdünner Seide entgegen. »Das hatte ich auch noch nicht an, aber dir zuliebe verzichte ich dann darauf.« Eva war fest davon überzeugt, dass es die größte Modesünde war, das gleiche Kleid zu tragen, das bereits eine andere Frau angehabt hatte, und legte großen Wert auf einen individuellen Stil.

»Das passt mir bestimmt nicht, du hast viel mehr Oberweite.«

»Papperlapapp, das macht bei dem dünnen Stoff gar nichts.« Eva winkte ab. »Glaub mir, du wirst toll aussehen, dafür sorge ich schon.«

»Außerdem ist das viel zu schick.«

»Zu schick gibt's gar nicht«, stellte Eva fest und ihr Ton duldete keine Widerrede. »Und jetzt geh endlich duschen und den Sand abwaschen, wir haben noch viel zu tun.

»Das klingt, als wäre mein Aussehen die reinste Baustelle.«

»Sagen wir, es ist ausbaufähig«, gab Eva ungerührt zurück. »Und jetzt hopp, die Zeit ist knapp.«

Drei Decks höher betrat Paul gerade das bordeigene Gourmet-Restaurant und hielt Ausschau nach Mitchell. Eigentlich sollte der Kellner hier sein, Paul hatte extra den Dienstplan gecheckt. Und richtig, er entdeckte den Filipino in der Ecke am Durchgang zur Küche, wo er gerade Stoffservietten für das Menü am Abend faltete.

»Hallo«, sagte Paul.

Mitchell zuckte zusammen und blickte von dem Korb mit den Servietten auf. »Hello Sir.« Der Kellner sah verlegen zu Boden. Vermutlich dachte er, Paul wäre gekommen, um die fünf Dollar zurückzufordern, dabei war er aus einem ganz anderen Grund hier.

Paul hasste es, den Mann darum zu bitten. Er hatte Mitchell das Geld nicht deshalb geliehen, um nun irgendwas zu verlangen. Aber auf die Schnelle fiel ihm einfach keine bessere Lösung ein.

»Kannst du mir einen Gefallen tun?«

»Sure.« Sicher.

»Ich brauche deine Hilfe«, setzte Paul an und erläuterte dem Kellner seinen Plan für den Abend.

Die Augen des Filipinos leuchteten auf. »No problem, Sir.«

»Kann ich darauf vertrauen, dass das unter uns bleibt?«, fragte Paul unnötigerweise, was der Kellner mit einem beleidigten Blick quittierte. Das, worum er ihn gebeten hatte, war nun wirklich keine große Sache. Trotzdem war Paul unwohl bei dem Gedanken. Zu viele Mitwisser waren einfach nicht gut, solange der Inspektor an Bord war. Aber andererseits würde Mitchell vermutlich alles für ihn tun, und Paul wusste, dass er sich auf ihn verlassen konnte.

Marie beobachtete im Spiegel, wie Eva sie in das verwandelte, was sie unter dem Begriff »Traumfrau« verstand. Eva hatte darauf bestanden, ihr die Haare zu machen, also saß Marie auf dem Stuhl am Schminktisch und ließ es geduldig über sich ergehen. Sie sah dabei zu, wie Eva ihr Haar eine gefühlte Ewigkeit über eine Rundbürste föhnte, bis es über ihre Schultern fiel wie ein seidiger Vorhang. Das Licht der untergehenden Sonne, das durch die Balkontür in die Kabine fiel, zauberte einen kupfernen Schimmer hinein, von dem Marie hoffte, er würde auch im gedämpften Licht des Restaurants erhalten bleiben. *Wie stellt er sich das eigentlich vor?* Sie konnten schlecht zusammen ins Restaurant spazieren, wo jeder sie sehen würde. Sonst betonte Paul immer, wie wichtig es sei, dass das, was zwischen ihnen lief, geheim blieb.

»Fertig!«, verkündete Eva und Marie konnte nicht

anders, als anerkennend zu nicken. Ihre Freundin hatte wirklich ganze Arbeit geleistet,

»Fehlt bloß noch das Make-up.«

»Aber nur leicht«, sagte Marie. Sie machte sich nicht viel aus Make-up und schminkte sich im Alltag dezent. Ein bisschen Wimperntusche und Rouge reichten bei ihrer klaren Haut vollkommen. Außerdem hatte sie für ihre Verhältnisse schon ganz gut Farbe bekommen, der Sonnenbrand war einer leichten Urlaubsbräune gewichen. Anscheinend hatten das ausgiebige Bad im Meerwasser und das anschließende Peeling im Sand die Heilung beschleunigt.

»Woran denkst du gerade?«, fragte Eva und lächelte spitzbübisch.

»An nichts«, antwortete Marie ausweichend und versuchte, das Flattern in ihrem Magen zu ignorieren.

Eva griff zu einem Lippenstift in einem kräftigen Koralle-Ton und pinselte ihn auf Maries Lippen. »Perfekt!«

Marie betrachtete sich im Spiegel und erkannte sich nicht. Die Frau, die ihr entgegenblickte, erschien ihr künstlich, als hätte sich die echte Marie als schöne Frau verkleidet, um damit den Kapitän zu beeindrucken. *Was findet er bloß an mir?* Paul konnte doch wirklich jede haben, warum also ausgerechnet sie?

»Und, was sagst du?«

»Sieht echt schön aus«, log sie und studierte ihr Gesicht. »Aber findest du nicht, ich sende damit vielleicht die falschen Signale?«

»Welche meinst du?«

»Vernasch mich zum Nachtisch, zum Beispiel.«

Eva verdrehte die Augen. »Das ist doch der Sinn des Ganzen.«

Der Gedanke an das bevorstehende Abendessen machte Marie plötzlich nervös. *Was erhofft sich Paul davon, und was erwartet er von mir?* Das Kribbeln in ihrem Magen wurde immer stärker und am liebsten hätte sie das Ganze kurzfristig abgesagt. Doch das würde Eva niemals zulassen, also musste sie wohl da durch.

Pauls Pager piepte. *Was denn nun schon wieder?* Hinter der knappen Bitte, vorbeizukommen, leuchtete die Nummer des Hospitals. War etwas geschehen? Ein Notfall vielleicht? Er warf einen Blick auf die Uhr und seufzte, dann stieg er in den Lift und fuhr runter auf Deck 3. In der Krankenstation war um die Uhrzeit nicht viel los, die Stühle im Wartebereich waren verlassen und nur in zwei der vier Krankenzimmer brannte Licht. Die Krankenschwester hinter dem Empfangstresen sah zu ihm auf.

»Kapitän Veenhoff«, sagte sie und wirkte überrascht, ihn hier zu sehen. »Alles in Ordnung?«

»Bestens«, antwortete er und ließ seinen Blick durch den Wartebereich schweifen. »Sie haben mich angepiept?«

Die Schwester schüttelte irritiert den Kopf. »Ich war es nicht.«

Im Sprechzimmer neben dem Tresen quietschten Sohlen über den Linoleumboden, dann streckte Elena, die diensthabende Bordärztin ihren Kopf zur Tür heraus. »Ich war's.«

Elena! Eigentlich hätte er sich das denken können. Er schenkte seiner Exfreundin ein säuerliches Lächeln. »Was gibt's?«

»Du warst im Teammeeting heute Morgen so kurz angebunden«, sagte sie. »Und da dachte ich, ich bringe dich schnell auf den Stand der Lage.«

Einen blöderen Vorwand hätte sie sich wirklich nicht einfallen lassen können, um ihn herzulocken, und sie wusste genau, warum er ihr aus dem Weg ging. Aber das wiederum ging die Krankenschwester nichts an, die das Ganze gespannt verfolgte.

»Und, wie ist die Lage?«, fragte Paul also, dabei hatte er eigentlich überhaupt keine Zeit für diese Spielchen, wenn er noch duschen wollte, bevor Marie kam.

»Das Übliche halt«, antwortete Elena und strich sich eine Strähne ihres kinnlangen schwarzen Haars hinter das Ohr. Sie sah müde aus. »Ein paar Seekranke, ein Mountainbiker mit einem gebrochenen Arm und ein älterer Herr mit Kammerflimmern. Ich habe ihn zur Beobachtung hierbehalten, aber aktuell ist er stabil.« Wie auf ein Stichwort begann in einem der Krankenzimmer ein Gerät zu piepsen.

»Das EKG!«, rief die Schwester und sprintete los.

»Ich sag's ja, das Übliche«, seufzte Elena und eilte ihr hinterher.

Paul sah ihnen nach und atmete auf. Sein Blick fiel auf das Körbchen mit den Kondomen hinter dem Empfangstresen, das dort für die Crew bereitstand. Auch in dieser Hinsicht ging die Reederei auf

Nummer sicher, denn bevor man ständig eine der Angestellten nach Hause schicken musste, weil sie schwanger war, verteilte man lieber Kondome.

Wenn ich schon mal hier bin … Dann brauchte er wenigstens nicht Ángel darum zu bitten. Er wusste ja nicht mal, ob es überhaupt dazu kommen würde, aber wenn, wollte er vorbereitet sein. Neulich am Strand war es einfach so passiert und er war davon ausgegangen, dass Marie die Pille nahm. Aber er wollte nicht den Eindruck erwecken, Verhütung wäre ihm egal, oder, ganz machomäßig, Frauensache.

Paul schlüpfte um den Empfangstresen herum, griff in das Körbchen und ließ eines der Päckchen in seiner Hosentasche verschwinden. Sein Herz schlug ihm bis zum Hals. Und jetzt nichts wie weg hier, dachte er und huschte zur Tür, bevor noch jemand mitbekam, dass er hier rumschlich wie ein liebestoller Teenager, um ein paar Gummis zu klauen.

Marie saß auf dem Bett und wartete. Fünf Minuten vor sieben und mit jeder Minute wuchs die Anspannung. Sie fühlte sich wie kurz vor ihrem allerersten Date und zupfte nervös am Saum des Seidenkleids herum. Ob es nicht doch zu kurz war? Beruhige dich, er ist ein ganz normaler Mann, redete sie sich gut zu. *Das wird ein ganz normales Date, nein, nur ein Essen, mehr nicht.* Bei Patrick war es ja auch kein Problem gewesen, aber zwischen ihnen war auch nichts gelaufen.

Um Punkt sieben klopfte es an der Tür, trotzdem

zuckte Marie zusammen. Ihr Herz schlug wild, als sie öffnete und sie bemühte sich um ein entspanntes Lächeln, aber es fiel in sich zusammen, als sie sah, wer vor der Tür stand.

»Guten Abend Señorita.« Pauls Halbbruder grinste breit. »Fertig?«

Sie nickte und trat auf den Gang hinaus. Er reichte ihr galant den Arm und führte sie statt zu den Fahrstühlen in die andere Richtung, zu den Suiten.

»Wohin gehen wir?«

»Sie haben ein Date«, antwortete er und öffnete eine Tür zu einem Crewtreppenhaus.

»Als Sie das das letzte Mal sagten, haben Sie mich in eine Besenkammer gesperrt.«

»Tut mir leid, Anweisung von oben«, sagte er achselzuckend und blieb vor einem Lift stehen. Als die schmucklosen Edelstahltüren auseinander glitten, ließ er ihr den Vortritt, hielt seine Chipkarte vor ein Lesegerät und drückte auf den Knopf mit der Nummer 11. Das Wort »Bridge« war in die Metallplatte daneben eingraviert.

»Wir gehen auf die Brücke?«, fragte Marie erstaunt.

»Er wohnt da«, antwortete Ángel und zwinkerte ihr zu.

Marie hatte hektische Betriebsamkeit erwartet, wenn man bedachte, dass hinter der massiven Metalltür am Ende des Ganges das Schiff gesteuert wurde. Aber im Flur war es erstaunlich ruhig, zwei weitere Türen gingen nach links ab, eine nach rechts.

Vor der blieb Ángel stehen, zog seine Karte durchs elektronische Schloss und hielt sie ihr auf.

»Da wären wir.«

Sie hatte sich nie gefragt, wo wohl der Kapitän wohnte, und war davon ausgegangen, irgendwo auf Deck 3 wie der Rest der Besatzung auch. Auf jeden Fall hatte sie etwas anderes erwartet als die großzügige Suite, die sie mit gedämpftem Licht und Loungemusik empfing.

»Nicht schlecht«, stellte Marie anerkennend fest.

»Machen Sie es sich bequem«, sagte Ángel und deutete auf die Sitzgarnitur aus hellen Polstermöbeln. »Paul kommt gleich«, fügte er hinzu und ließ sie allein.

Marie sah sich um. An den Wänden hingen Bilder von Segelschiffen, zur anderen Seite gab es eine Fensterfront mit Blick aufs Meer und Zugang zu einem eigenen Balkon, daneben einen gedeckten Tisch für zwei Personen. Mahagonifarbene Beistelltische und Kommoden, darauf Tischlampen mit navyblauen Schirmen und polierten Messingfüßen, alles maritim und sehr geschmackvoll. Aber irgendwie auch unpersönlich. Hier hätte es ausgesehen wie in einem Hotel, wäre nicht der Arbeitsbereich gewesen. Er wurde von einem überdimensionalen Schreibtisch beherrscht, auf dem vier riesige Flachbildschirme thronten. Wetterdaten und Schiffspositionen flimmerten über die Monitore. Die Tür daneben öffnete sich und Marie erhaschte einen kurzen Blick auf die Brücke, bevor Paul hindurch trat.

»Ich wurde aufgehalten.«

»Macht nichts.« Sie streckte ihm zur Begrüßung die Wange entgegen, die er flüchtig küsste.

»Ich würde gern noch schnell duschen, wenn das für dich okay ist? Mach es dir so lange bequem, im Kühlschrank sind Getränke.« Er deutete auf einen der Schränke im Wohnbereich und verschwand im Bad.

Sie nahm sich ein Wasser aus der Minibar und setzte sich auf die Couch. Während im Badezimmer die Dusche plätscherte, ließ sie den Blick durch den Raum gleiten, auf der Suche nach etwas Persönlichem. Irgendeinem Gegenstand, der den Bewohner charakterisierte. Doch sie fand nichts und Marie fragte sich im Stillen, wer der Mann war, auf dessen Couch sie gerade saß. Was wusste sie schon über ihn? Eigentlich nicht viel, außer dem, was er von sich erzählt hatte, und dass er wahnsinnig gut küssen konnte und ...

»Entschuldige, dass es so lange gedauert hat«, sagte Paul und strich sich das Haar zurück. Es war noch feucht. Genau wie neulich am Strand und Marie ertappte sich bei der Vorstellung, ihre Finger hinein zu graben und es durcheinanderzubringen.

»Du musst hungrig sein«, stellte er fest, legte ihr die Hand auf den Rücken und führte sie rüber zum Tisch, wo er ihr den Stuhl zurechtrückte, bevor er sich ihr gegenüber setzte und tief in ihre Augen sah. »Schön, dass du hier bist.«

»Danke für die Einladung«, gab sie zurück und fühlte sich plötzlich befangen.

»Geht gleich los«, sagte Paul und drückte einen Knopf auf seinem Pager. »Willst du schon mal ein Glas Wein?«

»Gern«, sagte sie hölzern und hoffte, der Alkohol würde die Anspannung lockern, die auf einmal von ihr Besitz ergriffen hatte.

»Weiß oder rot?«

»Egal.«

»Weiß passt besser«, entschied Paul und reichte ihr ein Glas, als es auch schon an der Tür klopfte. Paul öffnete und ließ einen Kellner ein, der auf einem Wägelchen zwei Teller mit Servierhauben herein rollte.

»Ich war so frei, einfach was zu bestellen«, meinte Paul. »Ich hoffe, du magst Jakobsmuscheln«, fügte er hinzu, als der Kellner die Hauben hob und den Blick auf die Vorspeisen freigab.

Elena verließ das Krankenzimmer und seufzte. Vorerst hatte sich die Lage des Patienten wieder stabilisiert, sie hatte ihm ein leichtes Schlafmittel verabreicht, dessen Dosis aus ihrer Sicht medizinisch zu vertreten war. Aber sie würde das gleich mit Doktor Baumann abklären, wenn er die Nachtschicht übernahm. Sie trat um den Empfangstresen herum und griff nach einem Abrechnungsformular, als ihr Blick auf das Körbchen mit den Kondomen fiel. Seltsam, sie hätte schwören können, dass vorhin noch fünf Päckchen darin gelegen hatten, jetzt waren es nur noch vier. Sie hatte sie heute Nachmittag selbst aufgefüllt und war sich sicher, dass seit dem Besuch von Paul niemand mehr die Krankenstation betreten hatte. Überhaupt war Paul heute reichlich komisch gewesen, wenn sie genau drüber nachdachte.

Vielleicht ist das ein Zeichen, dass wir uns wieder annähern, überlegte Elena versonnen. Paul hatte manchmal eine sehr eigenwillige Art, seine Gefühle auszudrücken. Genau genommen war er verschlossen wie eine Auster und ließ nichts und niemanden an sich heran. Aber vielleicht wollte er ihr ja etwas damit sagen, vielleicht war das einfach seine Art, ihr zu zeigen, dass er sich einsam fühlte. Es geschehen wohl noch Zeichen und Wunder, dachte Elena, lächelte in sich hinein und beschloss, ihm später einen Besuch abzustatten.

Alles lief wie am Schnürchen. Alle zwanzig Minuten erschien Mitchell und brachte einen neuen Gang. Das Essen war wirklich hervorragend, Marie schien es jedenfalls zu genießen, wie Paul zufrieden bemerkte. Zu Beginn des Abends hatte sie einen angespannten Eindruck auf ihn gemacht, der sich mittlerweile gelegt hatte. Sie sah bezaubernd aus in dem buntgemusterten Seidenkleid, dessen Stoff sich sanft an die Konturen ihres Körpers schmiegte, warf den Kopf zurück und lachte, auch wenn Paul nicht wusste, warum. Er erinnerte sich nicht daran, worüber sie zuletzt gesprochen hatten, denn er konnte sie einfach nur ansehen. Sie war so schön, wenn sie lachte, und er fragte sich, ob er ihr das wohl sagen sollte. Hatte er ihr heute überhaupt schon gesagt, wie gut sie aussah? Frauen mochten

Komplimente, aber er wollte nicht, dass es klang, als wollte er sich nur bei ihr einschleimen.

Ein Klopfen riss ihn aus seinen Gedanken, vermutlich Mitchell mit dem Dessert. Er stand auf und öffnete ihm schwungvoll die Tür, in Erwartung des Servierwagens.

Stattdessen stand Elena davor. *Was um Himmels willen will sie hier?*

»Ich hoffe, ich habe deine Signale nicht falsch verstanden«, setzte sie an.

Welche Signale? Er hatte ihr doch gar keine gegeben. »Können wir das ein anderes Mal klären?«

»Paul, bitte, ich ...« Sie brach ab.

Er fasste sie an den Schultern und schob sie ein Stück den Flur hinunter, Hauptsache, sie bemerkte Marie nicht.

»Wir reden morgen darüber, okay?«

»Nicht nötig!« Sie machte auf dem Absatz kehrt und Paul atmete auf. Doch als er die Tür hinter sich schloss und Maries Blick sah, wusste er, dass die Stimmung dahin war und der Abend gelaufen.

»Wer war das?«

»Die Bordärztin«, gab er ausweichend zurück.

»Und die stattet dem Kapitän abends gern mal einen kleinen Hausbesuch ab, oder was?«

»Also schön«, seufzte Paul und ließ die Schultern sinken. »Sie ist meine Exfreundin.«

»Ich dachte, es gibt niemanden in deinem Leben?«

»Gibt es ja auch nicht.« Er sah sie an und hielt ihrem Blick stand.

»Und was wollte sie dann hier?«

Paul zuckte mit den Schultern. »Ich weiß es nicht.«

»Scheint, als wäre die Sache zwischen euch noch nicht geklärt.«

»Von meiner Seite schon«, gab er zurück und wollte noch etwas sagen, als er von einem erneuten Klopfen unterbrochen wurde.

Diesmal war es der Kellner mit dem Nachtisch, einer Variation von weißer Schokolade. Doch Marie konnte das Eis und die Mousse und all die anderen Leckereien gar nicht mehr genießen, weil sie immerzu an seine Exfreundin denken musste.

Paul schien das zu spüren. »Das mit Elena und mir ging drei Monate, wenn du es genau wissen willst. Und es ist jetzt fast zwei Jahre her.«

Sie ließ den Löffel sinken und sah ihn an. »Wer hat Schluss gemacht?«

»Ich«, antwortete er. »Aber das tut doch jetzt gar nichts zur Sache. Es hat einfach nicht gepasst und es ist vorbei.«

Er stand auf, kam um den Tisch herum, griff ihre Hand und zog sie zu sich hoch in seinen Arm. »Lass uns jetzt nicht über meine Exfreundin reden.«

»Sondern?«

»Ich wüsste da was Besseres«, sagte er und küsste sie. Ihr Widerstand schmolz dahin. Also ließ sie es zu, dass er sie mit sich zum Schlafzimmer zog.

Er hob ihre Arme und streifte ihr mit einer einzigen flüssigen Bewegung das Seidenkleid ab, der Stoff wisperte über ihre Haut. Mit fliegenden Fingern nestelte sie an den Knöpfen seines Hemds, es konnte ihr plötzlich nicht schnell genug gehen.

»Langsam«, flüsterte Paul und schob sie zum Bett, auf das er sie sanft runter drückte. Er betrachtete sie einen Moment, erfasste jede Linie ihres Körpers, bevor er ihn mit seinem Mund erkundete. Marie verdrängte den Gedanken an seine Exfreundin und gab sich dem Gefühl hin, das seine Lippen auf ihrer Haut hinterließen, bis sie erneut auf ihre trafen und zu einem Kuss verschmolzen. Er hielt inne, umfasste ihr Gesicht mit beiden Händen und sah sie an, als suchte er in ihren Augen die Antwort auf eine Frage, die er gar nicht gestellt hatte.

Auf einmal war sie nervös. Beim ersten Mal war es einfach passiert, aber diesmal war es eine bewusste Entscheidung. Wenn sie jetzt mit ihm schlief, gab es kein Zurück mehr. Dann lieferte sie ihm ihre Gefühle schutzlos aus. Will ich das?, fragte sie sich und nickte zögerlich.

Paul lächelte, fasste über sie hinweg und fischte ein Päckchen Kondome aus der Schublade seines Nachttischs. Die Routine der Bewegung brachte Marie jäh zur Vernunft. Was tat sie hier eigentlich? Vermutlich lag alle zwei Wochen eine andere in diesem Bett, während seine Ex darauf hoffte, dass er zu ihr zurückkam. Sie schob sich von ihm weg und krabbelte aus dem Bett.

»Was ist denn?«, fragte Paul und sah sie irritiert an.

»Ich kann das nicht«, antwortete sie, warf Evas Kleid über und floh aus der Suite.

Was war denn bloß in sie gefahren? »Marie!«, rief Paul ihr nach, doch die einzige Antwort war das Zuschlagen der Kabinentür. Er sprang auf, schlüpfte in seine Hose, und warf im Laufen das Hemd über, dann rannte er ihr hinterher. Im Treppenhaus holte er sie ein, als sie verzweifelt auf den Knopf des Lifts einhämmerte.

»Der funktioniert nicht ohne Crewkarte.«

»Dann halt nicht.« Sie wirbelte herum und hastete die Treppen hinunter.

Sie war wirklich ganz schön schnell, diesmal war sie schon fast auf Deck 7, als er zu ihr aufschloss. Er fasste sie am Arm und zwang sie, stehenzubleiben. »Würdest du mir bitte verraten, was los ist?«

»Nichts«, sagte sie und funkelte ihn an. »Und ich will, dass das auch so bleibt.« In ihren Augen glitzerten Tränen, doch er verstand nicht, wieso.

»Hab ich was falsch gemacht?«

»Nein«, sagte sie und öffnete die Tür zum Gästebereich. »Nur *ich* hätte fast einen ziemlich großen Fehler begangen.«

»Aber warum ...«, setzte er an, doch sie war schon wieder weg. Paul seufzte und lief ihr nach. »Wenn es wegen Elena ist ...«.

»Lass mich einfach«, unterbrach sie ihn barsch. »Es ist besser so, für uns beide.« Sie verschwand in ihrer Kabine, die Tür fiel krachend ins Schloss und Paul stand ziemlich belämmert davor und verstand gar nichts mehr.

Patrick verließ die Suite, in der er die vergangenen zwei Stunden damit verbracht hatte, die junge Millionärsgattin zu trösten, deren vierzig Jahre älterer Ehemann mit Herzproblemen auf der Krankenstation lag. Nummer acht, dachte er. Das war kein schlechter Schnitt für elf Tage, wirklich, kein schlechter Schnitt. Er warf einen Blick auf die Uhr, halb zwölf. In Anbetracht der frühen Uhrzeit würde sich ja vielleicht auch noch Nummer neun hinzugesellen. Die Nacht war jung, also nahm er sich vor, noch in der Disco vorbeizuschauen, als zwei Meter vor ihm eine Tür zum Crewbereich aufflog und Marie herausgestürmt kam, dicht gefolgt vom Kapitän. Na da schau an, dachte Patrick. Die beiden hatten ihn nicht bemerkt. Schnell zückte er sein Handy und startete die Video-Funktion, bevor er es unauffällig auf den Kapitän richtete, der ohne Schuhe und mit zerwühltem Haar vor Maries Kabine zum Stehen kam und die Tür anstarrte. Das Hemd hing ihm aus der Hose und er machte auch sonst einen leicht derangierten Eindruck, wie Patrick bemerkte, als er sich ihm näherte.

»Na, lässt sie Sie auch nicht ran?«, fragte er im Vorbeigehen und konnte sich ein Grinsen nicht verkneifen. Allein der verdatterte Gesichtsausdruck des Kapitäns war Gold wert und wer wusste, was das Video noch wert sein würde.

Paul zuckte zusammen. Scheiße, ich bin erwischt worden, fuhr ihm durch den Kopf, bevor sein Hirn realisierte, was die Stimme gesagt hatte. Er fuhr herum und blickte in das grinsende Gesicht Casanovas. *Ausgerechnet der!* Paul stöhnte innerlich auf und sah ihm nach, wie er pfeifend den Gang entlang schlenderte. Paul verfluchte sich im Stillen dafür, dass er so blöd gewesen war, Marie nachzulaufen. Wenn der Typ das herumposaunte, war er geliefert. Dabei wusste er noch nicht einmal, was eigentlich passiert war. Sicher, dass Elena reingeplatzt war, war etwas ungünstig gewesen, aber er hatte es Marie erklärt und danach war doch wieder alles gut gewesen. Bis sie aufgesprungen und aus seinem Schlafzimmer gestürmt war, als wäre der Leibhaftige hinter ihr her.

Er verstand einfach nicht, wieso. In ihren Augen hatte er gelesen, dass sie es auch wollte, mindestens genauso wie er, und wenn die Gefühle sprachen, brauchte es keine Worte. Warum waren Frauen so unberechenbar? Aus heiterem Himmel konnte sich ein Sturm zusammenbrauen und ...

Das Piepen seines Pagers riss Paul aus seinen Gedanken. Er warf einen Blick auf das Display.

»Heilige Scheiße«, flüsterte er ungläubig. Auf dem Weg zum Treppenhaus richtete er seine Uniform und nahm zwei Stufen auf einmal, er musste sofort auf die Brücke.

Und wieder lehnte Marie von innen an der Kabinentür. Ihr Herz raste, als wäre sie einen Marathon gelaufen und nicht nur die paar Treppen hinunter. *Persönliches Captain's-Dinner!* Gab es eine noch billigere Masche? Vermutlich nicht.

Ich wäre fast darauf reingefallen, dachte sie bitter, streifte die Sandalen von den Füßen und betrachtete sich in der verspiegelten Schranktür. Das wildgemusterte Flatterkleidchen, das zerwühlte Haar, das passte alles gar nicht zu ihr, das war doch nicht sie. *Auch wenn ich mich noch so sehr verkleide, ich bin nicht wie Eva.* Gefühle und Sex waren für sie untrennbar verbunden. Wenn es um ihr Herz ging, konnte sie nicht locker bleiben. Marie zog das geliehene Kleid aus, schlüpfte in ihr Schlafshirt und ließ sich aufs Bett fallen.

Auf dem Weg zur Brücke bog Paul ins Kapitänsquartier ab, schlüpfte in Socken und Schuhe, stopfte sich das Hemd in die Hose und warf einen prüfenden Blick in den Spiegel. Hastig strich er sein Hemd glatt und fuhr sich durchs Haar. Na ja, er sah aus, als hätte man ihn aus dem Bett geholt, was ja in gewisser Weise auch stimmte. Ich hätte ihr niemals nachlaufen dürfen, dachte Paul und betrat die Brücke.

»Das NHC hat ihn eingestuft«, begrüßte ihn der Erste Offizier. Also hatte sich die Warmluftwelle inzwischen zu einem ausgewachsenen Orkan entwickelt.

»Kategorie?«

»Eins.«

»Wann?«

»Die Meldung kam vor zwei Minuten rein, deshalb habe ich Sie sofort angefunkt«, antwortete Hansen.

Gemeinsam traten sie an einen jungen Nautiker heran und warfen einen Blick über seine Schulter auf das Wetterradar.

»Wie heißt er?«, fragte Paul und blickte dem Feind ins Auge.

»Jonah«, antwortete der junge Nautiker.

Das Biest hat also einen Namen, dachte Paul. Erst ab einer Windgeschwindigkeit von einhundertachtzehn Stundenkilometern wurden sie getauft, denn dann galten sie offiziell als Hurrikan. Ein Tropensturm war Mitte November nichts Ungewöhnliches, aber seitdem er die Kapverden passiert hatte, hatte der Wind beständig zugelegt und an Kraft gewonnen. Und wenn die Voraussagen über Zuggeschwindigkeit und Richtung stimmten, hatte der Sturm das gleiche Ziel wie sie und steuerte direkt auf Antigua zu.

»Wie lange wird er brauchen, bis er dort eintrifft?«, fragte Paul.

Man durfte die Windgeschwindigkeit nicht mit der Zuggeschwindigkeit verwechseln. Während der Wind in seinem Innern raste, bewegte sich der eigentliche Wolkenwirbel relativ gemächlich voran, im Schnitt um die zwanzig Kilometer pro Stunde.

»Laut aktuellen Prognosen etwa zwei Tage.«

Paul rieb sich die Nasenwurzel und dachte darüber nach. »Vielleicht sollten wir abdrehen und vorzeitig La Romana anlaufen.« Den Kurs zu ändern und im Zielhafen abzuwarten, wäre nicht die schlechteste Idee. Andererseits stellte eine Umroutung einen Reisemangel dar. Wenn sie den Stop morgen ausfallen ließen, würden hinterher Dutzende Gäste finanzielle Ansprüche gegen Century Cruises erheben, und das sah die Führungsebene gar nicht gern. Außerdem waren sie, wenn die Berechnungen stimmten, längst wieder verschwunden, bis der Sturm auf Land traf.

Hansen sah ihn von der Seite an. »Und nun, Kapitän?«

»Schwierige Entscheidung«, gab Paul zurück. »Was würden Sie tun, wenn Sie an meiner Stelle wären?«

Der Erste Offizier wiegte den Kopf hin und her. »Wir sollten das mit der Reederei abstimmen, sollen die sich dazu äußern.«

»Sie haben recht«, sagte Paul, nahm sich vor, eine Mail zu schreiben, und warf einen Blick auf die Uhr. Century Cruises hatte seinen Hauptsitz in Miami, also war mit einer Antwort vor morgen früh nicht zu rechnen.

»Teammeeting um Punkt acht«, ordnete Paul an. »Dann sehen wir weiter.«

Nur, ob er dann auch klarer sehen würde, stand auf einem anderen Blatt, denn dieser Abend ließ ihn ziemlich ratlos zurück.

Marie starrte den Betthimmel an, doch an ihm hingen keine Sterne. In zweieinhalb Tagen flog sie nach Hause und würde Paul danach vermutlich nie wieder sehen, während er jede Woche eintausendzweihundert neue Gäste begrüßte. Wie viele Maries würden darunter sein? Wie viele pro Woche, pro Monat, pro Jahr? Es war naiv zu glauben, sie könnte die einzige sein. Und dann dieser Auftritt seiner Ex. Mit keiner Silbe hatte er erwähnt, dass es eine gab, geschweige denn an Bord. Allein das bewies doch, dass Paul nicht ehrlich zu ihr gewesen war.

Von wegen, einsamer Kapitän! Marie schnaubte durch die Nase. Die Nummer war doch nur gespielt und fast hätte sie sie ihm abgekauft. In Wahrheit war er kein Stück besser als Patrick oder Daniel.

»Es gibt schöne Männer und es gibt treue Männer«, sagte ihre Mutter in Maries Kopf.

»Aber beides zusammen gibt es nicht«, ergänzte Marie den Rest des Satzes. Wann lernte sie endlich ihre Lektion?

Kapitel Sechzehn

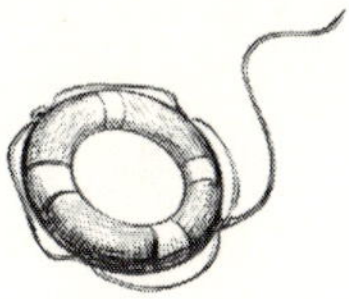

Saint John's/ Antigua, 29 °C, frische Brise aus Ost, Windgeschwindigkeit 38 km/h

Die Nacht war unruhig gewesen, nicht nur, weil der Wind aufgefrischt hatte, sondern auch, weil Pauls Gedanken einfach nicht zur Ruhe gekommen waren. Er wusste immer noch nicht, warum Marie aus seiner Suite gestürmt war. Die halbe Nacht hatte er an seinem Schreibtisch gehockt und darüber gegrübelt, während er den Hurrikan beobachtete, doch beide, sowohl Marie als auch Jonah, wirkten auf ihn immer unberechenbarer. Die Zuggeschwindigkeit des Sturms hatte sich inzwischen drastisch erhöht, doch die Antwort aus Miami ließ noch immer auf sich warten.

Endlich erlöste ihn das *Pling* einer eingehenden Nachricht aus seiner Starre. Paul klickte sie ungeduldig an, doch beim Lesen sank seine Laune. *Ich habe es gewusst!* Na ja, zumindest hatte er geahnt, dass die Reederei so reagieren würde.

»Century hat geantwortet, der gewohnte Ablauf und die Zufriedenheit der Gäste hätten Vorrang«, gab Paul den Inhalt der Mail im Teammeeting wieder und blickte in betretene Gesichter. »Sie erlauben uns gnädigerweise, zwei Stunden früher abzulegen.« Wenn man bedachte, dass der Sturm bereits in der kommenden Nacht die Nordostspitze der Insel treffen sollte, schrumpfte ihr Vorsprung auf ein paar lächerliche Stunden zusammen.

»Und was heißt das konkret?«, fragte einer der Nautiker.

»Dass uns eine harte Nacht und ein ungemütlicher Seetag bevorstehen«, antwortete Paul wahrheitsgemäß und wandte sich an seinen Halbbruder. »Ángel, du koordinierst die nötigen Sicherheitsmaßnahmen. Ich will, dass alles sturmfest gemacht wird, was nicht niet- und nagelfest ist.«

»Wird erledigt.«

»Außerdem möchte ich, dass alle wichtigen Positionen doppelt besetzt sind«, fügte Paul hinzu, was ein allgemeines Murren nach sich zog. Aber er konnte keine Rücksicht auf irgendwelche Befindlichkeiten nehmen. »Elena«, setzte er an und sah zu seiner Exfreundin. »Richtet euch auf der Krankenstation auf zusätzliche Patienten ein.«

Sie nickte knapp. »Natürlich.«

»Und Chris«, sagte Paul zum Entertainmentmanager. »Du und dein Team, ihr sorgt dafür, dass die Gäste bei Laune bleiben. Das gilt für euch alle.« Paul sah in die Runde. »Kein Wort darüber, wie ernst die Lage ist. Es ist alles in bester Ordnung, kapiert?«

Auch Marie hatte eine schlaflose Nacht hinter sich. Immer wieder hatte sie daran gedacht, dass sie fast wieder mit Paul geschlafen hätte, wenn sie nicht im letzten Moment zur Vernunft gekommen wäre.

»Wie war dein Abend?«, begrüßte Eva sie freudestrahlend beim Frühstück.

»Frag nicht.« Marie schenkte sich eine Tasse Kaffee ein und kippte reichlich Zucker hinterher. Bei ihrer Laune brauchte sie was Süßes.

»Die Antwort gefällt mir nicht«, stellte Eva fest, aber Marie hatte keine Lust, darüber zu reden. Heute war der letzte Landgang ihrer Reise, den wollte sie wirklich nicht mit *hätte* und *würde* verbringen. Doch aus dem geplanten Schwimmen mit Stachelrochen wurde nichts, die morgendliche Durchsage des Kapitäns durchkreuzte ihre Pläne.

»Es tut mir leid, Ihnen mitteilen zu müssen, dass die Ausflüge nach Stingray City aufgrund der Wetterlage leider ausfallen«, erklang Pauls Stimme aus den Lautsprechern. »Die Wellenhöhe ist zu hoch. Gleiches gilt für die Schnorchelausflüge. Sollten Sie also einen gebucht haben, erhalten Sie die Kosten natürlich erstattet.«

Ein Murren glitt durch das Restaurant.

»Na toll«, maulte Marie. Sie wusste nicht, was ihr mehr auf den Keks ging, dass sie nun für heute keine Pläne hatte oder Pauls Stimme zu hören.

»Unser Ausflug fällt dann wohl auch ins Wasser«, bemerkte die Frau des Paares, mit dem sie sich den Frühstückstisch teilten. »Dabei hatten wir uns schon so auf das Schnorcheln gefreut. Das sollte das Highlight unserer Flitterwochen werden.«

»Safety first«, entgegnete Marie mit einem säuerlichen Lächeln.

»Was machen wir jetzt?«, wollte Eva wissen, als sie eine halbe Stunde später das Schiff verließen. Immerhin war der Landgang nicht komplett gestrichen worden, sie sollten aber zwei Stunden eher wieder an Bord sein, als ursprünglich im Reiseverlauf vorgesehen war.

»Lass uns einfach ein Taxi nehmen«, entschied Marie und deutete auf die Fahrer, die vor dem Hafenterminal auf zahlungswillige Kundschaft warteten.

Eva warf ihr einen prüfenden Blick zu. »Seit wann bist du so spontan?«

»Wir haben Urlaub«, gab Marie zurück. »Da kann man doch spontan sein.« In Wahrheit wollte sie möglichst weit weg von diesem Schiff, insbesondere seinem Kapitän, deshalb steuerte sie zielstrebig auf den nächsten Taxifahrer zu.

»I show you the island«, verkündete er und führte sie über den überfüllten Parkplatz zu seinem Taxibus, in dem bereits eine genervte Familie aus dem Saarland vor sich hin schwitzte und darauf wartete, dass es endlich losging.

»Also, wie war das Abendessen?«, wollte Eva wissen, während sie im Schritttempo durch Saint John's zockelten.

»Lecker«, gab Marie einsilbig zurück.

»Was ist denn passiert?«

»Nichts«, fauchte Marie. »Und das ist auch besser so. Und ich will nicht darüber reden«, fügte sie hinzu und sah angestrengt aus dem Fenster. Die Klimaanlage gab ihr Bestes, aber im Innenraum des Taxibusses müffelte es nach Schweiß, dagegen kam auch der Wunderbaum in der Duftrichtung *Black Ice* nicht an, der vor den Lüftungsschlitzen baumelte.

Hinter ihrer Stirn breitete sich ein Pochen aus, also blieb Marie während der Fahrt nach English Harbour wortkarg, und bei der Besichtigung der restaurierten Hafenanlage Nelson's Dockyard schützte sie Interesse für die Erklärungen des einheimischen Guides vor und konnte damit Evas Fragen vorerst aus dem Weg gehen.

Das Bild des Hurrikans auf dem Monitor verschwamm vor seinen Augen. Paul fuhr sich mit der Hand durchs Gesicht und unterdrückte ein Gähnen. Obwohl er keinen Dienst hatte, war er auf der Brücke geblieben, hatte das Wetterradar beobachtet und die Zugrichtung des Sturms verfolgt. Seine Ausmaße waren gewaltig, der Durchmesser des Wolkenwirbels betrug fast zweihundert Kilometer und in seinem Innern herrschten Windgeschwindigkeiten von bis zu einhundertsechzig Stundenkilometern. Aktuell war er mit siebenundfünfzig Kilometern pro Stunde deutlich schneller als die Stella Maris, wenn alle Motoren unter Volllast liefen.

»Denken Sie, das war eine kluge Entscheidung, die Insel anzulaufen?«, fragte plötzlich Claassen hinter ihm.

Paul zuckte zusammen. Er hatte ihn nicht kommen gehört. *Muss der sich immer so anschleichen?*

»Ich habe mein Vorgehen natürlich mit der Reederei abgestimmt«, antwortete Paul kühl.

Claassen Augenbrauen ruckten in die Höhe. »Nanu, auf einmal so vorbildlich? Drücken Sie sich etwa vor der Verantwortung?«

Paul ging nicht darauf ein. »Bisher sieht Century keine Veranlassung, die eine Umroutung rechtfertigen würde.«

»Bis auf diesen klitzekleinen Hurrikan, meinen Sie?«, fragte der Inspektor mit einem humorlosen Lächeln.

»Vergangene Nacht deutete noch nichts darauf hin, dass er sich so entwickeln würde«, gab Paul gereizt zurück. »Deshalb haben wir ja das Ablegen vorgezogen.« Eigentlich war es für zwanzig Uhr vorgesehen gewesen, doch sie hatten entschieden, es vorzuverlegen, und die Zeit auszureizen, die Century ihnen zugestand, und am Morgen die Gäste darüber informiert.

»Und Sie meinen, das reicht?«

Ich hoffe es, dachte Paul. Dadurch bekamen sie immerhin zwei Stunden mehr Vorsprung. Er konnte wirklich nur beten, dass Jonah seinen Kurs beibehielt und in nordwestlicher Richtung an ihnen vorbeizog, während die Stella Maris nach Südwest steuerte.

»Warten wir es ab«, sagte Paul. Es blieb ihnen wohl nichts anderes übrig.

Der Taxisbus quälte sich die schmale Straße hinauf. Zu ihrer Rechten fielen die Flanken des Berges steil ab, weit unter ihnen toste das Meer, Schaumkronen brachen sich auf den Wellen. Kein Wunder, dass ihr Ausflug abgesagt worden war. Als sie schließlich den Aussichtspunkt Shirley Heights erreichten, platzte Eva der Kragen.

»Du sagst mir jetzt sofort, was los ist.«

Marie stapfte über den Parkplatz in Richtung der Verteidigungsanlage, die die Briten einst auf dem Bergrücken errichtet hatten, um die Insel vor herannahenden Feinden zu schützen, und schilderte Eva in knappen Worten, was sich ereignet hatte.

»Er hat also eine Exfreundin«, begann Eva und funkelte sie aufgebracht an.

»Die er mir verschwiegen hat«, vervollständigte Marie.

»Na und? Welcher Mann hat die nicht?«

»Und warum hat er mir dann nichts von ihr erzählt?«

»Vielleicht, weil es nichts zu erzählen gibt?«, fragte Eva zurück. Der Wind zerrte an ihren Locken, sodass ihr Kopf dem Haupt einer Medusa glich.

»Mag ja sein«, lenkte Marie ein. »Trotzdem finde

ich es seltsam. Mir hat er den einsamen Kapitän vorgespielt und dann taucht plötzlich diese Frau auf, die es angeblich nicht gibt. Da ist doch etwas faul.«

»Was hat er dazu gesagt?«

»Dass es vorbei sei. Sie sei nicht mehr wichtig.«

Eva kämpfte gegen ihre wirbelnden Haare an und schob eine Strähne aus ihrem Gesicht. »Na bitte, da hast du's.«

»Ich frage mich nur, ab wann auch ich nicht mehr wichtig für ihn bin«, antwortete Marie und sah in die Ferne. »Wie lange wird es wohl dauern, bis er mich vergessen hat, wenn ich wieder in meinem normalen Leben angekommen bin und wir uns nicht mehr ständig sehen?«

»Wieso sollte er dich sofort wieder vergessen?«

»Weil er jeden Tag von Dutzenden Frauen umgeben ist und jede Woche neue kommen«, gab sie bitter zurück. »Alle schauen zu ihm auf und himmeln ihn an, ich hab einfach Angst, da nicht mithalten zu können.«

»So ein Unsinn!«, rief Eva empört. »Du bist eine tolle Frau, Marie. Warum machst du dich so klein?«

»Vielleicht, weil er so groß ist«, gab sie leise zurück.

»Das ist er doch nur, weil du ihn auf einen Sockel hebst, statt dich mit ihm auf eine Stufe zu stellen.«

Marie presste die Lippen zusammen. Vielleicht stimmte das ja sogar, und Eva hatte recht. Aber sie kam nicht gegen das Gefühl an, dass Paul zu gut für sie war. Es war einfach alles so perfekt. Zu perfekt, Eva hatte ja selbst gesagt, Perfektion sei nur eine Illusion. Wie ein Traum und Marie fürchtete sich davor, aufzuwachen.

Denn das mit ihr und Paul war einfach viel zu schön, um wahr zu sein.

Marie ließ ihren Blick über die mächtigen Mauern schweifen, die Shirley Heights einst vor den Feinden der britischen Krone schützen sollten. Genauso dick waren die Mauern, die sie um ihr Herz errichtet hatte. Und sie würde es mit aller Kraft verteidigen und nicht zulassen, dass Paul es einnahm.

Paul stapfte in die Offiziersmesse und gähnte. Er wollte schnell etwas essen und dann brauchte er dringend eine Mütze Schlaf, die kommende Nacht würde anstrengend werden. Der Hurrikan hatte noch mal an Tempo zugelegt und würde die Insel schon viel früher treffen, als sie heute Morgen vermutet hatten, aber jetzt waren alle Gäste auf Landgang und es war schlicht unmöglich, sie wieder zurückzupfeifen und noch eher abzulegen. Irgendwann in der kommenden Nacht würde der Sturm die Stella Maris einholen, vermutlich gegen Morgen, aber wer wusste das schon so genau? Bisher hatte sich Jonah noch unberechenbarer verhalten, als Paul geahnt hatte. Ruppig wurde es im ausgedehnten Windfeld des Sturms allemal, da war es besser, etwas im Magen zu haben.

Er inspizierte das Buffet. Für die asiatischen Mitarbeiter gab es irgendein Gericht mit gebratenen Nudeln, für die Muslime gegrillten Fisch und für die Europäer Schnitzel mit Pommes, das Highlight des zweiwöchentlichen Speiseplans. Immerhin war die Crew dann gut drauf; das richtige Essen und alle waren zufrieden. Paul entschied sich für einen Salat und ein Stück Fisch und setzte sich in eine ruhige Ecke. Kaum, dass er einen Bissen gegessen hatte, tauchte Elena auf, bedachte seinen Teller mit einem zufriedenen Nicken und stellte ihren auf der gegenüberliegenden Tischseite ab.

»Tut mir leid wegen gestern«, setzte sie an.

»Schon gut.«

»Ich wollte nicht stören.«

»Sondern?«

»Ich dachte, du bist einsam, brauchst jemanden zum Reden.« Sie griff nach seiner Hand und sah ihn an, mit diesem Arztblick, den er nicht ausstehen konnte.

»Du hast mich doch unter einem Vorwand ins Hospital gelockt«, entgegnete er und entzog ihr seine Hand.

»Ich dachte, du hättest mir damit was sagen wollen.«

»Womit?«, fragte er irritiert.

Elena warf ihm einen seltsamen Blick zu. »Ich habe sie gezählt«, sagte sie leise.

Die Kondome, natürlich, ich Hornochse! Elena war ein schrecklicher Kontrollfreak, im Grunde waren sie sich darin sehr ähnlich. Aber da hörten die Gemeinsamkeiten auch schon auf, denn im Gegensatz zu ihm, der diese Eigenschaft rein beruflich nutzte, erstreckte sich Elenas Kontrollzwang bis in die letzte Körperzelle. Einmal hatte er beobachtet, wie sie sich selbst Blut abnahm, um es auf alles Mögliche zu testen. Permanent checkte sie Cholesterin- und Schilddrüsenwerte, Herzfrequenz, Blutdruck, das volle Programm. Ihr ganzes Denken kreiste nur um Nährstoffe und Körperfunktionen. Während der drei Monate ihrer Beziehung war er sich wie eine Laborratte vorgekommen, nicht wie der Mann an ihrer Seite, und sich aus seinem Käfig zu befreien, war ihm wie eine Erlösung erschienen.

»Wer ist sie?«, fragte Elena. »Eine von den Neuen? Jetzt sag nicht, die Shopmanagerin.«

»Das geht dich nichts an«, gab Paul unwirsch zurück. Sollte Elena doch denken, was sie wollte, solange sie nicht auf die Idee kam, bei seinem gestrigen Date könnte es sich um eine Passagierin gehandelt haben. Deshalb war er froh, als der Entertainmentmanager sich zu ihnen setzte und das Gespräch unterbrach.

»Ich muss los, mein Bett ruft«, sagte Paul, stand auf und nahm seinen Teller, um ihn wegzubringen. Als Kapitän musste man mit gutem Beispiel vorangehen und sich nicht alles hinterhertragen lassen, wie es manche der Offiziere taten.

»Du denkst an das Interview mit Juliane?«, rief Chris ihm nach.

»Welches Interview?«

»Fürs Bordfernsehen, wegen der Show heute Abend.«

»Ach ja«, entgegnete Paul lahm. Sollte es jemand erwähnt haben, so hatte er es vollkommen vergessen.

»Fünfzehndreißig auf dem Pooldeck«

Paul warf einen Blick auf die Uhr und seufzte. Das wurde dann wohl nur ein kurzes Nickerchen.

Die Rückfahrt zum Schiff führte über den Fig Tree Drive, der in jedem Reiseführer als eine der malerischsten Straßen der Welt bezeichnet wurde. Die alte Hauptstraße Antiguas schlängelte sich durch dichten Regenwald und verschlafene Dörfer, doch von karibischer Gelassenheit war nichts mehr zu spüren. Es herrschte eine hektische Betriebsamkeit, Fenster wurden vernagelt, Türen verrammelt und jeder schien damit beschäftigt, sein Hab und Gut zu sichern.

»Hurricane is coming«, sagte ihr Fahrer düster.

»Ein Hurrikan?«, fragte Marie entsetzt. In Pauls Durchsage heute Morgen war lediglich von einem Tropensturm die Rede gewesen, das hatte viel harmloser geklungen als das, worauf sich die Einwohner der Insel vorzubereiten schienen.

Die Saarländer diskutierten aufgeregt und gemeinsam verständigten sie sich darauf, den Strandaufenthalt ausfallen zu lassen und stattdessen lieber zum Schiff zurückzukehren.

Dem Fahrer war es ganz recht. Vermutlich hatte auch er Besseres zu tun, als einen Haufen Kreuzfahrer durch die Gegend zu kutschieren, während ein Hurrikan auf die Insel zuraste.

»Und was nun?«, wollte Eva wissen, als sie zurück an Bord waren.

»Wir könnten uns an den Pool legen.«

»Besser als nichts«, meinte Eva. »Also los, suchen wir uns eine freie Liege. Wir sind bestimmt nicht die einzigen, die schon wieder hier sind.«

Paul trat auf das Deck hinaus und warf einen sorgenvollen Blick zum Himmel. Inzwischen hatte der Wind merklich aufgefrischt, die nautischen Fahnen an der Leine hoch über ihm knatterten in der steifen Brise, doch auf dem Pooldeck spürte man davon nichts. Dank der hohen Glasscheiben an den Seiten war es hier nahezu windstill. An Bord der Stella Maris herrschte die berühmte Ruhe vor dem Sturm. Die Gäste brieten auf ihren Liegen in der Sonne und ahnten nicht, was ihnen in der kommenden Nacht und am morgigen Seetag bevorstand. Im Crewmeeting hatten sie entschieden, die Informationen rund um den Hurrikan betont vage zu halten, um die Passagiere nicht zu beunruhigen. Er sah sich unauffällig um, in der Hoffnung, Marie zu entdecken. Seit gestern hatte er sie nicht mehr gesehen und hätte gern mit ihr über den Ausgang des Abends gesprochen. Stattdessen trat Juliane durch die automatischen Schiebetüren auf der gegenüberliegenden Seite des Decks, dicht gefolgt von einem Kameramann. Sie hob eine Hand, als sie Paul entdeckte und steuerte auf ihn zu. Kurz bevor sie ihn erreichte, drehte sie sich um und hob das Mikrofon.

»Drei, zwo, eins.« Sie gab dem Kameramann ein Zeichen. »Meine Damen und Herren, da ist er auch schon. Der ungekrönte König der Bord-Durchsagen, Paul Veenhoff, unser aller Lieblingskapitän.« Sie machte einen Schritt rückwärts, damit Paul mit ins Bild kam, und hielt ihm das Mikrofon unter die Nase.

»Ja, äh, hallo.« Er räusperte sich und winkte in die Kamera.

»Sagen Sie, Kapitän, freuen Sie sich auch schon so auf heute Abend?«

Er überlegte kurz, was sie wohl meinte. Die Flucht vor dem herannahenden Hurrikan oder ein Schiff voller seekranker Gäste? »Was steht denn auf dem Programm?«

»Heute steht alles im Zeichen der Liebe«, antwortete Juliane und beugte sich vertraulich zu ihm rüber. »Denn heute heißt es *Love is in the Air*.«

Als ob ich der Experte dafür wäre, dachte Paul und rang sich ein Lächeln ab. »Das klingt vielversprechend.«

»Es wird großartig, eine stürmische Show …«

Paul warf Juliane einen alarmierten Blick zu und brachte sie damit kurz aus dem Konzept, aber sie begriff nicht, worauf er hinauswollte. Offensichtlich hatte noch niemand die Moderatorin instruiert. »Also seien Sie dabei, liebe Gäste. Zwanzig Uhr dreißig im Theatrium geht's los. Das Stella-Maris-Showensemble und ich freuen uns auf Sie.« Juliane hielt das Lächeln einige Sekunden, bevor sie sich zu Paul umdrehte. »Danke, das war's.«

»Das war alles?« *Und dafür habe ich meine Pause unterbrochen?*

Der Kameramann nahm ihm das Mikrofon ab und packte sein Equipment zusammen. Paul seufzte. Als Kapitän eines Kreuzfahrtschiffs war man immer auch eine Art Pausenclown. Zumindest kam er sich manchmal so vor.

Das erste, was Marie sah, als sie auf das Deck hinaus trat, war Paul. Er stand ein Stück entfernt, mit dem Rücken zu ihr und unterhielt sich mit dieser blonden Moderatorin, Juliane hieß sie, wenn Marie sich recht entsann.

»Geh doch schon mal eine Liege suchen, vielleicht ist ein Deck höher noch was frei«, sagte Marie zu Eva.

»Und du?«

»Ich muss noch mal kurz auf die Kabine«, schwindelte sie und wühlte in ihrer Strandtasche, als suchte sie etwas.

Eva fiel auf die kleine Notlüge herein und wandte sich zur Treppe um. »Dann bis gleich.«

Marie wartete, bis Eva außer Sichtweite war, und schlüpfte hinter einen Stapel Liegestühle, damit sie Paul und die Moderatorin unauffällig beobachten konnte. Wie hatte er sie neulich noch bezeichnet? Bezaubernd? Nein, hinreißend, das hatte Paul gesagt, sie sei hinreißend. Die beiden schienen sehr vertraut miteinander, gerade beugte sich diese Juliane zu ihm rüber und legte die Hand auf Pauls Arm. Ich habe es gewusst, dachte Marie bitter und ihr Magen ballte sich zu einem heißen Klumpen. Wenn sie bloß hören könnte, worüber sich die beiden unterhielten. Doch dafür müsste sie ihre Deckung verlassen. Aber das war Marie egal, es interessierte sie brennend, was die zwei miteinander zu besprechen hatten.

»Das war toll.« Juliane zupfte ein loses Haar von der Schulter seines Hemdes.

»Was denn?«, fragte Paul.

»Na, das Interview.«

»Ich habe doch gar nichts gesagt.«

»Aber du hast dabei diese Ausstrahlung, na, du weißt schon. Das kam richtig gut rüber.«

»Danke«, entgegnete er lahm und warf einen Blick auf die Uhr. Er hatte wirklich Besseres zu tun, als hier seine Zeit zu vertrödeln, auch wenn er Juliane von Herzen gern mochte. Alle mochten Juliane, sie war vermutlich die netteste, kommunikativste Person, die ihm jemals begegnet war, und sie war wie geschaffen für den Job der Moderatorin an Bord. Sie kannten sich schon lange, seit seinem ersten Vertrag als Offizier, um genau zu sein.

»Nein wirklich.« Juliane legte eine Hand auf seinen Arm. »Das hab ich auch dem Inspektor gesagt.«

»Was?«, fragte Paul entgeistert.

»Dass du ein ganz toller Kapitän bist.«

Paul stöhnte innerlich auf. Wenn sie das Claassen genau so gesagt hatte, mit diesem Blick, mit dem sie ihn gerade ansah, dann hatte er ein echtes Problem.

»Sehen wir uns später?«, fragte Juliane und sah ihn hoffnungsvoll an.

Wovon redete sie eigentlich? Irgendwie hatte Paul das Gefühl, er hätte etwas verpasst.

»Zwanzig dreißig, schon vergessen? Love is in the Air.« Sie ließ ihre Finger durch die Luft flirren und wandte sich zum Gehen. »Nicht kneifen! Das wird echt romantisch.«

Paul überlegte kurz, ob er sie vor dem Sturm warnen sollte. Aber andererseits waren zu viele Gäste in der Nähe und vielleicht war es besser, wenn Juliane heute Abend unbefangen auf die Bühne trat. »Ich glaube nicht, dass mein Dienstplan es erlaubt«, rief er ihr nach. Er hatte wirklich andere Sorgen, als sich die Show anzusehen. Paul seufzte, drehte sich um und blickte in Maries blitzende Augen.

»Wusste ich's doch«, zischte Marie und wirbelte herum.

Paul fasste sie an der Schulter und hielt sie zurück. »Ich verstehe wirklich nicht, was mit dir los ist«, raunte er ihr zu. »Aber können wir das bitte in Ruhe klären?«

»Da gibt es nichts zu klären«, entgegnete sie hitzig. Schließlich hatte sie gerade selbst gehört, wie Paul sich mit der Moderatorin verabredet hatte. *Sofern mein Dienstplan es erlaubt. Vermutlich muss er erst seine anderen Termine koordinieren, mit mir zum Beispiel.*

Paul sah sie eindringlich an. »Ich glaube schon, dass es zwischen uns einiges zu besprechen gäbe. Aber dies ist nicht der richtige Ort …« Er unterbrach sich und blickte sich verstohlen um, ihm war die Situation sichtlich unangenehm.

»Dann viel Spaß mit deinem Date heute Abend«, entgegnete Marie scharf und wandte sich ab, damit er die Tränen nicht bemerkte, die in ihren Augen aufstiegen.

»Marie!«, rief Paul ihr nach, aber er folgte ihr nicht,

als sie in Richtung Fahrstuhl floh. Sie drückte den Rufknopf und trippelte ungeduldig von einem Bein aufs andere, bis endlich ein Lift hielt. Marie schlüpfte hinein, lehnte sich gegen die Rückwand und zwang sich zur Ruhe, doch innerlich brodelte sie. Von Anfang an hatte sie es gewusst. Er war einfach zu schön, um treu zu sein.

Sie hatten früh zu Abend gegessen und das eilige Auslaufen aus dem Hafen von Saint John's von der Terrasse des Restaurants aus verfolgt. Danach hatte Marie sich entschuldigt und auf ihre Kabine zurückgezogen. Eva und Jörg hatten nichts dagegen einzuwenden, sie wollten die letzten gemeinsamen Nächte nutzen, bevor sie sich übermorgen voneinander trennen mussten. Es war zwar erst kurz nach halb neun, aber Marie wollte allein sein, lag auf dem Bett und starrte die Wand an. Nachdem die Tränen getrocknet waren, war ihre Enttäuschung verflogen und einer dumpfen Wut gewichen. Die ganze Zeit hatte sie sich über andere Passagierinnen den Kopf zerbrochen, dabei wusste sie doch genau, dass die für Paul tabu waren. Ganz im Gegensatz zu den weiblichen Angestellten an Bord. Dass sie nicht schon viel eher daran gedacht hatte. Erst war diese Exfreundin plötzlich aufgetaucht, nun flirtete er mit der Moderatorin. Wie blöd musste man eigentlich sein, um da nicht eins und eins zusammenzuzählen?, dachte Marie. Warum ausgerechnet ich? Erst Daniel, dann die Sache mit Patrick und schließlich Paul. Sie zog untreue Männer förmlich an, dabei war sie gerade viel zu verletzlich dafür. Aber vermutlich spürten die Männer das und hielten sie deshalb für leichte Beute.

Das Bordtelefon auf dem Schminktisch riss sie mit einem schrillen Klingeln aus ihren Gedanken, doch sie ignorierte es so lange, bis es nicht mehr ging. Genervt stand sie auf und hob ab.

»Ja bitte?«

»Können wir reden?«, fragte Paul.

»Worüber?«

»Über uns. Ich möchte was klarstellen.«

»Also schön.« Sie seufzte. Doch statt der erwarteten Erklärungen erklang aus dem Hörer nur ein Tuten. Zehn Sekunden später klopfte es an der Tür und als sie öffnete, schlüpfte Paul hindurch.

»Danke.«

»Solltest du nicht auf der Brücke sein? Sag, was du zu sagen hast«, forderte sie ihn auf und verschränkte die Arme vor der Brust.

»Ich glaube, du hast da was falsch verstanden«, setzte er an. »Wenn es wegen Elena ist …«

»Du hast gesagt, es gibt niemanden«, fiel sie ihm ins Wort.

»Das stimmt ja auch.«

»Und warum hast du mir dann nichts von ihr erzählt?«

»Wieso sollte ich?«

»Du hast mich angelogen.«

»Ich habe sie bloß nicht erwähnt, das ist ein himmelweiter Unterschied.«

»Sonst kauft dir ja auch niemand diese Nummer ab, von wegen, einsamer Kapitän.«

»Was wirfst du mir vor?« Paul funkelte sie zornig an. »Dass ich ein Leben habe?«

»In dem es für meinen Geschmack zu viele Frauen gibt. Ich habe ja vorhin gesehen, wie einsam du wirklich bist.«

»Du meinst Juliane?«

»Elena, Juliane ...« Marie brach ab und hob die Hände in einer ratlosen Geste.

»Es gibt nichts, für das ich mich rechtfertigen müsste.«

»Ach nein? Love is in the Air«, sagte sie und imitierte den Tonfall der hübschen Blondine.

Paul lachte auf und schüttelte den Kopf. Dann ging er zum Bett, nahm die Fernbedienung vom Nachttisch und schaltete den Fernseher ein. Er zappte durch die Programme, bis er den Sender gefunden hatte, auf dem gerade die Show aus dem Theatrium übertragen wurde. In großen, roten Lettern prangte das Motto des Abends auf der Videoleinwand hinter der Bühne.

»Glaubst du mir jetzt?«

»Na und?«, entgegnete sie trotzig. Das bewies gar nichts, sie hatte doch genau gesehen, wie vertraut die beiden miteinander waren und wie diese Juliane ihn ständig angefasst hatte.

»Du bist eifersüchtig«, stellte er fest. »Und ich wüsste gern, was ich tun muss, damit du begreifst, dass es keinen Grund dazu gibt.«

Marie rang mit ihren Gefühlen. Sie wollte ihm ja

vertrauen, aber es fiel ihr so unheimlich schwer. »Sei einfach ehrlich zu mir«, sagte sie schließlich.

»Das bin ich«, antwortete Paul nachdrücklich. »Immer.«

»Ach ja? Und was ist mit diesem Sturm?«

Pauls Augenbrauen zogen sich zusammen. »Was soll damit sein?«

»Du hast gesagt, es sei nur ein Tropensturm, aber in Wahrheit ist es ein Hurrikan.«

»Das war bloß eine Durchsage, aber es stimmt«, gab er zu und hob das Kinn. »Und das ist ein echtes Problem. Ich sollte längst wieder auf der Brücke sein und mich darum kümmern, statt mich hier über irgendwelche albernen Vorwürfe zu streiten. Also entschuldige mich.« Mit diesen Worten drehte er sich um und verließ die Kabine.

Die Tür fiel krachend hinter ihm ins Schloss und Marie starrte sie an und rang mit sich, ihm nachzulaufen. Doch sie war zu stolz, um jetzt kleinbeizugeben. Erst musste Paul beweisen, dass sie ihm wirklich vertrauen konnte. Und solange er sich alles zurechtlegte, wie es ihm gerade am besten passte, konnte sie das nicht.

Äußerlich bemühte sich Paul, ruhig zu wirken, als er auf der Brücke stand, aber in seinem Innern war er so aufgewühlt wie das Meer. Es war jetzt kurz vor Mitternacht und die See war rau und wild, hatte nichts Friedliches mehr an sich. Die Stabilisatoren der Stella Maris gaben ihr Bestes, um das Rollen des Schiffes zu dämpfen, doch zaubern konnten die ausfahrbaren Flügel unterhalb der Wasserlinie auch nicht. Und gegen das Stampfen waren sie sowieso machtlos. Entlang des Antillenstroms lief die Meeresströmung immer nach Westen, bevor sie sich im Golf von Mexiko mit dem Golfstrom vereinigte. Der Hurrikan trieb die Wellen vor sich her und mit ihnen die Stella Maris. Jeder freie Mitarbeiter war damit beschäftigt, die Fensterflächen in den öffentlichen Bereichen mit Sperrholzplatten zu verschrauben, während unzählige Stewards Spuckbeutel an den neuralgischen Punkten aufhängten, insbesondere in den Treppenhäusern und Aufzügen, damit morgen früh alles bereit war, wenn Jonah seinen Höhepunkt erreichte. Schon jetzt meldete die Krankenstation einen sprunghaften Anstieg von Patienten, die meisten von ihnen klagten über Seekrankheit, dabei befanden sie sich noch in den Ausläufern des Sturms. Aktuell war die Lage also relativ ruhig, aber wenn das Hauptwindfeld sie eingeholt hatte, was in fünf bis sechs Stunden der Fall sein dürfte, würde sie sich deutlich verschärfen.

Was seine persönliche Lage betraf, war Paul sich nicht sicher. Wenn Marie schon auf Elena oder Juliane eifersüchtig war, wie sollte sie ihm dann auf lange Sicht vertrauen? Sie würde damit nicht zurechtkommen und eine Beziehung, so sie denn zustande kommen sollte, würde über kurz oder lang an dem ständigen Misstrauen zerbrechen.

Der Fluch des Seemanns, dachte Paul bitter. Fast jeder an Bord konnte ein Lied davon singen. Die

Verträge der Filipinos liefen zehn oder elf Monate und sie schufteten rund um die Uhr, sieben Tage die Woche, um ihre Familien in der Heimat zu ernähren. Und neben Dankbarkeit erfuhren sie dafür vor allem Eifersucht von ihren daheimgebliebenen Ehefrauen. Nicht selten endete ein Videotelefonat in Streit und Tränen und einem Seemann, der seinen Kummer in einem Glas Whisky ertränkte. Hin und wieder kam es vor, dass es einer nicht mehr aushielt und dann zu einem Code Echo wurde. Im vergangenen Jahr hatten sie zwei Kollegen verloren. Sie hatten als einzigen Ausweg aus den dauernden Vorwürfen ein dunkles, feuchtes Grab gesehen.

Er hätte sich nicht auf Marie einlassen dürfen, es war von Anfang an ein Fehler gewesen. Schade, denn in sie hätte er sich wirklich verlieben können.

Das heftige Stampfen raubte Marie den Schlaf. Ihr Bett verhielt sich wie ein Rodeo-Bulle, der alles daran setzte, sie abzuwerfen. Wütende Wogen trafen mit dumpfem Dröhnen auf das Heck, die Bordwände erzitterten unter den gewaltigen Schlägen und die Stella Maris keilte aus wie ein bockiger Esel.

Marie tastete nach dem Lichtschalter und warf einen Blick auf die Uhr, halb fünf. Noch viel zu früh, um aufzustehen, aber an Schlaf war unter den gegebenen Umständen auch nicht zu denken. Ihr wurde schwindelig und eine Welle der Übelkeit rollte über sie hinweg. Angeblich half es, mit den Augen den Horizont zu fixieren, also setzte sie sich auf und spähte durch die Balkontüren hinaus in die Dunkelheit, doch sie erkannte nichts. Ihre Handflächen fühlten sich klamm an, sie wischte über die Bettdecke und zwang sich, ruhig zu atmen. Langsam ließ der Brechreiz nach und wich einem flauen Gefühl im Magen. Alles hing jetzt an Paul, sie musste sich darauf verlassen, dass er und seine Mannschaft wussten, was sie da taten.

»Kannst du das wirklich?«, flüsterte eine Stimme in ihrem Kopf und Marie erkannte bestürzt, dass es die Stimme ihrer Mutter war, die da sprach. All die Jahre hatte sie Marie eingeflüstert, dass man Männern nicht vertrauen konnte. Dabei hatte Paul ihr schon zwei Mal das Gegenteil bewiesen. Er hatte sein Leben riskiert, um ihres zu retten. Und sie war fest davon überzeugt, dass er alles tun würde, was in seiner Macht stand, um nicht nur sie, sondern sämtliche Passagiere auf diesem Schiff zu schützen. Wie hieß es doch gleich? Auf See und vor Gericht bist du in Gottes Hand. Und sie betete zu Gott, dass Paul sie alle heil da raus bringen würde.

Kapitel Siebzehn

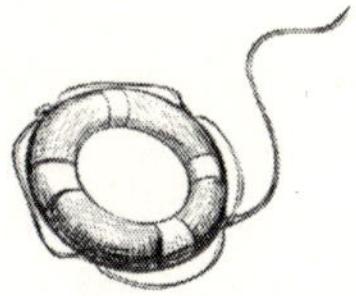

Letzter Seetag, auf dem Weg in die Dominikanische Republik, Position 17°11'09.7" N 64°30'49.3" W, Wetteraussichten? Das ist ein verdammter Hurrikan, Mann!

Seit Stunden kämpften sie gegen die Ausläufer des Sturms und die Elemente an. Jonah hatte sich nach dem ersten Landfall auf Antigua verlangsamt und dort schwere Verwüstungen hinterlassen. Aktuell fegte er auf einem Kurs parallel zu ihnen über die Jungferninseln hinweg, und die Prognose für die weiteren Inseln in seiner Zugbahn sah nicht gut aus. Gar nicht gut.

Die Mannschaft war seit gestern in Alarmbereitschaft und hatte alles, was nicht niet- und nagelfest war, inzwischen gesichert und sturmfest gemacht. Blieb nur zu hoffen, dass die Vorsichtsmaßnahmen ausreichten. Eigentlich sollten alle Positionen doppelt besetzt sein, aber inzwischen meldeten sich immer mehr Crewmitglieder krank. Er selbst hatte ein flaues Gefühl im Magen, von dem er nicht wusste, ob es von der Seekrankheit kam, oder ob es schlicht Angst war.

»Bereuen Sie inzwischen Ihre Entscheidung?« Claassen trat an ihn heran, seine Miene verriet keine Regung.

»Ich habe mich nur an die Anweisungen gehalten, die Century Cruises gegeben hat«, wandte Paul ein und deutete in die Runde. »Wie wir alle hier.«

»Versuchen Sie nicht, die Verantwortung abzuwälzen«, sagte Claassen. »Im Gegensatz zu den Kollegen in Miami sind Sie vor Ort. Also sollten Sie die Lage besser beurteilen können. Außerdem haben Sie das Kommando, darauf haben Sie doch immer gepocht, nicht wahr?«

»Es war nicht abzusehen, dass der Sturm sich so entwickelt«, stand Hansen Paul bei.

Paul schenkte ihm ein dankbares Lächeln.

»Es ehrt Sie, dass Sie dem Kapitän gegenüber so loyal sind.« Der Inspektor musterte den Ersten Offizier aus kalten Augen durch die Gläser seiner Brille. »Aber hätten Sie sich ebenfalls dafür entschieden, die Anweisungen der Reederei zu befolgen? Oder hätten Sie gewissenhaft gehandelt und den Befehl gegeben, umzurouten?«

»Der Befehl stand nicht zu Debatte«, antwortete Hansen ausweichend, sein Blick flackerte zu Paul, bevor er ihn senkte. Doch Paul hatte die Unsicherheit in den Augen des Ersten Offiziers gesehen.

»Ich stelle hier alles zur Debatte«, zischte Claassen und wandte sich wieder Paul zu. »Also spielen Sie nicht wieder den Helden, sondern bringen Sie dieses Schiff in den Hafen.«

Paul verschluckte ein »Ay, ay, Sir!«. Stattdessen nickte er knapp und lenkte seine Aufmerksamkeit wieder auf das Wetterradar.

Um halb acht hielt Marie es nicht mehr auf ihrer Kabine aus, aber die meisten Passagiere waren wohl auf ihren Kabinen geblieben. Marie konnte es verstehen, als sie auf unsicheren Beinen in Richtung Fahrstuhl schwankte. Das erwies sich als schwieriger, als gedacht, denn das Schiff stampfte immer heftiger. Sie musste sich beim Gehen an den hölzernen Handläufen festhalten, die sich zwischen den Kabinentüren entlang der Flurwand zogen, sonst hätten sie die Wellen, die auf das Schiff einschlugen, von den Füßen geholt. Die Aufzüge waren außer Betrieb, also erklomm Marie die Treppen hoch zum *Le Marché*.

An Bord herrschte eine beinahe gespenstische Atmosphäre, dicke Spanplatten waren vor die Panoramafenster geschraubt worden und ließen keinen Strahl Tageslicht hinein. Auf ihrem Weg begegnete ihr nur eine Handvoll anderer Passagiere und auch das Restaurant war so gut wie menschenleer, nur ein paar Hartgesottene hatten sich in einer Ecke an ein paar Tischen zusammengefunden.

»Was für eine Nacht«, begrüßte Eva sie, als Marie sich neben ihr auf einen freien Stuhl fallen ließ.

»Wem sagst du das? Ich habe kein Auge zugetan.«

»Wer hat das schon?«, fragte eine ältere Dame auf der anderen Tischseite. Sie war leicht grün um die Nase und mümmelte an einem trockenen Brötchen.

Auch das Buffet war den Umständen angepasst, wie Marie feststellen musste. Ein großer Korb Zwieback dominierte die Ecke mit dem Brot und generell war die Auswahl deutlich eingeschränkt worden. Wobei es Marie in Anbetracht des Geschaukels wie ein Wunder erschien, dass überhaupt jemand das Frühstück vorbereitet hatte, denn auch die Köche und Kellner machten nicht gerade den frischesten Eindruck. Am Anfang des Buffets stand der Restaurantmanager und überreichte ihr einen einzelnen Teller, als handelte es sich dabei um etwas sehr Kostbares.

»Bei dem Seegang wird viel Porzellan zerschlagen«, sagte er zur Erklärung.

Ich habe gestern auch viel Porzellan zerschlagen, dachte sie und griff instinktiv fester zu. Mit ihrer Eifersucht hatte sie alles zerstört, was zwischen Paul und ihr hätte entstehen können. Aber sie konnte nicht aus ihrer Haut, das Misstrauen saß einfach zu tief. Dafür kannte sie Paul nicht gut genug und morgen war der Spuk sowieso vorbei, dann flog sie wieder nach Hause. Vorausgesetzt, sie kamen jemals wieder an Land.

Eine mächtige Windbö erfasste das Schiff und zwang es auf die Seite. Marie kippte nach rechts und das Brötchen, das sie gerade erst genommen hatte, segelte im hohen Bogen durch die Luft und landete auf den Fliesen. Marie strauchelte und klammerte sich an ihren Teller, als könnte sie damit etwas halten, das ihr lange entglitten war.

»Er dreht weiter ein!« Die Stimme des jungen Nautikers überschlug sich fast.

Paul stemmte sich gegen die Wellen, schwankte zu ihm rüber und sah auf das Wetterradar. »Verfluchter Mist!«

Die Stella Maris hatte bereits Schräglage und krängte nach Backbord, weil der Wind sie von Steuerbord traf. Wenn er weiter eindrehte, würde ihm die Bordwand noch mehr Angriffsfläche bieten.

Das Lieblingszitat seines Großvaters ging ihm durch den Kopf. Es stammte von Seneca und lautete: »Ein richtiger Steuermann fährt mit zerrissenem Segel, und wenn er die Takelage verloren hat, zwingt er dennoch den entmasteten Rumpf des Schiffes auf Kurs.«

Aber das war Quatsch, egal wie oft sein Großvater es zitiert hatte. Damals hatten die Schiffe auch noch nicht hunderte Millionen gekostet.

»Wir ändern den Kurs auf hundertachtzig Grad Süd«, entschied Paul. »Neuer Kurs eins, acht, null«, rief er dem Steuermann zu.

»Eins, acht, null liegt an.«

»Gut.« Paul nickte grimmig. Wenn der Sturm eindrehte, mussten sie ihm ausweichen, egal, was Seneca dazu sagen würde.

Nachdem Frühstück steuerten Marie, Eva und Jörg die Sea Bar an. Die wenigen Passagiere, die sich aus ihren Kabinen wagten, hatten sich dort versammelt. Wegen des Sturms hatte man die Bar vom Sitzbereich auf dem Freideck abgetrennt und die Schiebetüren aus Teakholz geschlossen. Durch die Bullaugen, die darin eingelassen waren, fiel gedämpftes Licht herein und in das Halbrund um den Tresen quetschten sich bestimmt zwanzig Gäste.

Draußen schien die Welt unterzugehen. Der Wind peitschte den Regen und die Gischt zu einer Wand aus salzigem Nebel, in dem alle Konturen zu einer grauen Masse verschwammen.

»Es ist eine Unverschämtheit, dass man uns über die Ausmaße des Sturms so im Unklaren gelassen hat«, sagte ein älterer Herr gerade und warf sich in die Brust, was bei seinem schmalen Oberkörper eher ulkig als bedrohlich wirkte.

»Genau«, pflichtete ein jüngerer ihm bei. »Unsere Flitterwochen hatten wir uns anders vorgestellt.«

Seine Frau war ein wenig blass um die Nase und nickte zustimmend »Wir werden uns bei Century Cruises beschweren.«

»Ach was, verklagen sollte man sie«, sagte der Erste und schüttelte wütend seine Faust zum Himmel.

»Na, hier ist ja was los«, meinte Eva und ließ sich auf einen Barhocker sinken.

»Wenn Sie die Reederei verklagen wollen, kann ich

Ihnen dabei behilflich sein«, schaltete sich Patrick ein, der gerade hereingekommen sein musste.

Marie wirbelte zu ihm herum und beobachtete, wie er den Männern seine Visitenkarte in die Hand drückte.

»Ich gedenke, eine Sammelklage anzustreben, denn ich glaube, hier läuft so einiges schief. Und außerdem habe ich ein paar sehr pikante Details über den Kapitän herausgefunden.« Patrick hob die Stimme und sprach lauter, damit ihn alle über das Tosen des Winds verstehen konnten. »Denn statt sich um das Schiff zu sorgen, kümmert er sich lieber um das körperliche Wohl einzelner Gäste. Ganz besonders um dich«, sagte er mit einem Blick in Maries Richtung.

»Das stimmt nicht.«

»Ich habe euch zusammen gesehen.«

»Du lügst«, zischte sie.

»Nein.« Er verzog das Gesicht zu einem fiesen Grinsen und fischte sein Handy aus der Gesäßtasche seiner Hose. »Ich habe sogar Beweise.«

Ohnmächtig musste Marie mit ansehen, wie Patrick ein Video abspielte. Es zeigte Paul, wie er ihr nachlief und vor ihrer Tür stand, ohne Schuhe, mit hängenden Schultern und zerwühltem Haar. Das Schild mit der Kabinennummer war deutlich zu erkennen.

»Interessant, oder?« Patrick grinste breit.

Marie spürte, wie ihr das Blut in die Wangen schoss. »Es ist nicht …« Sie brach ab und starrte ihn an.

»Was wohl Century Cruises dazu sagen wird?«

»Das wagst du nicht«, zischte Marie.

»Wieso nicht?« Patrick zuckte mit den Schultern.

»Irgendwo habe ich aufgeschnappt, dass ein Inspektor der Reederei an Bord ist«, schaltete sich der Mann des Flitterwochenpaares wieder ein. »Ich schätze, das Video dürfte ihn interessieren.«

Marie warf ihm einen flehenden Blick zu. »Bitte, es ist nichts passiert. Ich will nicht, dass Kapitän Veenhoff deshalb Ärger bekommt.«

»Stimmt, bei dir passiert ja nie was«, knurrte Patrick und lächelte kalt. »Aber es beweist, dass der Kapitän nicht bei der Sache ist. Und der Vorfall sollte protokolliert werden, deshalb gehe ich jetzt diesen Inspektor suchen.«

Marie sah Patrick nach, wie er die Bar verließ. Sie fühlte sich überhitzt, als wäre sie lange gelaufen, und ihre Haut prickelte wie kurz vor einem Schweißausbruch. Gleichzeitig war sie erstarrt, unfähig etwas zu sagen, was das, was jetzt kommen würde, vielleicht noch abwenden könnte. Sie ärgerte sich, dass sie noch nicht mal versucht hatte, Patrick aufzuhalten, und das löste sie aus ihrer Starre. Marie sah sich hektisch um. Da! An der Wand hinter der Bar hing ein Telefon. Sie zögerte einen Moment, dann schlüpfte sie hinter den Tresen.

Marcus, der Barkeeper, sah sie erstaunt an und öffnete den Mund, um zu prostestieren, doch sie unterbrach ihn mit einer knappen Geste.

»Es ist ein Notfall!« Dann hämmerte sie die Nummer der Brücke in die Tasten.

»Brücke, Jespers«, meldete sich jemand.

»Ich muss den Kapitän sprechen«, verlangte sie ohne weitere Erklärung. »Ist er da?«

Gemurmel im Hintergrund, dann erklang Pauls Stimme an ihrem Ohr. »Veenhoff.«

»Ich bin's.«

»Marie.« Paul klang überrascht und ein wenig verärgert. »Hör zu, ich habe jetzt wirklich keine Zeit für ...«

»Es gibt ein Video«, unterbrach sie ihn. »Du wurdest gefilmt, wie du vor meiner Tür standest.«

»Casanova«, murmelte Paul.

»Patrick will es dem Inspektor zeigen und sucht ihn, um das zu Protokoll zu geben.«

Paul zog scharf die Luft ein.

»Es tut mir leid«, setzte sie an.

Paul lachte leise auf. »Ich bin geliefert, und dir tut es leid? Ist das alles, was dir dazu einfällt? Ich sag dir was, mir tut es leid. Nämlich, dass ich mich überhaupt darauf eingelassen habe. Das mit uns war von Anfang an ein riesengroßer Fehler. Und jetzt entschuldige mich, ich habe zu tun.« Mit diesen Worten legte er auf und das Freizeichen erklang anklagend in Maries Ohren.

Sie ließ den Hörer sinken. »Es tut mir leid«, flüsterte sie noch mal, als könnte das noch irgendetwas ändern. Paul würde gewaltigen Ärger bekommen, vielleicht sogar seinen Job verlieren und sie war mit daran schuld.

In Pauls Kopf überschlugen sich die Gedanken. Warum war er Marie nachgelaufen? Er hätte sie einfach gehen lassen sollen, stattdessen war er ihr hinterhergerannt wie ein liebestoller Teenager. Warum hatte er auf sein Herz gehört statt auf seinen Verstand? Er könnte sich ohrfeigen! Dabei hatte er genau gewusst, dass Claassen an Bord war und wie viel auf dem Spiel stand. Aber nein, er hatte gedacht, ihm würde nichts passieren und er käme schon damit durch, sich über jede Regel hinwegzusetzen. Schließlich hatte er alles arrangiert und niemand hätte etwas davon mitbekommen, wenn Marie nicht plötzlich in Panik ausgebrochen wäre. Aber all das Hätte und Würde nützte ihm jetzt auch nichts mehr. Paul riss das Walkie-Talkie aus der Halterung an seinem Gürtel.

»Brücke für Sec eins!«

»Sec eins hört.«

»Ángel, hör mir zu.« Paul wandte sich ab und senkte die Stimme, damit die nautischen Offiziere nicht mithören konnten. »Du musst Casanova finden und ihm sein Handy abnehmen.«

»Wieso?«

»Frag nicht, mach es einfach!«

»Und wo ist er?«

»Das weiß ich nicht.«

»Dios mio!«, rief Ángel ärgerlich. »Soll ich etwa das ganze Schiff absuchen?«

»Nein, warte.« Pauls Blick glitt hektisch über die Monitore. Da! Die Kamera vor den Fahrstühlen auf Deck 12 hatte Casanova kurz im Bild, bevor er im

Treppenhaus verschwand. »Ich glaube, er ist auf dem Weg zur Rezeption, er sucht Claassen, also beeil dich.«

»Ich frage besser auch nicht, warum«, gab Ángel etwas kurzatmig zurück. Es klang, als würde er rennen. Das war gut. Denn Paul hatte gerade andere Sorgen, um die er sich kümmern musste. Das Schiff durch den Hurrikan zu navigieren, erforderte seine volle Aufmerksamkeit, also konnte er nur hoffen, dass Ángel Casanova abfing, bevor der den Inspektor fand.

Noch hatte er das Ruder in der Hand, und er würde nicht zulassen, dass man es ihm entriss. Aber das Wichtigste war, dieses Schiff zurück in den sicheren Hafen zu steuern, bevor alles noch viel schlimmer wurde. Das war jetzt das Einzige, das zählte.

Marie hielt es in der Bar nicht mehr aus, das untätige Herumsitzen machte sie fertig, also entschied sie, auf die Kabine zu gehen und ihren Koffer zu packen. Der Seegang war immer noch heftig, aber nicht nur deshalb schien Maries Welt in ihren Angeln zu schwanken. Ihr war elend zumute, weil sie nicht wusste, was Paul nun bevorstand. Evas Seidenkleid hing immer noch in ihrem Schrank. Das Kleid, das sie an dem Abend für ihn getragen hatte, um ihm zu gefallen. Sie strich sanft darüber, die Seide wisperte unter ihren Fingern. Wenn sie nicht aus Pauls Schlafzimmer geflohen wäre, hätte Patrick sie nicht beobachten können. Denn dann wäre sie vermutlich erst Stunden später zurückgekehrt und niemand hätte sie gesehen. Warum hatte sie Paul nicht einfach vertraut? Es hätte ein schöner Abend werden können, vielleicht sogar der Beginn einer ganz großen Liebe. Stattdessen hatte sie sich in etwas hineingesteigert, das nur in ihrer Phantasie existierte, und mit ihrer Eifersucht hatte sie alles kaputt gemacht. Und nun stand auch noch Pauls Karriere auf dem Spiel. Sie konnte nur hoffen, dass er noch mal mit einer Verwarnung davonkam. Wenn er wegen ihr seinen Job verlor, würde sie sich das nie verzeihen können.

Ángel sprintete Richtung Rezeption, doch Casanova war schneller gewesen. Gerade, als Ángel um die Ecke bog, trat er an den Empfangstresen heran.

Jessica, die Rezeptionistin sah zu ihm auf. »Was kann ich für sie tun?«"

»Ich suche den Inspektor der Reederei«, sagte Casanova. »Er soll hier an Bord sein.«

»Ach, Sie meinen Herrn Claassen? Einen Moment bitte.« Jessica griff zum Telefonhörer.

Ángel gestikulierte und versuchte, sie auf sich aufmerksam zu machen, doch es war zu spät.

»Ja, Herr Claassen, ich habe hier an der Rezeption einen Gast, der Sie sprechen will.« Sie wartete die Antwort ab und wandte sich wieder an Casanova. »Einen Moment, bitte, der Inspektor wird gleich bei Ihnen sein.«

Mierda! Ángel überlegte fieberhaft, was er nun machen sollte. Er konnte dem Typen ja schlecht das Handy einfach aus der Hand reißen. Vielleicht sollte er ihn einfach mitnehmen und so lange in die Arrestzelle sperren, bis die Reise vorbei war. Aber dazu gab es keinen Grund, das wäre Freiheitsberaubung, dann würde Casanova ihn bestimmt verklagen und das würde Paul auch nicht helfen, sondern sie vermutlich beide ihren Job kosten.

Während Ángel noch die Möglichkeiten durchging, trat bereits Claassen an die Rezeption. Wo war der jetzt so schnell hergekommen? Vermutlich war er die ganze Zeit in der Nähe der Rezeption gewesen, um keine einzige Beschwerde zu verpassen. So ein Mist! Àngel überlegte, ob er sich einmischen sollte. Warum eigentlich nicht? Es war sein gutes Recht als Sicherheitschef.

»Gibt es hier ein Problem?«, fragte er in die Runde.

Claassen nickte zustimmend und Casanova musterte Ángels Namensschild. Beide hatten nicht die leiseste Ahnung, wer er war. Und das war auch besser so. Das gab ihm wenigstens die Chance, mit anzuhören, worum es ging, und worüber gesprochen wurde. Mit ausdrucksloser Miene folgte er den beiden in den Besprechungsraum.

Paul rieb sich erschöpft über die Augen. Stundenlang rangen sie nun gegen Wind und Wellen. Gott sei Dank nahm Jonah wieder Fahrt auf, nicht mehr lang, dann würde er an ihnen vorbeigezogen sein und sie konnten auf ihren ursprünglichen Kurs zurückkehren. Das Schlimmste hatten sie also überstanden und am Ende würden die Stella Maris und ihre Passagiere mit einem blauen Auge davon kommen, von ein paar gebrochenen Knochen nach Stürzen mal abgesehen. Trotzdem waren sie ein ganzes Stück von ihrer Route abgekommen und mussten weiter unter Volllast fahren, um die verlorene Zeit wieder gut zu machen. Sein Pager piepte und Paul warf einen Blick darauf. Ángel, endlich! Doch als er die knappe Nachricht las, sank Pauls Stimmung ins Bodenlose. *Claassen weiß es*, stand da. *Du sollst herkommen.*

Paul fühlte sich wie ein Lamm, das zur Schlachtbank geführt wurde, als er zum Besprechungsraum ging.

Ángel und der Inspektor erwarteten ihn bereits, Claassen sah mit versteinerter Miene zu ihm auf, als er eintrat. Paul nahm ihm gegenüber Platz, auf dem Stuhl, auf dem Marie neulich gesessen hatte, und kam sich vor, als säße er auf der Anklagebank. Genau genommen tat er das ja auch, denn Claassen war hier, um über sein Verhalten zu richten.

»Sie fragen sich bestimmt, warum Sie hier sind«, setzte Claassen an, doch Paul unterbrach ihn mit einem knappen Nicken.

»Ich kann es mir denken, also machen wir es kurz.«

»Sie wissen davon?« Claassens Augenbrauen zuckten in die Höhe. Er schien ehrlich erstaunt zu sein, dann fing er sich wieder. »Wie dem auch sei. Entgegen den Regeln, die Century Cruises diesbezüglich aufstellt, hatten Sie intimen Umgang mit einem Gast. Das behauptet zumindest einer der Passagiere und es gibt ein Video, das dies bestätigt.«

»Unsinn!«, fuhr Ángel auf. »Es beweist gar nichts, man sieht darauf nur, wie Kapitän Veenhoff ihr nachläuft. Und er bleibt draußen stehen, *vor* der Kabine, wohlgemerkt.«

»Wenn es dabei um jemand anderes gegangen wäre, würde ich das vielleicht auch so sehen«, räumte Claassen ein. »Aber es handelt sich ausgerechnet um die Passagierin, die schon neulich in dieses Eifersuchtsdrama verwickelt war. Also in genau den Vorfall, wegen dem ich eigentlich an Bord gekommen bin. Neulich haben Sie noch alles abgestritten und behauptet, es handele sich bloß um einen Gast und Frau Rutkova hätte sich das nur eingebildet. Doch wie ich jetzt feststellen muss, haben Sie mich wohl angelogen.«

»Das stimmt«, gab Paul unumwunden zu. »Und ich streite auch nicht ab, dass ich für Frau Lindberg mehr empfinde als für andere Gäste.«

»Das ist ein eindeutiger Verstoß gegen die Regeln.«

»Der normalerweise mit irgendeiner Strafaufgabe geahndet wird. Also stecken Sie mich von mir aus ins Seestern-Kostüm«, sagte Paul hitzig und zwang sich zur Ruhe.

»Behandeln Sie solche Vergehen immer so lax?« Claassen sah ihn fragend an, als erwartete er darauf eine Antwort, bevor er fortfuhr: »Dann wundern mich die Zustände auf diesem Schiff nicht, um ehrlich zu sein. Aber davon mal abgesehen, haben Sie nicht nur gegen den Verhaltenskodex verstoßen, sondern diese Liebschaft hat Ihnen ganz offensichtlich die Sinne vernebelt. Anders kann ich mir nicht erklären, warum Sie ein vierhundert Millionen Dollar teures Schiff nicht rechtzeitig vor einem Hurrikan in Sicherheit bringen.«

»Ich konnte doch nicht ahnen, dass sich der Sturm so entwickelt.«

»Und trotzdem hätten Sie es besser wissen müssen«, gab Claassen ungerührt zurück. »Das war in höchstem Maße verantwortungslos, deshalb entziehe ich Ihnen mit sofortiger Wirkung das Kommando.«

Pauls Eingeweide zogen sich schmerzhaft zusammen, als hätte er einen Schlag in die Magengrube erhalten. Aus dem Augenwinkel sah er, wie Ángels Muskeln sich unter dem olivfarbenen Hemd seiner Uniform spannten, als er die Fäuste ballte, und warf seinem Halbbruder einen warnenden Blick zu. Das alles war ein absoluter Albtraum, aber es hatte keinen Sinn, sich weiter mit Claassen anzulegen, das war es nicht wert. Also nickte Paul ergeben und blickte dem Inspektor unverwandt in die Augen, der seinen Triumph sichtlich genoss.

»Gehen Sie Ihre Sachen packen, Herr Veenhoff«, sagte er mit einem schmalen Lächeln. »Sie sind suspendiert.«

Die Abschiedsshow fand aufgrund der Wetterlage statt auf dem Pooldeck im Theatrium statt. Nicht mal die Hälfte der Passagiere hatten sich eingefunden, so schätzte Marie. Anscheinend war niemandem so recht nach Feiern zumute, die Ereignisse der vergangenen Stunden hatten den Gästen auf den Magen geschlagen.

Auch ihr war immer noch flau, was nicht so sehr am Seegang, als viel mehr an der Tatsache lag, dass sie seit dem Telefonat heute Morgen nichts mehr von Paul gehört hatte und sich um ihn sorgte.

Sie ließ ihren Blick durch das Theater gleiten. Vielen Passagieren stand der Schreck noch ins Gesicht geschrieben, als der Entertainmentmanager die Bühne betrat.

»Na, das hat ja ganz schön geschaukelt«, rief er in sein Mikrofon. »Darauf sollten wir anstoßen, wann erlebt man schon mal einen Hurrikan?« Er hob sein Glas und die Gäste taten es ihm nach. »Auf eine wilde Fahrt, die wir so schnell nicht vergessen werden!«, rief Chris und langsam wich die Angst einem kollektiven Aufatmen darüber, dass sie dem Hurrikan entkommen waren.

Marie konnte nicht einstimmen, solange sie nicht wusste, was mit Paul war. Umso erleichterter war sie, als er die Bühne betrat. Doch er sah schrecklich aus, als hätte er seit Tagen nicht geschlafen. Seine Wangen waren eingefallen und unter seinen Augen lagen dunkle Schatten, als er wie ein Häufchen Elend zum Mikrofon schlich und das Wort ergriff.

»Meine Damen und Herren«, setzte er an. »Liebe Gäste, ich muss mich bei Ihnen entschuldigen. Mit meinem Entschluss, trotz des aufziehenden Sturms Antigua anzulaufen, habe ich Sie und die Stella Maris in Gefahr gebracht, und das tut mir aufrichtig leid.« Er brach ab und ließ den Kopf sinken. Marie spürte, wie schwer es ihm fiel, diese Worte zu sagen. Es war schrecklich, ihn so zu sehen.

Paul atmete schwer, dann straffte er die Schultern und sah wieder ins Publikum. Ihre Blicke trafen sich für einen winzigen Moment und sie erkannte den Schmerz in seinen Augen.

»Ich habe eine falsche Entscheidung getroffen«, sagte er. »Es ist ganz allein meine Schuld. Die Crew hat nur nach meinen Anweisungen gehandelt und ich trage die alleinige Verantwortung. Es tut mir aufrichtig leid, dass Ihre Reise ein so dramatisches Ende genommen hat. Deshalb hoffe ich, Sie verzeihen mir meinen Fehler, und übergebe hiermit das Kommando an den Ersten Offizier.«

Marie schnappte überrascht nach Luft, um sie herum erhoben sich empörte Stimmen, einige Gäste protestierten lautstark und versicherten, Paul sei ein guter Kapitän und habe richtig gehandelt.

Aber der bekam davon gar nichts mit, sondern verließ mit hängen Schultern die Bühne. Marie sah ihm nach, wie er davon schlich wie ein Häufchen Elend. Und plötzlich wusste sie, wo er hinwollte.

Paul stützte sich auf die Reling und sah aufs Meer, doch heute vermochte der Anblick nicht, ihn zu beruhigen. Die Wellen tosten dunkel und aufgewühlt wie seine Gefühle und der Wind rauschte in seinen Ohren. »Warum hast du alles riskiert und deine Zukunft aufs Spiel gesetzt?«, schien er Paul zuzuflüstern.

Weil ich meinen Kurs nicht nach den Sternen gerichtet habe, dachte Paul bitter, sondern dem Licht einer Sternschnuppe gefolgt bin. Mehr war Marie nicht gewesen, nur ein Aufblitzen in der Nacht seiner Einsamkeit, und das, was er sich von ihr gewünscht hatte, war nicht in Erfüllung gegangen. Für einen kurzen Moment hatte er geglaubt, sie wäre es, mit der er sich ein Leben hätte vorstellen können. Und fast hatte er sogar in Erwägung gezogen, sesshaft zu werden und in das Haus im Alten Land zu ziehen. Es gehörte ihm, sein Großvater hatte es ihm vererbt. Aber was sollte er mit einem Haus, wenn er doch sowieso nie zu Hause war und sich das Heimkommen nicht lohnte? Er hatte sich tatsächlich eine gemeinsame Zukunft vorstellen können, und nun war es ausgerechnet Marie, die ihm seine Zukunft genommen hatte. Und alles nur, weil er gedacht hatte, sie wollte springen. Dabei war er es nun, der allen Grund dazu gehabt hätte.

Suspendiert! Er lachte trocken auf. Warum hatte er es nur so weit kommen lassen? In seinem Mund breitete sich ein bitterer Geschmack aus. Das ist die Reue, dachte Paul, bevor ihm ein weiterer Ausspruch Senecas in den Sinn kam, den sein Großvater so oft zitiert hatte.

»Wie glücklich man an Land war, merkt man erst, wenn das Schiff untergeht«, murmelte Paul. Da war viel Wahres dran. Dieser Job bedeutete ihm alles, aber nun war es zu spät. Er hatte ihn verloren.

»Tu es nicht«, sagte Marie leise und trat an Paul heran.

Er wandte sich zu ihr und schnaubte durch die Nase. »Und was, wenn doch?«

»Dann werfe ich einen Rettungsring hinterher und informiere die Brücke.«

»Die wissen schon längst, dass wir hier stehen.« Er drehte sich um und winkte mit einem freudlosen Lächeln in die Kamera.

»Was ist passiert?«

»Was soll schon passiert sein?«, fragte er bitter. »Claassen hat mich gefeuert.«

Sie legte die Hand auf seinen Arm. »Es tut mir leid«, flüsterte sie, so leise, dass der Wind ihr die Worte von den Lippen riss. Sie wusste nicht, ob er es überhaupt verstand. Vielleicht wollte er sie auch nicht verstehen.

»Lass mich einfach in Ruhe, okay?«

»Nur, wenn du mir versprichst, dir nichts anzutun.«

»Keine Sorge«, entgegnete er heftig. »Ich stehe bloß hier, weil ich an den Ort zurückgekehrt bin, an dem der ganze Mist angefangen hat.«

Sie zuckte zusammen, seine Worte bereiteten ihr beinahe körperliche Schmerzen, doch gleichzeitig regte sich der Widerstand in ihr. »Das ist ungerecht!«, fuhr sie ihn an. »Ich kann nichts dafür, dass du gefeuert wurdest.«

»Ach nein?« Pauls Augen funkelten zornig. »Wenn du nicht gewesen wärst, stünde ich jetzt nicht hier. Aber seitdem du an Bord bist, hab ich nichts als Scherereien. Pausenlos bin ich damit beschäftigt, dich zu beschützen, nicht zuletzt vor dir selbst. Und was ist der Dank dafür?«

»Ach so, verstehe, ich hätte zum Dank mit dir ins Bett gehen sollen.«

Paul schnaubte durch die Nase. »Nein, deshalb mit Sicherheit nicht. Aber ich bin ja selbst schuld, ich hätte dir nicht nachlaufen sollen.«

»Und warum hast du's dann gemacht?«

»Ich schätze, aus demselben Grund, aus dem du vor mir fortgelaufen bist.«

»Aus Angst?«

»Du checkst es echt nicht, oder?« Er sah sie an und in seinen Augen lag ein Zug von Wehmut und etwas, das sie nicht deuten konnte. Hatte er ihr gerade seine Liebe gestanden?

»Wie meinst du das?«, fragte sie zurück. Sie musste es hören, bevor wieder alles nur ein Missverständnis war.

»Vergiss es«, entgegnete Paul. Er schüttelte den Kopf und sah hinaus aufs Meer.

»Es tut mir leid«, setzte sie noch mal an. »Ich wollte das alles nicht. Und ich habe jetzt begriffen, wie dumm es war, dir nicht zu vertrauen.«

»Ist nicht mehr wichtig«, sagte Paul leise. »Hat sich erledigt.«

Marie senkte den Blick und versteckte sich hinter ihren Haaren, wie sie es immer tat, wenn sie verlegen war. Paul wusste, dass er ungerecht war. Claassen hatte ihn suspendiert, nicht Marie. Und trotzdem war er wütend auf sie. Nein, im Grunde genommen hatte er eine Stinkwut auf sich selbst, er war ein verdammter Idiot. Marie war zwar unverhofft in sein Leben geplatzt und hatte es gehörig auf den Kopf gestellt. Aber er war es gewesen, der ihr diese Macht verliehen und es zugelassen hatte. Weil er sich einfach nicht im Griff gehabt hatte und schwach geworden war. Und diese Schwäche kam ihn nun teuer zu stehen. Er hatte gewusst, wie hoch der Preis war und nun musste er eben dafür bezahlen.

»Geh einfach«, stieß er hervor.

Marie nickte langsam. »Wenn es das ist, was du willst.« Ohne ihn noch mal anzusehen, drehte sie sich um und ging.

Paul rang mit seinen Gefühlen und diesmal unterdrückte er den Impuls, ihr nachzulaufen. Es hatte doch sowieso keinen Sinn, eine Sternschnuppe konnte man nicht fangen und am Untergang hindern. Nicht mal mit einem Rettungsring.

Kapitel Achtzehn

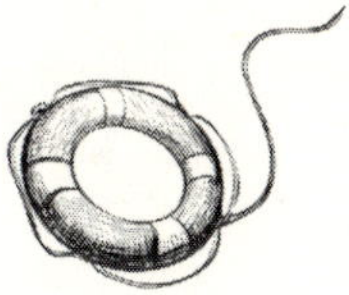

La Romana, 28 °C, heiter bis wolkig

Mit dreistündiger Verspätung lief die Stella Maris in den Hafen von La Romana ein. Der Hurrikan hatte die Nordseite der Dominikanischen Republik nur gestreift und der Süden der Insel hatte gar nichts abbekommen. Hier herrschte eitler Sonnenschein, als ob nichts gewesen wäre, und es erschien Marie beinah surreal. Trotzdem waren alle froh, nach den dramatischen Ereignissen des vergangenen Tages wieder festen Boden unter den Füßen zu haben, und die Gäste, die noch eine Woche auf dem Schiff bleiben würden, konnten es für den Augenblick gar nicht schnell genug verlassen.

Ihr Transfer zum Flughafen war für 13:00 Uhr anberaumt, deshalb blieb ihnen noch genug Zeit für ein ausgiebiges Frühstück. Eva war es sowieso ganz recht, sie wollte jede Sekunde, die ihr blieb, mit Jörg verbringen, dessen Flug nach München erst drei Stunden später ging, weshalb sich die beiden am Flughafen nicht mehr sehen würden. Sie konnten sich kaum voneinander trennen.

Marie seufzte schwer und köpfte ihr Frühstücksei. Sie hatte schlecht geschlafen. Nach dem Gespräch mit Paul war sie zwar gleich ins Bett gegangen, hatte aber keine Ruhe gefunden, denn sie machte sich Vorwürfe. Er hatte ja recht, nur wegen ihr hatte er seine Karriere aufs Spiel gesetzt und wenn sie nicht so kopflos fortgelaufen wäre, wäre er nicht erwischt worden.

Um viertel vor eins ertönte eine Durchsage. »Alle abreisenden Gäste des Fluges CD 7274 nach Düsseldorf werden gebeten, sich nun zu den bereitstehenden Bussen vor dem Terminal zu begeben.«

»Das war es dann wohl«, seufzte Marie und griff nach ihrem Handgepäck.

Eva konnte sich nur unter Tränen von Jörg lösen.

»Ich bring euch noch runter zum Bus«, sagte er und nahm Evas Trolley.

Es erschien Marie unwirklich, wie schnell die zwei Wochen vergangen waren. Es kam ihr vor, als sei es gestern gewesen, dass sie das Schiff zum ersten Mal betreten hatten, und nun verließen sie es schon wieder.

Vor dem Terminal parkten die Shuttlebusse wie angekündigt, und ein Stück daneben wartete Paul inmitten seines Gepäcks und wirkte ein wenig verloren zwischen den ganzen heimreisenden Gästen.

Da stand er, der Mann, den sie liebte und der sie

zwei Mal gerettet hatte. Er hatte sein Leben für sie riskiert, weil er etwas für sie empfand, und am Ende hatte ihn das seinen Job gekostet. Es brach ihr das Herz, ihn so zu sehen. Marie überlegte, einfach weiterzugehen und das Aufeinandertreffen bis zum Flughafen hinauszuzögern, aber dann fasste sie sich ein Herz.

»Entschuldigt mich einen Moment«, sagte sie zu Eva und Jörg und ging zu Paul rüber. »Hallo«, sagte sie, weil ihr nichts Besseres einfiel. Ihr Kopf war wie leergefegt und der Blick in seine traurigen Augen machte es nicht besser.

»Bereit zum Transfer?«, fragte er mit Blick auf ihr Handgepäck und Marie erschrak. Was, wenn sie im Flieger wieder nebeneinandersitzen würden?

Sie nickte beklommen. »Und du?«

»Ich muss nach Miami, die Reederei hat mich einbestellt«, antwortete er und sie war fast schon erleichtert, nicht neben ihm sitzen zu müssen. Sie ertrug seinen niedergeschlagenen Anblick keine zwei Minuten und erst recht keine zehn Stunden. Nicht, wenn sie wusste, dass er ihr die Schuld an seinem Unglück gab.

»Ich habe das alles nicht gewollt«, sagte sie und hoffte, er würde ihr glauben.

»Ich weiß«, sagte Paul leise.

»Und wie geht's jetzt weiter?«, fragte sie. »Also ich meine, für dich«, setzte sie schnell hinzu.

»Ich weiß es nicht.« Paul schüttelte den Kopf. »Wenn es hart auf hart kommt, werde ich mich wohl nach einem neuen Job umsehen müssen. Bei der Marine brauche ich es erst gar nicht zu versuchen, schätze ich, aber vielleicht komme auf einem Containerschiff unter. Wahrscheinlich nicht mehr als Kapitän, aber wenn ich Glück habe, kann ich als Matrose anheuern.«

»Es tut mir wirklich leid.«

»Schon okay.« Paul zuckte mit den Schultern. »Ich werde darüber hinwegkommen«, sagte er, aber seine Augen straften seine Worte Lügen. »Ist einfach alles dumm gelaufen.«

»Ja, das ist es«, stimmte sie ihm zu.

Die letzten Gäste stiegen in den Shuttlebus und Eva winkte ungeduldig zu Marie.

»Dann ist jetzt wohl der Moment des Abschieds gekommen«, sagte Paul und sah auf seine Fußspitzen.

Marie zögerte einen Moment, traute sich nicht, die Frage auszusprechen, aber sie musste es tun. »Sehen wir uns wieder?«

»Besser nicht«, sagte Paul und ein melancholisches Lächeln glitt über sein Gesicht. »Es hat wohl einfach nicht sollen sein.«

Sie schluckte gegen den Kloß an, der plötzlich in ihrem Hals saß. »Dann mach's gut.«

»Pass auf dich auf, Marie.«

»Du auch«, entgegnete sie, griff nach ihrem Handgepäck und eilte zum Shuttlebus, bevor der Busfahrer die Gepäckklappen schloss. Eva hatte ihr einen Platz freigehalten, und kaum, dass Marie sich darauf fallen ließ, setzte sich der Bus in Bewegung und rollte los. Sie konnte ihre Gefühle nicht länger zurückhalten und durch einen Schleier aus Tränen blickte sie aus dem Fenster zu Paul. Er stand immer noch vor dem Hafenterminal, war aber nicht mehr allein. Seine Kollegen waren gekommen, um sich von ihm zu verabschieden, und der Anblick brach Marie endgültig das Herz. Es hätte die schönste Zeit ihres Lebens werden sollen, Flitterwochen auf dem Kreuzfahrtschiff. Und stattdessen hatte sie der Stella Maris ihren Kapitän genommen. Es war eine absolute Schnapsidee gewesen, mit Eva in die Flitterwochen zu fahren, und Marie hatte es von Anfang an gewusst. Und nun saßen sie nebeneinander im Shuttlebus und heulten sich die Augen aus, weil sie während der Reise die Liebe gefunden hatten, die sie nun zurücklassen mussten.

Kapitel Neunzehn

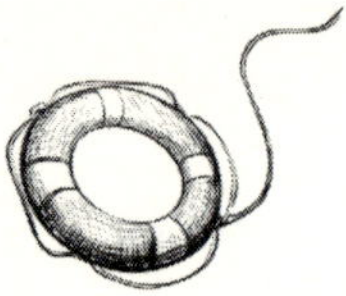

Düsseldorf, - 2 °C, leichter Schneefall

Drei Wochen waren seit ihrer Reise vergangen. Nicht nur die Zeitumstellung und der damit verbundene Jetlag machten Marie zu schaffen, generell fiel es ihr schwer, in ihr altes Leben zurückzufinden. Immerhin war es ihr gelungen, die Kündigung zurückzuziehen. Sie hatte ihren Vermieter angerufen und so lange angefleht, bis er aus Mitleid zugesagt hatte, dass sie in der Wohnung bleiben könne. Trotzdem fühlte es sich nicht mehr nach einem Zuhause an, was nicht nur daran lag, dass sie schon vor Monaten damit abgeschlossen hatte, weil sie geglaubt hatte, mit Daniel in das neue Haus zu ziehen.

Das Klingeln ihres Handys riss Marie aus den Gedanken. Inzwischen hatte sie sich eine neue SIM-Karte besorgt, aber die Nummer kannte sowieso niemand, bis auf ihre Mutter und ...

»Ich muss dir was sagen«, sprudelte Eva los. »Ich habe eine Entscheidung getroffen.«

»Und die wäre?«, fragte Marie.

»Ich werde zu Jörg nach München ziehen.«

Marie verschlug es einen Moment die Sprache, bevor sie sich wieder fing. »Bist du dir sicher?«

»Na ja, was heißt sicher. Wir wollen es einfach probieren.«

»Du kannst mich doch hier nicht allein lassen«, sagte Marie matt. Sie wusste nicht, wie sie die letzten Wochen ohne Eva überstanden hätte, und die Aussicht, sie zu verlieren, versetzte Marie einen Stich. »Das ist vollkommen verrückt, ihr kennt euch doch kaum.«

»Gut genug, um zu wissen, dass wir nicht mehr ohne einander sein wollen«, sagte Eva und Marie konnte durchs Telefon hören, dass ihre Freundin lächelte.

»Tut mir leid. Glaub bitte nicht, dass ich dir dein Glück nicht gönne.« Marie seufzte. »Ich habe einfach Angst, dass ich dann ganz allein bin. Außer dir habe ich niemanden.«

Eva ging nicht darauf ein. »Hast du eigentlich mal was von Paul gehört?«

»Nein, wir haben keinen Kontakt. Vermutlich ist er immer noch wütend auf mich und ich kann ihn verstehen, schließlich hat er wegen mir seinen Job verloren.«

»Hat er nicht.«

»Woher willst du das denn wissen?«

»Er hat es mir erzählt«, platzte Eva heraus.

»Du hast mit ihm gesprochen? Wann?«

»Nicht gesprochen«, erwiderte Eva. »Ich habe ihn

im Internet gesucht und über sein Social-Media-Profil angeschrieben.«

»Du hast was?«

»Irgendwas musste ich ja tun, ich konnte dein Elend nicht länger mit ansehen.«

»Na, vielen Dank auch«, entgegnete Marie giftig, doch dann siegte die Neugier. »Und, was hat er gesagt?«

»Dass er meine Nachricht als zutiefst illoyal empfindet, schließlich sei ich deine Freundin.«

»Womit er auch vollkommen recht hat.«

»Ganz im Gegenteil, das war das Loyalste, was ich für dich tun konnte, und du wirst mir noch dankbar sein. Ich habe ihm nämlich erzählt, wie sehr du dich fertig machst, weil du glaubst, er hätte wegen dir seinen Job verloren. Und weißt du was? Das musst du gar nicht.«

»Weil er jetzt so glücklich ist als Matrose auf irgendeinem Containerschiff?«

»Nein, weil er immer noch Kapitän der Stella Maris ist. Die Reederei hat die Suspendierung zurückgezogen.«

»Das heißt, er wurde gar nicht gekündigt?« Ihr fiel ein Stein vom Herzen. »Das freut mich für ihn«, sagte Marie und das tat es wirklich. Zumindest musste sie sich jetzt keine Vorwürfe mehr machen. »Aber das ändert nichts daran, dass er nichts mehr von mir wissen will.«

»Das könnt ihr selbst klären«, sagte Eva und Marie konnte ihr Grinsen förmlich hören. »Deshalb rufe ich nämlich an. Ich habe gesehen, dass Paul gerade online ist.«

Maries Herz schlug schneller, als sie ihren Laptop hochfuhr und den Browser öffnete. Sie hämmerte ihren Nutzernamen und das Passwort in die Tastatur und wartete ungeduldig darauf, dass sich ihr Account öffnete. Dann gab sie Pauls Namen in das Suchfeld ein und tatsächlich erschien sein Bild in den Ergebnissen. Da hätte ich auch selbst drauf kommen können, dachte Marie und klickte es an. Sie überflog sein Profil, doch Paul gab öffentlich keine weiteren Informationen über sich preis, dazu musste man mit ihm befreundet sein. Sie klickte auf den Button, mit dem eine Freundschaftsanfrage versendet wurde, und wartete mit klopfendem Herzen auf das, was geschehen würde. Vielleicht würde Paul die Anfrage ja gar nicht annehmen, vermutlich war er immer noch sauer auf sie und er hatte allen Grund dazu.

Sie starrte auf das Kästchen mit der Aufschrift »Anfrage gesendet!«, doch es kam keine Reaktion. Wahrscheinlich wollte er nichts mehr von ihr wissen, das hatte er ihr ja unmissverständlich zu verstehen gegeben. Gerade, als sie den Laptop schon wieder zuklappen wollte, ertönte ein leises *Pling* und signalisierte, dass Paul den Kontakt bestätigt hatte.

Marie atmete auf. Erst jetzt bemerkte sie, dass sie die ganze Zeit die Luft angehalten hatte. Das war immerhin der erste Schritt. Jetzt musste sie ihn bloß noch um Verzeihung bitten. Marie öffnete ein Chatfenster und begann zu tippen.

M: *Hallo Paul!*

P: *Marie, welch Überraschung!*

M: *Wie geht es dir?*

P: *Ganz okay.*

M: *Eva sagt, du hast deinen Job wieder?*

P: *Ja, Gott sei Dank. Ich hatte diesen Termin in Miami, aber ich konnte die Vorwürfe ausräumen. Außerdem hat sich Hansen für mich eingesetzt.*

M: *Wer ist Hansen?*

P: *Mein Erster Offizier. Guter Mann! :) Nachdem die Reederei eingesehen hat, dass ich nichts falsch gemacht habe, zumindest, was den Hurrikan betraf, hat Century Cruises die Suspendierung aufgehoben.*

M: *Das freut mich sehr für dich.*

P: *Danke.*

M: *Ich habe mir schreckliche Vorwürfe gemacht. Es tut mir alles so leid.*

P: *Schon gut, ich war ja selbst schuld.*

Marie wartete darauf, dass er noch etwas schreiben würde, und starrte auf den blinkenden Cursor. Dann fasste sie sich ein Herz und tippte:

M: *Bist du noch sauer auf mich?*

P: *Ein bisschen, aber nicht mehr als üblich*

M: *Und wie gehts dir sonst?*

P: *Geht so, ganz schön langweilig.*

M: *Wieso langweilst du dich? Nichts zu tun? ;)*

P: *Doch, reichlich, danke der Nachfrage. Aber ich musste schon seit drei Wochen niemanden mehr retten. :)*

M: *Würdest du denn gerne jemanden retten?*

P: *Kommt drauf an.*

M: *Worauf?*

P: *Auf die Person. Und natürlich nur, wenn es unbedingt sein muss.*

Jetzt wäre es eigentlich an der Zeit, ihm ihre Liebe zu gestehen. Aber wenn sie das tat, dann wollte sie es nicht per Chat tun. Wenn, dann wollte sie ihm dabei in die Augen blicken, denn darin würde sie lesen können, ob er dasselbe für sie empfand.

Marie öffnete die Website von Century Cruises, doch beim Anblick der Preise für Last-Minute-Kreuzfahrten wurde ihr ein wenig schwindelig. Noch mal konnte sie sich eine so teure Reise eigentlich nicht leisten. Aktuell lebte sie von ihren Reserven, bis sie ihre neue Stelle bei der Sparkasse Kleinenbroich antrat. Und selbst wenn sie Ende Januar ihr Gehalt bekam, konnte sie es trotzdem nicht komplett für die nächste Kreuzfahrt verpulvern. Von irgendwas musste sie schließlich leben und die Miete für die Wohnung musste auch bezahlt werden. Marie seufzte. Es würde noch Monate dauern, bis sie das Geld zusammen hatte. Außerdem bestand dann immer noch das alte Problem. Selbst wenn er ihr wirklich verziehen hatte, war er der Kapitän und sie nur ein Gast.

Als hätte er über Tausende von Seemeilen hinweg ihre Gedanken gelesen, ploppte eine neue Nachricht von Paul auf dem Monitor auf.

P: *Hast du Weihnachten schon was vor?*

Ihr Herz schlug ein wenig schneller.

M: *Nein, wieso?*

P: *Schau in dein Postfach!*

Er musste die E-Mail-Adresse in ihrem Profil entdeckt haben, denn tatsächlich befand sich im Posteingang ihres Mailprogramms eine Nachricht des Absenders p.veenhoff@stellamaris.com mit dem Betreff *Kleine Überraschung* und einem Dokument im Anhang. Sie öffnete es und schnappte nach Luft. Ein Flugticket nach Montego Bay sowie ein Ticket für die Stella Maris.

Sie klickte zurück zum Chatfenster.

M: *Du bist verrückt, das kann ich nicht annehmen.*

P: *Keine Sorge, es gibt Rabatte für Angehörige der Crew. Du wärst ganz offiziell mein persönlicher Gast und wir könnten uns sehen, wann immer wir wollen. Also in meiner Freizeit, natürlich. Im Prinzip brauchst du noch nicht mal eine eigene Kabine. Es sei denn, du möchtest das, weil du ab und zu aus meinem Schlafzimmer rennen … oh, Pardon! Ich meinte natürlich, »dich zurückziehen« willst. :)*

M: *Will ich nicht!*

P: *Das freut mich!*

P: *Tut mir leid, ich muss los, ich schreib dir später.*

Erst jetzt fiel ihr auf, wie sehr sie ihn wirklich vermisst hatte. Bis Weihnachten waren es noch drei Wochen. Wann ging ihr Flug eigentlich genau? Marie klickte erneut auf den Anhang mit dem Ticket und suchte die Reisedaten. 22. Dezember bis 5. Januar.

Oh nein! Das ging nicht, denn am 2. Januar sollte sie ihre neue Stelle antreten, auch wenn Marie gar keine Lust hatte, dort anzufangen. Aber sie konnte ja schlecht um Urlaub bitten, noch vor ihrem ersten Tag.

Wie würde das aussehen? Nein, das ging gar nicht, es musste also irgendeine andere Lösung geben. Vielleicht konnte sie Paul bitten, das Ticket auf eine frühere Reise umzubuchen.

Marie klickte wieder auf die Website von Century Cruises. Ihr Blick wanderte über die Menüleiste der Homepage und blieb am Punkt *Karriere* hängen. Das war total verrückt, sie hatte doch von Seefahrt und dem Betrieb eines schwimmenden Hotels nicht den blassesten Schimmer. Ihr Finger schwebte über der Maus. Außerdem war sie Bankangestellte, als was sollte sie schon dort anheuern?

Sie klickte den Button und scrollte sich durch die Jobs: Offizier, Unteroffizier, Nautiker, Tontechniker, Tänzer ... Sie hatte es geahnt, es gab keinen Job für sie auf dem Schiff. Aber Marie war sich jetzt absolut sicher: Sie liebte Paul von ganzem Herzen und lieber würde sie als Zimmermädchen oder Tellerwäscher anheuern, als von ihm getrennt zu sein.

Kapitel Zwanzig

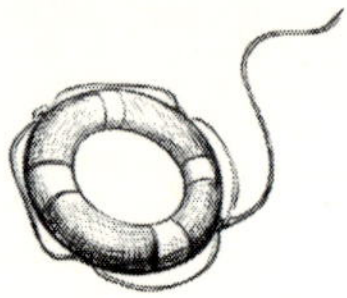

Kapitänssuite, Stella Maris, mitten im Karibischen Meer, Position ist gerade komplett egal

Marie blinzelte. Draußen vor den Balkontüren glitzerte das Meer in sattem Türkisblau. Sie räkelte sich genüsslich auf dem Bett und Pauls Finger fanden wieder den Weg zu ihren Brüsten und strichen sanft darüber.

»Hast du immer noch nicht genug?«

»Ich werde nie genug von dir bekommen«, murmelte er, versenkte seine Nase in ihrem Haar und küsste ihren Hals.

»Solltest du nicht langsam mal duschen?«

»Nur, wenn du mitkommst.«

»In einer halben Stunde beginnt dein Dienst.«

Paul stöhnte auf. »Du bist eine Sklaventreiberin.«

Marie lächelte. »Bald wird es umgekehrt sein.«

»Wie meinst du das?« Er stützte sich auf den Ellbogen und sah sie forschend an.

»Ich habe noch eine Überraschung für dich«, sagte sie und ihr Herz schlug schneller. Auch wenn sie jetzt ein Paar und fest zusammen waren, wusste sie nicht, wie Paul es aufnehmen würde, und hoffte, dass sie ihn damit nicht zu sehr bedrängte.

»Nun spann mich nicht so auf die Folter«, verlangte Paul. »Was ist es?«

»Ich werde nicht in der Bank anfangen«, sagte sie. »Sondern hier, ich habe mich als Crewpurserin beworben und sie haben zugesagt.«

»Wirklich?« Paul sah sie verblüfft an.

Marie nickte. »Ich kann direkt hierbleiben, ab dem 6. Januar bin ich für die Finanzen auf diesem Schiff zuständig.« Die Stellenbeschreibung hatte einfach perfekt zu ihr gepasst. Abgeschlossene Banklehre, zuverlässig, bereit, sechs Monate auf See zu arbeiten. Um ehrlich zu sein, wäre sie noch viel länger dazu bereit, Hauptsache, sie konnte in Pauls Nähe sein.

»Bis wann läuft dein Vertrag?«

»Ende Juni.«

»O wow, das ist cool«, sagte Paul und grinste. »Die Stella Maris geht bald auf große Weltreise. Du wirst also die ganze Welt sehen.«

»Falsch. Wir werden sie sehen, zusammen.«

Paul schüttelte bedauernd den Kopf. »Ich fürchte, daraus wird nichts.«

Verdammt! Sie hatte gehofft, er würde sich freuen, aber anscheinend ging es ihm doch zu schnell. »Ich wollte dich nicht bedrängen«, murmelte sie.

»Unsinn!« Paul grinste noch ein bisschen breiter.

»Ich finde es sogar gut, wenn du zur See fährst, dann haben wir was gemeinsam.«

»Aber?«

»Der Vertrag eines Kapitäns hat kürzere Laufzeiten als die Verträge der restlichen Crewmitglieder. Ich wechsele mich alle zweieinhalb Monate mit meinem Kollegen ab. Mitte Januar gehe ich wieder von Bord.«

»Was?« Sie starrte ihn entgeistert an. »Warum hast du das nicht gesagt?« Das hatte sie nicht gewusst.

»Weil du mich nicht gefragt hast. Aber vielleicht lernst du ja irgendwann, dass es besser ist, mit mir zu reden, statt alles in deinem hübschen Köpfchen mit dir selbst auszumachen.« Er tippte ihr sanft an die Schläfe und grinste schief.

»Aber wo soll ich denn dann wohnen?«

»Tja.« Paul zuckte mit den Schultern. »Entweder musst du mit Kapitän Petersen vorliebnehmen, wovon ich dir allerdings abraten würde, denn dann wäre sogar ich ein bisschen eifersüchtig. Er ist ein echter Schwerenöter, ein typischer Kapitän eben. Und man weiß ja, welche Wirkung eine Uniform auf die Frauenwelt hat.«

Marie erinnerte sich an den grauhaarigen älteren Herren, der sie am ersten Abend ihrer Reise begrüßt hatte. Sie konnte sich wirklich nicht vorstellen, dass er …

Paul lachte und stupste ihr in die Seite. »Das war ein Witz. Harald ist die treueste Seele, die ich kenne. Er hat eine Frau und zwei erwachsene Kinder. Also wirst du dir wohl, bis ich wieder zurück bin, eine

Kabine auf Deck 3 teilen müssen, wie alle anderen Crewmitglieder auch.«

»Na super. Und was machst du derweil?«

»Urlaub«, antwortete Paul und lächelte verschmitzt. »Aber ich glaube, ich bleibe diesmal zu Hause und streiche die Veranda.«

»Welche Veranda?«

»Das erzähle ich dir ein anderes Mal«, sagte Paul und küsste ihre Stirn. »Ich muss los.« Er stand auf, an der Tür zum Bad drehte er sich noch mal um. »Aber wir haben ja jetzt alle Zeit der Welt.«

Marie kuschelte sich in ihr Kissen und lächelte in sich hinein. Ja, die hatten sie. Denn sie hatten sich gefunden, zwei Sandkörner im Ozean der Zeit, auf einem Rettungsring für zwei.

Über dieses Buch

Wer mich kennt, weiß, dass mein Herz neben dem Schreiben vor allem für das Reisen schlägt. Was läge da also näher, als dem Reisethema auch in meinem neuen Buch treu zu bleiben? Insbesondere Kreuzfahrten haben es mir angetan, denn keine andere Art des Reisens bietet einem die Möglichkeit, jeden Morgen vor anderer Kulisse zu frühstücken und einen neuen Ort zu entdecken, Seetage mal ausgenommen. Wobei ich ja immer sage, dass das Schiff von mir aus auch drei Wochen im Kreis fahren könnte. Nichts entspannt mich so sehr wie der freie, unverbaute Blick aufs Meer. Wenn in einem Umkreis von etwa dreizehn Kilometern nichts zu sehen ist, außer Wasser und Himmel, fühle ich mich pudelwohl. Und ab dem vierten Seetag am Stück, wenn die Mitreisenden langsam nervös werden und der berühmt-berüchtigte *Bordkoller* um sich greift, fängt es für mich gerade erst an, lustig zu werden. Denn wenn die Nerven der anderen Passagiere blank liegen, offenbart sich die wahre Natur der Menschen in all ihrer Skurrilität. Da werden Kellner beschimpft und Restaurantleiter zusammengebrüllt, weil Besteck fehlt, und fünfzigjährige Männer brechen beinahe in Tränen aus, weil die Mayonnaise alle ist. Und *alle* bedeutet in dem Fall wirklich *nichts mehr da*, denn wenn man sich gerade mitten auf dem Atlantik befindet, kommt kein Hubschrauber und bringt neue Mayo, weil der Herr aus Kabine 4235 die jetzt unbedingt auf seinen Pommes haben will.

Früher habe ich mich über solche Mitreisenden im Stillen gewundert, oft auch geärgert und mehr als einmal schlimm fremdgeschämt. Aber jetzt habe ich zum Glück ein Ventil für all diese Emotionen gefunden. Ich schreibe einfach darüber, ich sehe das als eine Art Therapie und es befreit wirklich ungemein.

Sämtliche Figuren dieser Geschichte sind natürlich frei erfunden und Ähnlichkeiten zu lebenden Personen rein zufällig. Außer die Frau, die den Reis gesucht hat. Das hier geht raus an Sie, sollten Sie das lesen: Schönen Gruß von Yvonne (auch bekannt als *Die beste Leseproben-Verteilerin, die man sich auf der Frankfurter Buchmesse wünschen kann*), man schreit keinen Restaurantleiter an, weil es heute keinen Reis gibt. Und man buchstabiert auch nicht, damit der Angesprochene einen besser versteht. Das war ein Deutscher, wohlgemerkt, und er hat S.E.H.R. gut verstanden, dass Sie den »R.E.I.S.!!!« gesucht haben. Wie übrigens alle im Umkreis von fünfzehn Metern ...

Die besten Geschichten schreibt ja bekanntlich das Leben und sowas kann man sich einfach nicht ausdenken. Yvonne und ich lachen auch heute noch jedes Mal darüber, wenn wir uns treffen, und buchstabieren auch immer fleißig: »Yvonne, reich mir mal bitte das Brot. Oh, Pardon, ich meinte natürlich das B.R.O.T.!!!«

Wenn Sie also das nächste Mal Lust haben, jemanden anzuschreien und so richtig zur Schnecke zu machen, weil Sie Passagier an Bord eines Kreuzfahrtschiffes sind und nicht umgehend, sofort und auf der Stelle Ihren Willen bekommen, kleiner Tipp von mir: Reißen Sie sich einfach mal zusammen!

Es könnte nämlich irgendwo eine Autorin sitzen, die gerade Stoff für ihren nächsten Roman sucht, und ehe Sie sich's versehen, tauchen Sie in einer meiner Geschichten auf. Und das wollen wir doch beide nicht, oder?

Obwohl ... Wenn ich so drüber nachdenke: Ich schon!

Also lassen Sie es raus und benehmen Sie sich total daneben. Sie haben in mir eine dankbare Abnehmerin für sämtliche Aussetzer und verbalen Entgleisungen gefunden. Aber keine Sorge, erstmal habe ich noch genügend Bord-Storys auf Lager, die reichen locker für die nächsten zehn Bücher.

Danksagung

Dank geht raus an alle, die an der Entstehung dieses Buches beteiligt waren, was diesmal erstaunlich wenige Personen sind. Allen voran danke ich meiner wunderbaren Lektorin Claudia, die mich quasi mit der Nase auf die Idee zu der Roman-Reihe »Kreuzfahrt-Liebe« gestoßen hat. Als die Arbeit am zweiten Teil von Dora begann, mühsam und zäh zu werden, und ich das Gefühl hatte, dringend was anderes schreiben zu müssen, war es Claudia, die sagte »Mach doch!« und ich konnte das gelassene Achselzucken förmlich durch den Telefonhörer hören. Also 1.000 Dank für deine Gelassenheit, deine Kompetenz und dein immer offenes Ohr. Einfach danke, dass du meine Lektorin bist, ich könnte mir keine bessere vorstellen.

Dank gebührt auch wieder einmal dem weltbesten Schreibcoach Rainer Wekwerth, der sich des Exposés angenommen hat und seinen hochgeschätzten Senf dazu abgegeben hat.

Ein riesengroßes Dankeschön geht an Olaf & Yuka, Steffi, Nadja und Stephi mit PH, die mir während der Leipziger Buchmesse den Allerwertesten gerettet haben. Denn während ich mit Grippe zu Hause im Bett lag, haben diese fünf wundervollen Menschen in Leipzig meinen Messestand aufgebaut und das gesamte Wochenende betreut. Danke, dass es euch gibt, ihr seid die Besten!

Da Teile dieses Buches mal wieder an Bord eines Schiffes entstanden sind und ohne den kontinuierlichen Nachschub an Latte macchiato nicht möglich gewesen wären, möchte ich mich einfach mal bei all denen bedanken, die immer dafür sorgen, dass ich einen schönen Urlaub habe: Tommy, Annika, Änne, Lena, Linda, Thilo, Matthias, Andi, Anastas, Bahat, Rosie, Sheila, Marisol, »Sir« Ritchel, Genesis, Christopher »Sausage«, Ronaldo, Regan, Kashinath, Enrico, Elmer, Richard, Rohit, Sedrick, Duvi, Chad, Nikhil, Sherwin, Diomedes, Leander, Alex and all the others I probably forgot: You`re doing a great job, thank you for the excellent service, it's always a pleasure to be your guest. Big Thank You, Salamat, Dev borem korum, Trimatassi, Shukria, whatever ... Ek number, beta!

Ein riesengroßes Dankeschön auch an die Mitglieder meines Bloggerteams »Claras Crew«. Ich danke vor allem meinen Offizierinnen Steffi & Nadja, Anja, Marion, Sina und Anna Lena. Und natürlich Susanne, Claudia, Melanie, Nina, Heidi, Susanne, Nicole, Nicola, Daniela, Julia, Marion, Sonja, Irene,

Diana, Anja, Silvia, Claudia, Franziska, Diana, Doris, Jessica, Manja, Stefanie, Carmen, Astrid, Anett, Heike, Lisi, sowie dem Ehren-Crew-Mitglied, der wunderbaren Josie Kyu. Mädels, ihr seid die Besten!

Apropos Mädels: Dank auch diesmal an die beste Affenbande der Welt, Sandra, Bettina, Conny, Johanna, Thurid, Tamara, Melanie, Elvira und Yvonne. Hab euch lieb!

Und zu guter Letzt danke ich natürlich der wichtigsten Person, nämlich Ihnen, liebe Leser*in. Denn wenn es niemanden gäbe, der meine Bücher liest, bräuchte ich sie erst gar nicht zu schreiben. Also herzlichen Dank, dass Sie dieses Buch gekauft und bis hierher gelesen haben. Wenn es Ihnen gut gefallen hat, erzählen Sie es weiter, wenn nicht, behalten Sie es für sich. Sollten Sie Fragen oder Anregungen haben oder, noch viel schlimmer, einen Fehler entdecken, schreiben Sie mir doch einfach eine Nachricht an post@claragabriel.de.

Auch ein Besuch auf meiner Autoren-Seite lohnt sich immer, denn dort finden Sie alles zu meinen Büchern, Leseproben, kostenlose Goodies, aktuelle Termine und Veranstaltungen, wie Lesungen oder Messen und vieles mehr. Also schauen Sie doch einfach mal rein: https://claragabriel.de

Und vielleicht sehen wir uns ja mal eines Tages an Bord irgendeines Schiffes und plaudern ein wenig über die schöne Reise und die seltsamen Mitreisenden um uns herum. Es würde mich von Herzen freuen. Bis dahin: Immer eine Handbreit Wasser unter dem Kiel und happy Cruising!

Über die Autorin

Clara Gabriel ist die geborene Kreuzfahrerin: Sie litt schon als Kind unter Fernweh, interessiert sich für ferne Länder und fremde Kulturen, ist immer hungrig und »rentner-kompatibel«. Die Vierzigjährige lebt mit ihrem Mann, zwei Hunden und einem Kater im Sauerland. Wenn sie nicht gerade arbeitet oder schreibt, verbringt sie ihre Urlaube am liebsten an Bord eines Kreuzfahrtschiffes. Dort schnuppert sie Seeluft, hält Smalltalk, philosophiert über Gott, die Welt und die Natur des Menschen, belauscht Tischgespräche und andere Peinlichkeiten und wundert sich nach 26 überstandenen Kreuzfahrten über fast gar nichts mehr.

Mehr über Clara Gabriel unter https://claragabriel.de

facebook.com/ClaraGabrielAutorin
instagram.com/claragabriel_autorin
pinterest.com/claragabriel_autorin

Weitere Bücher von Clara Gabriel

Kreufahrtliebe 2: Küss mich, du Komiker

Es gibt einen Mann auf diesem Planeten, den die Karrierefrau Victoria ganz sicher nicht sehen will, als sie auf Kreuzfahrt geht, um ein paar Tage abzuschalten. Der Comedian David Baum macht ihr mit seiner Initiative gegen ihren Pharma-Konzern das Leben schwer. Blöd, dass ausgerechnet er als Stargast der Reise durch Mittelamerika und die Karibik gebucht wurde. Auf diesen Komiker hätte Victoria getrost verzichten können. Doch wie es scheint, kann nur er ihr dabei helfen, ihren Ex Philipp zurück zu gewinnen. Der verbringt seine Ferien ebenfalls an Bord, zusammen mit seiner neuen Freundin. Und die wiederum würde viel besser zu David passen, wie Victoria findet. Wenn da nicht die Tatsache wäre, dass er sie zum Lachen bringt und eine Seite in ihr weckt, die Victoria an sich noch nicht kannte …

Heavenfield Hearts: Kopfüber ins Glück – Smoky Mountain Storys 1

Die zweiunddreißigjährige Liz besitzt alles, was sich eine Frau wünscht. Nur eines nicht: ein kleines Abenteuer, das ihre Augen zum Funkeln bringt. Kurzerhand gibt sie ihrem Schicksal eine neue Wendung und löst ihre Verlobung. In einem alten Van bricht sie zu einem Roadtrip auf und landet durch Zufall in Heavenfield, wo sie beim Tanken auf den sieben Jahre jüngeren Noah trifft. Noah ist fasziniert von Liz. In seinen Augen ist sie die perfekte Frau. Die Sache hat nur einen Haken: Sie ist auf der Durchreise.

Hals über Kopf stürzen sie sich in ein Abenteuer, von dem keiner will, dass es endet. Doch ihr altes Leben holt Liz früher ein als gedacht und sie muss sich entscheiden: Ist Noah der Richtige für sie oder ist ihre Liebe nur ein Strohfeuer?

Heavenfield Hearts 2: Die Farben deiner Liebe

Keisha und Granny Mae sind verzweifelt: Ein Sturm hat das Dach des Diners abgedeckt, aber die Reparatur können sie sich nicht leisten. Aus heiterem Himmel steht Zimmermann Brad vor der Tür und bietet seine Hilfe an.

Nie hätte Brad gedacht, dass er sich zu einer Schwarzen hingezogen fühlt. Doch die selbstbewusste, unabhängige Keisha bringt sein Herz mehr aus dem Takt, als ihm lieb ist.

Zwischen ihnen knistert es gewaltig, aber Brad verbirgt ein Geheimnis, das so schrecklich ist, dass es die zarten Gefühle zerstören könnte.

Postkarten an Dora – Clara Gabriels historischer Debütroman

Deutschland im Herbst 1905: Wenn es nach ihrem Vater ginge, soll Dora Lehrerin werden, die Mutter sähe sie am liebsten unter der Haube. Doch die Siebzehnjährige hat andere Pläne, denn sie träumt von einer Karriere als gefeierte Schauspielerin im fernen Amerika. Der junge Offizier Alfred verliebt sich in sie, doch auch er kann sie nicht aufhalten. Dora brennt durch und begibt sich auf eine spannende Reise, die sie nicht nur auf die Bühne, sondern auch ins »falsche Amerika« führt. Doch weder mit der Karriere noch mit der Liebe läuft alles so leicht wie gedacht …